ノベルアンソロジー◆溺愛編

溺愛ルートからは逃げられないようです

アンソロジー

Contents

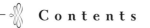

この作品はフィクションです。
実際の人物・団体・事件などには関係ありません。

種馬婚約者と呼ばれる、その男

果《か》林《りん》燈《とう》
ill. まち

■エピソード　0

季節は夏。

青い空に浮かぶ白い雲がゆっくりと流れ、太陽が大地を覗《のぞ》き見た。暑い日差しがわたしの隣でガチガチに固まっている婚約者の緊張を溶かしてくれないかな、と思ってしまう。そんなことは無理だとわかっているから、気遣う言葉をかけた。

「オズウェル様、顔色が悪いように見えます。大丈夫ですか？」

真《ま》っ青《さお》な顔をしながら隣に立っているのは、わたしの婚約者の侯爵家のご子息オズウェル様だ。

婚約者といってもわたしは六歳。婚約者は八歳。ふたりの婚約期間は一か月と少しというあまりに短い期間で相手のことを理解しているか、と聞かれたら首を横に振る。それでも互いに悪印象を抱《いだ》いていないと思っているし、実際それは正しい。そうでなければこんな場所に来たりしない。

こんな場所というのがわたしの親族が開いたパーティー、という事実が悲しくもあるけれど。

彼らの目的はひとつだった。

保護者同伴での出席とはいえ、子供用のスペースが設けられ次世代同士の親交を結ぶため別行動をとっている。それは表向きで、本来の目的はわたしの婚約者を値踏みし親の指示通り彼を馬鹿にするためだ。クレームを彼の家から受けても仕方がないところだけれど、子供がしたことだからという建前と、オズウェルの印象を子供たちへ刷り込むため。そう、事前に父から説明をされていた。

悪趣味すぎるけれど、立場の弱いわたしたちに欠席という選択も怒りをぶつける先もなく、気弱な婚約者は投げかけられる言葉全てに頷《うなず》き、謝罪を繰り返していた。体だって強張《こわば》るだろうし、顔色だって悪くなる。この場から離れたくて、わたしは言葉を続けた。

「お辛《つら》いようなら、あちらに設置されているベンチに座って休みません？」

「う、ううん。僕は大丈夫……」

「でも……！」

王子様のような綺麗《きれい》な顔が真っ青に染まっているのを目にするのは、心が苦しくなる。と同時にこの人を無意味に傷つける同年代の子たちに対し苛立《いらだ》ちを募《つの》らせ、わたしが守らなければと使命感を燃やしてしまう。

「本当に僕は大丈夫。アシュレイ嬢の婚約者として僕の役割を果たさないと……」

弱弱しく微笑《ほほえ》む。ぎゅっと胸が苦しくなるのは童話に書かれているキラキラ輝くような感情じゃないけれど、彼を守りたいって気持ちだけは嘘《うそ》ではなかった。

――この伝え方では、オズウェル様は断ってくるわ。それなら――

わたしは自然と拳《こぶし》を作り、言い放った。

「わたしが疲れたんです！　だから、あちら側に行きましょう！」

「……アシュレイ嬢が？」

驚いたように眉を上げ、瞳が大きく見開かれた。嘘を吐《つ》いているって気が付いている？　嫌になるぐらい心臓の音がわたしの体の中で響いて、すぐに取り消したくなった。

でも、オズウェルは、そんなわたしの手を優しく握りしめた。

「ぼ、僕が一緒で、休めるかな？　もしひとりがいいなら……」

「なんでそうなるんですか！　ふたりで向こう側で休むんです！」

「そ、そっか。うん、わかった」

わたしの嘘に気が付いた様子はない。安心するより先に、彼の発言に叫ぶように言葉を返しながらベンチに向かうべく彼の手を取った。

さっきからわたしたちに話しかけるタイミングを見計らっている子供たちから逃げるように、ズンズンとベンチへと向かう。ふたり用だから邪魔が入ることも——ないとは言えないけれど、少しは静かになる。

勢いのままやってきたベンチ周辺には誰の姿もなく安心できた。振り返れば、付いてきた子たちはいなかった。

安堵《あんど》と同時に座ろうとしたところで、わたしは動きを止めた。

マナー教育の中では、紳士がハンカチをベンチに敷くものだ。一応彼のプライドを傷つけないためにちらりと見るけれど、彼があたふたとポケットから取り出したハンカチはひどい皺《しわ》だった。彼らしいと言えば彼らしい。わたしは彼が敷いてくれるのを待ち、気が付かないふりをして座った。

「ふぅ、ふたりでゆっくりお喋《しゃべ》りができるわね、オズウェル」

「……う、うん。そうだね」

二人っきりの時は砕けた口調にしようと約束したから、わたしはさっそく切り替えた。

「ねえ、今日のお菓子の中でどれが一番美味《おい》しかった？」

「ぼ、僕はそうだね……えーと……えーと……」

オズウェルは出会った時、目を合わせてくれず、自信のなさが伝わってきた。着ていた服はダボダボでとても侯爵令息には見えない。髪や肌は最低限の手入れはされていたけれど、おどおどした雰囲気から即席で貴族令息を作り上げたように感じた。

そんな彼はわたしの質問にゆっくりではあるけれど、ひとつひとつ丁寧に答えようとしてくれる。親族の子供たちは自分の話を一方的にずっと話してくるからとても新鮮で好感が持てた。あの日からわたしはオズウェルのペースに合わせながら、もっと彼のことを知りたいと思うようになっていた。だから滅多に会うことができない彼に質問を投げる。彼の答えを待つこの時間がとても好きでもあった。

だというのに――

「まったく、侯爵家から婿《むこ》をとるとはな」

隣に座るオズウェルが体を縮こまらせる。

「……！」

大人の、男性の声だ。わたしたちに気が付いていないのかふたりは会話を始めた。

「これでは手を出すことができないじゃないか。下手《へた》に刺激すれば、潰されるのはこちらだ」

「まったくだ。我々に邪魔をさせないためには最高の身分だ。さらに能無しときたもんだからな。自分たちに都合のいい男を選んだものだ」

――能無し、ですって？

否定したい。

違うと叫びたいけど、子供のわたしが何か言ったところでオズウェルの立場が悪くなるだけだ。彼の評価は短い期間でいくらでも耳にする機会があった。

役に立たない。貴族の息子以前に人間として不足している等々。聞くだけで苦しくなるような言葉ばかりだ。

「まあ、我々も侯爵家との縁ができるわけだからな。血統書付きの種馬らしく励んでもらい、利権を落としてほしいものだ」

彼らもまたわたしの婚約者を蔑《さげす》んでいることだけはわかった。ただ『種馬』という言葉の意味がわからなくて、それはオズウェルも同じようで首を傾《かし》げている。だけど、耳障りで心にしこりを残したのはたしかだった。


――それから四年。

あれからパーティーに参加するたび『種馬』という言葉を大人だけでなく、子供からも投げかけられるようになった。

十歳にもなれば『種馬』という言葉の意味ぐらい理解できる。

でも周囲の心ない人たちの言葉を聞いてもオズウェルは笑って許し、彼の父である侯爵も何もしない。そのことがわかると彼らは言葉と行動に拍車をかけた。わたしが反論しようとすれば、女に庇《かば》われてとさらに馬鹿にしてきて何もできないのは四年前と変わらなかった。

彼は無能なんかじゃないとわたしは知っている。

いつも優しく微笑み、勉強で疲れたわたしに安らぎをくれる人。甘いお菓子が少し苦手で、だけどチョコレートケーキは大好きっていう変わったところがあって。いつだって木に取りつけられたブランコに乗るわたしの背中を押してくれる。

——どうして誰も彼も、オズウェルのことを馬鹿にするの。素敵なところを見ようとしてくれないの……っ。

悔しさばかりが募っていき、こういう感情に飲み込まれると周囲が見えなくなり今もブランコのロープを握りしめていた。

「アシュレイ、手を傷つけちゃうよ」

「あ……ごめんなさい」

「どうして謝るの？　つまらない僕が悪いんだから、アシュレイが謝る必要なんてないんだよ」

どもることは少なくなったけれど、オズウェルの自分を卑下《ひげ》する物言いはまったく減らない。こういった種類の言葉を聞くたび、ツキンと胸が痛む。わたしと婚約しなければ彼を傷つけなかったのかもしれないのに、と。

「アシュレイ？」

なんでもないと言いながら首を横に振り、オズウェルの心配そうな瞳に笑いかけた。

「ねえ、オズウェル。次はあなたが座って。わたしが後ろから押すわ」

「僕はいいよ。君の背中を押すほうが好きなんだ」

「……たまにはいいじゃない。わたしだってあなたの背中を押したい」

いつも彼はわたしを立てる。

それが婿養子に入る自分の立場をわかっている、という意思表示にも線引きにも思えて悲しみよりも不快感を覚えてしまう。もちろん深い意味はないのかもしれないけれど、彼はいつも一歩後ろにいる。今も後ろからわたしの背中を押すだけ。でもわたしは、オズウェルの隣にいたかった。いてほしかった。

——そう思うのはわたしの我《わ》が儘《まま》なの。

婿養子に入る際、爵位を持たず婿に入るか、爵位を持ったまま婿に入るか、大きくわけてこの二つのケースが存在する。

婿として入った家と良縁を結べればいいが、離縁する際、貴族としての体裁《ていさい》を保てない。

爵位がなければただの育ちのいい平民。

これは婿入りする者たちをからかう言葉であり、この言葉が消えてなくならないのは婿入りしてから離縁する者が多いからだ。

今回婿に入る彼は由緒正しい侯爵家の息子でありながら、平民と変わらない立場で我が家に入ることが婚約書に記載された。それもこれもわたしの立場を守るため。夫となる男性が勝手な振る舞いをしないためのものだった。

自分を守るためのものだとわかっていても、彼の立場の弱さを素直には喜べなかった。

「……あ、あのさ、少しだけ背中を押してもらってもいい？」

「少しなんて言わないで！　たくさん遊んでよ」

「張り切りすぎだよ、アシュレイ」

ふふ、と笑いながら場所を譲る。

オズウェルの背中に手を添え押そうとした時――

「種馬婚約者！　お前、馬のくせして生意気なんだよ！　アシュレイ、こっちに来て俺たちと遊ぼうぜ」

「あ、あなたたち、どうしてここに……！」

親戚の子たちだ。今日は呼んでいない。

だというのに堂々と屋敷にやってくるなんて、どうかしている。

「そいつの相手をするのは退屈だろ？　俺たちが遊んでやろうと思ったんだよ」

「なによ、その言い方。結構よ！　オズウェルと遊んだほうが何倍もまし！」

「はあ？　そんな能無しのどこがいいんだ。馬の出番はまだまだ先なんだから、俺たちと遊ぼうぜ」

「やめて！　オズウェルのことをそんな風に呼ばないで！」

からかうような、馬鹿にするような言葉に思わず叫んでいた。

陰で言うぐらいならまだ我慢ができる。でも、オズウェル本人に聞かせたくなかった、その時の顔を見たくなんてなかった。だって、彼は――

「アシュレイ、怒らないで。僕は平気だから」

「平気なんて言わないで！　わたしは……――」

「だって僕は種馬なんだから気になんてしないよ」

彼は自分のことを種馬と呼ぶ。気が付いたらそうなっていた。みんなと同じように。

「あ、あなたも、どうして怒らないの⁉」

わたしは自分の婚約者がこんな風に馬鹿にされるのが許せなくて、怒鳴ってしまう。

ただ、彼にちゃんと怒ってほしかった。嘆いてほしかった。憤ってほしかったのだ。なのに彼はいつもただ嬉《うれ》しそうに笑う。

「……僕、怒らないと駄目かな？」

この時になって初めて彼は寂しげに目を伏せた。

どうして……と思ってしまう。わたしが悪いことをしているっていうの。

「僕は君の物だって言われていたようで嬉しかったんだけど……。君を悲しませる結果になっちゃうのかな」

「だって……あなたはそれしかないって言われているみたいで……」

「そうだよ？　僕には『種』しかないんだ。でも、君を傷つけるのなら僕は変わろうかな」

ちょっとそこまで出かけてこようかな、とでも言うような気軽さだった。その軽さが冗談を言っているように思えて怒りがしぼみ、小さく笑ってしまった。

でも、彼は冗談ではなく本気で変わると決めたのだ。

これから数年、彼を『種馬婚約者』と呼ぶものはいなくなり、代わりに天才と人々はもてはやす。

そんな彼を見てわたしは寂しさを感じてしまい、自己嫌悪を抱えながらもこれで良かったのだと言い聞かせた。世間に、貴族だけでなく平民にまで『種馬婚約者』だなんて、不名誉な呼び名を知らせることにならないのだから。そう安堵していた――はずなのに！

■エピソード　1

新聞を持つ手が震え、感情のまままわたしはくしゃりと握りつぶしていた。

我が国では春の訪れを告げる意味を込めて、この時季にデビュタントを執り行っている。

国教ではないものの、民たちに親しまれる愛と豊穣《ほうじょう》の女神が愛馬にまたがり、大地に恵みの種を蒔《ま》くことから始まったとされる祭り。

そんな理由から豊穣の女神が着衣しているとされる純白の色や薄紅色のドレスを成人の式でまとうのは、この国の少女たちの夢。わたしもこの日のためにドレス選びには時間を要した。

青みがかったグレイの瞳は垂れ目がちで、髪は癖のある淡い菫《すみれ》色。どちらも寒色系で春を表す色と合わせることが難しくて苦労したものだ。

そしてデビュタントといえば貴族令嬢のみだけれど、領地を治める貴族が支援し、各教会でも平民の少女たちを祝う催しが行われている。宗教的にも統治の上でも必要な行事だった。

だからこそ注目を集める。

毎年この日の紙面を飾るのは華々しい令嬢たちのデビュタントの記事。

ある程度予想はついていて――ついていたからこそ朝起きて真っ先に新聞に目を通したけれど、一面を見たわたしは握りつぶした新聞を手に勢いよくテーブルに突っ伏し、こみあげてきた感情のまま叫んでしまう。伯爵令嬢としてあるまじき行為ではあるけれど、誰も咎《とが》める人はいないはずだ。

「オ、オズの、オズのばかーーーーーー！」

こうなったのは自分が伝えた『婚約破棄』だと頭でわかっていても、これはあんまりだ。

見出しはこうだ――『侯爵子息、堂々と種馬発言』。

「……泣きたい」

「大丈夫、レイ？　君を泣かせたのは僕なんだよね、ごめん。だけど、僕の胸の中で泣いてくれたらすごく嬉しいな」

耳朶《じだ》をくすぐる優しい声に勢いよく体を起き上がらせ見上げれば、知っている人がいた。

そう、知っている。でもこの場にいることはおかしい。

柔らかな笑みを浮かべたその人は、寝起き姿で、金色に輝く髪にも寝ぐせがついている。とても自然に近づいてきているけれど、わたしの屋敷にいることに違和感をぬぐえない。

だって彼は、新聞記事の見出しを飾る貴公子――わたしの婚約者のオズウェルなのだから。

「なっ、なんで、あなたが、ここにいるの!?」

「昨日の出来事でレイが落ち込むんじゃないかなって思ったから、泊まらせてもらったんだよ」

見る者を魅了する透き通った美しい碧眼《へきがん》に喜色を浮かべ、彼は微笑みながら、「ね、レイ」と近づいてくる。いつもならその胸に飛び込むところだけど、今日ばかりは、今日だけはそれはできない。

婚約者の未来を潰したくなくて、婚約を白紙に戻すことを考えただけなのに――こんなに大きく取り上げられては、この人はわたしと結婚する他なくなってしまったのだから。

婚約を白紙に――それは数年前から考えていたことで、デビュタントを迎えれば後戻りすることはできなくなる。だから、一週間後にデビュタントを控えたわたしは半分無意識に、半分は長い間ずっと考えていた感情とともに父の意向を探るような真似をした。

「……ねえ、お父様。もし、もしもよ？　わたしがオズとの婚約を白紙に戻したい、と伝えたら困るわよね」

ティーカップを両手で包み、紅茶の水面に視線を落とし伝えていた。

マナー違反だとわかっていてもわたしの言葉を受け、驚き絶望に変わる父の顔を真正面から受け止めきれる自信がなかった。

なぜなら、わたしを次代の女伯爵にするため、父が整えてくれた婚約でもあり、わたしが伯爵位を継ぐための絶対条件でもあるからだ。

わたしはアシュレイ・ケイトゥ。

ケイトゥ領を治める伯爵の唯一の子供。

四歳の時、はやり病で母を失ってから親戚たちが噂《うわさ》話をするようになっていた。誰が爵位を継ぐのか、と。いわゆる利権争い。

この家はわたしと母と父の思い出の場所。母を愛した父が一つ一つ手を入れ、小さな傷一つとっても思い出が詰まっている。それを奪われてしまうと焦《あせ》ったわたしは、父に訊《たず》ねていた。

「どうしたら、この家を守れる？　わたし、失いたくない‼」

と。

我が国は数世代前まで男尊女卑だった。その名残《なごり》なのか女が爵位を継ぐには厳しい調査が入り、陛下の許可を得るには周囲への根回しや本人の素行や学力が必要となる。

中でも重要なのが未来の夫。

女伯爵とは名ばかりで実際は夫が実権を握るケースも多い。この場合、陛下の許可を得るのも根回しも不要なのだから男尊女卑がなくなっていないことがうかがい知れるというものだ。

だからこそ、わたしが継ぐと意思表示しても、親族たちも指をくわえて見ているだけでなく様々な画策をしてきた。聞いてもいない女の幸せを語ったり、勉強せずとも遊べばいいと勧めたり、自分たちの息子をわたしの目の前で「未来の伯爵」と言って聞かせたりと。

親の影響で、自分の家になるのだという持論を展開し、家のものを好き勝手に扱い、時には壊し、時には持って帰った。正当な方法で当然取り返したけれど、わたしの心は充分傷ついた。

このままではケイトゥ伯爵家が奪われてしまうとわたしが考えると同じように、父も早急に手を打つ必要があると考えたのだろう。

必要なのは親戚筋を黙らせる婚約者。

爵位が低すぎては彼らは軽んじ、潰してしまうだろう。しかし優秀すぎてはわたしの代わりに領地運営をすることとなり、従来のケイトゥ伯爵家は守れない。

父は悩んだ末、ひとりの少年を婚約者として選んだ——それがオズウェルだった。

彼の父の爵位は侯爵、手を出せば侯爵が表に立つことだろう。

彼の能力は凡庸《ぼんよう》などというには遠く及ばない低能で、わたしの未来を脅《おびや》かす存在になりえないと考えたのだ。

彼自身も自分の立場をきちんと弁《わきま》え、常に控え目な態度をとり続ける。謙虚とも卑屈ともとれる態度は、伯爵の婿の座を狙う者たちが揶揄《やゆ》する名で呼ぶきっかけとなり、彼もまた笑顔でそれを受け入れるだけでなく自身でも告げるようになっていった。

——種馬婚約者、と。

でも、それは遠い昔のことで——

「……ア、アシュレイ？　急になんてことを言い出すんだい？」

お父様の驚いた声に過去から今へと意識が戻される。

同時に迷っていた心が驚くほど落ち着き、今度は顔を上げ伝えることができた。

「急じゃないわ。ずっと、ずっとオズが有名になりだした頃から考えていたことよ。お父様だって彼の功績をご存じでしょう？　叙爵《じょしゃく》されるという噂だって……ううん、これは事実なんだと思っているわ。それぐらい、オズの功績は称《たた》えられてしかるべきなんだから」

「ま、まあ、それはアシュレイのいう通りではあるが本人が……」

「オズが控え目な性格で賛辞や報酬を辞退したからといって、功績がなくなるわけじゃないのよ」

オズウェルの功績は一言では語れない。

不治と言われていた病の治療薬を開発し、さらには高価で市民が手に入れることができなかった薬を安価で売買できるようにし、女性がつけなかった職業への就業支援活動もしている。

それだけじゃない。我が領地にも貧富の差は存在し、父もわたしもさまざまな政策を行うものの、いつも結果は芳《かんば》しくなかった。そこにオズウェルは新たな策を打ち出した。

他にも従軍したこともあり、本人は詳細《しょうさい》を語りたがらないが、新聞や人々の話を聞く限り活躍していた。もともとオズウェルの家は軍を司《つかさど》る家なのだから、彼の父も喜んだに違いない。

そんなことをつらつらと告げていると、お父様は目が飛び出るほど大きく見開きわたしの顔をまじまじと見つめてくる。なにかおかしなことを言ったかしら？

「アシュレイが勘違いしているのか、あれの擬態が上手いのかわからないが……そうだな。私から言えることは、オズウェルが婚約解消することはありえないよ。あの子はケイトゥ領の入り婿になるために頑張ってきたんだからね」

「でも……！」

「よく考えてごらん。オズウェルのようなへん――ちょっと変わった子と誰が結婚したいと思うんだい？　ほら、彼が社交界に出た直後のことは覚えているだろう？」

それを言われるとわたしも返す言葉がなくなってしまった。

■エピソード　2

オズウェルの優秀さが花開いていく中での出来事である。

彼が神妙な顔をしてわたしの元を訪れたのだ。いつもにこにこ笑っているから、社交界デビューをして何かあったのかと部屋に通した。

「……僕は馬としても役に立たないかもしれないんだ」

部屋に入ってきて最初に口にした言葉にわたしの心に浮かんだのは、羞恥心ではなく怒りだった。

「何を言っているの？　あなたが役に立たないなんて誰が——また親戚の誰か？　それとも——」

「レイ、違うよ。落ち着いて聞いてくれる？」

頭に血が上ったわたしをなだめる彼の手が優しく、背中を撫《な》でる。

オズウェルをいまだに馬鹿にするような者はゼロに近いとはいえ、蔑称がなくなったわけではない。女伯爵の種と揶揄する者は悲しいことに残っていて、それを言い出したのはわたしの一族の者だった。

「もちろんよ。それで何があったの？　どうして……その、役に立たないなんて言うの？」

「僕が社交界デビューしたのは知ってるよね？　普段、女性と近づくことはないんだけど、最近やけに女性との距離が近いんだ。そこで僕は気付いたことがあって……」

オズウェルは俯《うつむ》いていてわたしの表情を見ていない。

想像していた方向と違ったことに安堵しながらも、胸が苦しくなってしまう。

オズウェルの社交界での評判は噂として聞いている。これだけ見目も麗しく将来有望で侯爵家という肩書きがあるのだから当然と言えば当然だ。

だから仕方がないのかもしれないけど、たぶん今すごくわたしの顔は不細工だと思う。

「一応、検査をする必要があると思うんだけど。どう思う？」

「………あ、えっと……」

——どうしよう。聞いていなかった……。

「ああいや。まだ、確証があるわけじゃないんだよ？　だってね……そのひとりでは問題なく処理できるから」

「………………は？」

「もしかしたら習ってない？　そっか……そうだよね、ごめん。少し早とちりしてしまったみたいだ。ただ、よければたしかめさせてもらえないかな？」

「……何、を？」

素直に頷いたほうが良かったのかもしれない。でも、わけがわからないまま頷くような教育を受けてはいなかった。

「なんて言えばいいのか……君に隠し事をしても仕方がないよね。僕の男としての部分が反応するかどうかだよ」

「………………は？」

今日二度目の淑女らしからぬ言葉が飛び出た。

目の前の婚約者は何を言っているのだろう。

「最初はなんとも思わなかったんだけどね、友人に聞かれて不思議に思ったんだ。もしかしたら僕は種馬として役に立たないんじゃないかってね。だから、たしかめさせて」

ぽかん、と口を開けてしまっても仕方がないはずだ。

でも、オズウェルはそんなわたしを気にする様子もなく、その逞《たくま》しい腕を伸ばす。いやいや、確認をしたのだから、了承を得るまで待ちなさいよ。

そんな文句が口から出る前に彼の鍛えられた腕は壊れ物を扱うように優しく体を包む。

父以外の男性に抱きしめられたことがないわたしの体は、自然と強張る。決して不快というわけじゃないけれど、オズウェルの腕の中にいるのだと思うとそわそわとしてしまう。

彼も同じ反応を示しているように思えて、見上げた。

「やっぱり君だけの種だ、僕は。でも、これでひとつ立証されてしまったな」

頬を赤く染め、嬉しそうにはにかむ。

そこに一ミリも恥じらいがないのはどうしてなのか。

同じと思っていたけれど違うみたいだ。

「な、何が……？」

「僕は君の種馬にしかなれないみたいだってことだよ。ああ……嬉しい」

後半はよく聞こえなかった。

代わりにオズウェルは指先に力を入れ、わたしの体を強く抱きしめた。衣擦《きぬず》れが耳朶に響く。

彼が好んで使っている石けんなのか、淡く爽《さわ》やかな香りが鼻をくすぐった。

なぜか体が火照《ほて》り、顔が熱くなり、いてもたってもいられなくなってしまう。

嬉しいのに恥ずかしいからこの腕の中から逃げ出したい。

「それじゃ、僕は先に庭にいるね。ここにいたら君を押し倒してしまいそうだから」

「…………」

オズウェルは笑いながらわたしを解放し、部屋から出て行く。

そんな彼の余裕な態度とは逆で、わたしは緊張から体から力が抜けその場に腰を落とした。

突然の抱きしめたい発言にも驚いたけれど、今さらながらオズウェルの言葉の意味を探り、意図に気付いてしまう。

貴族位を持つものとして必要な知識として教えられてはいる。

教えられてはいるけれど、こんな形で話題がでようとは、誰が想像できるだろうか。

「…………泣きたい」

どうしてわたしは十三歳という年齢で、婚約者のこんな相談に乗らないといけないの⁉

この後、オズウェルの機嫌が驚くほど良かったことから、心配した父がやってきてひと悶着《もんちゃく》おきたけれど、それは別の話だ。


——たしかに、そんなこともあったわね。

正直なところ消したい過去のひとつだから、今日まで考えずにいた。

「彼はああいう男なんだから、この話はここまでにしよう。それにね、この婚約は家と家の契約だから、君がどう考えていようと解消はしないよ、いいね」

お父様は領主の顔になりわたしに言う。

こう出られてしまうと、何も言えず口をつぐむ他ない。

「……わかりました。朝からこのような話をしてしまいすみませんでした」

そう、父の言葉は正しい。

今更わたしの夫──ケイトゥ女伯爵の伴侶という立場を理解し、甘んじてその立場を受け入れてくれるような人はいない。ましてオズと婚約解消をすればわたしの疵《きず》となり、親戚たちがつけ入る隙《すき》となり、全て奪われることになり兼ねない。

「レイ、そのな……」

「謝らないでください。お父様が仰《おっしゃ》っていることは正しいのですから。……学園に行ってきます」

──わかっているけど、オズの未来のことを考えるとどうしても……。

ツキンと胸の奥が痛む。

目を閉じれば美しい婚約者の姿が浮かぶ。

伯爵令嬢としては手放してはならないとわかっている。だけど、ただのアシュレイとしては、輝かしい未来を自分の手で掴《つか》んだのだから、あの人には幸せになってほしかった。

パタンと扉が閉まると同時に父の声が聞こえてきたけれど、ハッキリとは聞こえてこなかった。

「まったく、オズに解消だなんて言い出したら明日には結婚の運びとなるに決まっている」

■エピソード　3

「浮かない顔をして、どうかしまして？」

「……ううん、なんでもないの。気にしないで」

いけない、いけない。友人と勉強の疲れを癒す意味も含め、学園に設置されたカフェのテラスでお茶を飲んでいたのに、少し気を抜くとオズウェルに意識をもっていかれてしまう。

謝りながら紅茶を一口含んだところで――

「愛する婚約者殿のことを考えていましたのね」

「ング!?　ケホッ、ケホッ……あ、愛って」

飲みかけていた紅茶を口から吹き出しそうになる。

慌《あわ》てて飲み込んだまでは良かったけれど、みっともなくもむせてしまった。

「あら、違いますの？　慌てていることが何よりの証拠に思えますけれどね」

ふふっ、と笑いながら、彼女は美しい所作で紅茶を口に含む。

「……わたしは……好きだけど、オズはわからないわ」

「寝言は寝て言えとはこのことですわね」

「だ、だってね？　わたし、一度だってオズから好きかって聞かれたことがないの……だから、きっと彼は……」

彼はなんなのだろう。

同情？　哀れみ？　何がほしくて、婿という立場を甘んじて受け入れるのかわからない。

オズウェルはわたしに優しいけれど、一度もわたしの気持ちを聞かない。わたしから言ったこともあるけど、受け取り方が自然で――恐らく、お菓子が好きというニュアンスで捉えている。

「オズにとってわたしは……種床みたいなものなのよ」

自分を種馬と受け入れているオズウェル。

普通だったら怒ってもいいのに、幼少期の評価があまりに低くて、その影響を引きずっている。

わたしといたら、変わらない。

正しい評価を受けるためにも婚約解消すべきなのだという声が、頭の中で響く。

「随分と影響を受けていますわね」

「どういう意味？」

「言葉のままですけれど、アシュレイの悩みは察することができましたわ。そうですね、でしたら、他の男性に目を向けてみてはどうですか？　あなたの言葉が正しければ、他の殿方が好きだと告げれば解消を受け入れてくれるのではなくて？」

「他の男の人……」

突然の提案に言葉を失ってしまう。

婚約解消に関してはここ最近の悩みでもある。しかし、それはオズウェルに問題があるわけではなく、彼の将来を考えてのことでだ。そこにきて他の男性を見ろと言われても。

「……誰がいるの？」

「まったく残念ですわね。我が学園の花はこれなのですから」

正直な感想を告げれば呆《あき》れたようなため息を吐かれてしまった。

「だ、だって……」

小さい頃からオズウェルと一緒にいて共に育ってきた。彼が自分を磨けばそれに追いつけるように頑張ってきたのだ。他の男性を今さらどんな目で見ればいいのかわからない。

「アシュレイはオズウェル様に不満はないのですか？」

「不満はあるけど……」

「他の男性に目移りするほどではない、ということですわね」

「一体、なんの話をしているのかな？　僕も交ざっていい？　いいよね」

振り返るとオズウェルが貼り付けたような笑みを浮かべ、友人を見つめていた。

「あら、何かご用かしら。こちらに来ていいのですか？　取り巻きの女性たちが待っているようだけれど。それにしても、愛する婚約者を目の前にして堂々と浮気するなんて、偉くなったものですね」

「誰が浮気をしているって？　これだから君とレイをふたりきりにしたくないんだよ。愛《いと》おしい婚約者をたぶらかす魔女をどうしたら排除できるんだろうね」

「あらやだ、たぶらかす魔女だなんて。わたしたち女は社交界で生き抜くための話術に長《た》けているだけだというのに。あなたの言葉を借りれば、貴族の女は全員魔女になってしまうわ」

「腹に一物も二物もあるような穢《きたな》い言葉は僕のレイは使わないよ。彼女は僕を想って優しく怒って、自分を傷つけるんだ。少しは見習ったらどうかな、魔女さん」

「いやだわ、惚気《のろけ》のつもり？　自分の能なしを棚にあげて」

「魔女は聖女の影響を受けづらいんだろうね」

――このふたりは仲が良いのか悪いのか、いまいち分からないのよね。

たしか従兄弟《いとこ》関係にあったはず。

昔のオズウェルのことも知っているからこその軽口なのだろうけれど、わたしを挟んでの言い争いは止《や》めてもらいたい。

体を少しだけ後ろに向け、見上げると舌戦は止み、代わりに彼はしまりのない笑みを浮かべた。

こんな顔をされるたびに居心地の悪さを感じ、友人の視線が気になる。

「オズ、わたしに何か用があったの？」

「ああ、君の後ろ姿を見かけたから挨拶をしに来たんだよ」

「そう……。でも、珍しいわね学園にいるなんて」

オズウェルはもう学園を卒業している。ただ、優秀故に残留という処置があり、研究をしているのだ。

研究棟は生徒が通う一般棟とは違う場所にあるため、わざわざこちら側に来なければ会うことはない。

「うん、今日は研究の発表の準備のために立ち寄ったんだ」

「ああ、そうだったわね」

栄誉ある学会だと聞いた。

国王陛下を筆頭に国の中枢を担う方たちが集まる場。

わたしの夫という立場に収まった時、彼にとっては二度と戻れない場所。ただの平民と何も変わらないのだから当然のことだ。

オズウェルを官吏にするため爵位を与えるかもしれないけれど、ケイトゥ伯爵家に婿入りした途端爵位を与えることはないだろう。他の貴族たちへの示しもつかなければ、伯爵家に対しても失礼すぎる行為だ。

「この学会が終わったら次は助産師の下で学ぶ予定なんだ。君のデビュタントもそろそろだから時期的にもちょうどいいよね」

「なっ、なにを急に言ってるの？」

「子供の扱いには慣れてきたんだけど、赤ん坊の世話はしたことがないから不安なんだよね。兄上たちの子供の面倒を見たかったけど、乳母《うば》が近寄らせてくれなくてね」

それはそうだろう。仕えている家の息子に世話を任せることができる強者《つわもの》はいない。

いや、そもそも前提が違う。

「待って。なんのために……」

「なんのため？　それはもちろん、僕とレイの子供のために決まってるじゃないか。ああ、それじゃ時間がないからもう行くね」

手を振りながら立ち去るオズウェルの姿を一瞥《いちべつ》し、友人に視線を向け不安を言葉にする。

「…………本当にいいのかな」

「何がです？」

「オズの将来」

「とても幸せそうに見えますけど」

友人の視線がオズウェルの去ったほうに向く。つられて顔を向ければこちらを見て、嬉しそうに手を振る婚約者がいた。今のわたしには直視することができなくて、手元に視線を落とした。

「だってオズは本当に頑張ったの。出会った頃は何もできない子で……」

「今では国一番とまで謳《うた》われる知性を身につけ、剣の腕も下手な騎士よりも扱いが上手いと聞きますね」

誇張だ、と言いたいけれど、実際そうなのだ。

知性は馬鹿にされたことを悲しんだわたしのために学び始めたこと。

体を鍛え始めたのは領地を歩くだけで息が上がり、襲われた時にわたしを守れないことに気付いたからだったか。

きっかけはどうってことないけれど、今や彼の国への貢献は大きい。

弟のようだった存在が少年へ、そして気付けば男の人になっていた。

みんなが彼の姿を追いかけている気さえする。ううん、実際みんなの注目を浴びている。

「……話す必要があるよね」

でも、と呟《つぶや》いてしまう。

もしオズウェルが婚約を解消ないし破棄することを受けいれる、と言ったらわたしはどうなるのだろう。昔から彼と結婚し、領地を治めることだけを考えてきた。新たに婚約し、結婚相手が見つかったとしても相手が自分の手で領地経営がしたいと言った時点で全てが瓦解《がかい》する。

だからこそ彼とこのまま結婚することが、わたしにとって一番なのだ。

オズウェルがわたしを蔑《ないがし》ろにするはずがない。嫌というほど理解できて、わたしの描いた未来を掴む道だった。けれど、自分の将来ばかり叶《かな》う未来を望むことはできなかった。

わたしはオズウェルが婚約者だったから、傍《そば》にいてくれたからこそ今の自分が出来たのだと今さらになって気付いた。

——片方だけの幸せなんて嫌。彼が幸せになるために伝えないといけない。

■エピソード　4

自分の感情に気が付いてしまえば、決断は早かった。

今日必ず伝える。明日に延びれば揺らいでしまう自分の弱さを知っているから。

そう、決意し屋敷に帰れば、案の定というべきなのかオズウェルは応接間にいた。ここ数か月オズウェルとお父様は顔を突き合わせ話し合い、そのあとチェスをするようになっていた。

わたしの気持ちとは真逆の理由からだ。

「お父様、ただいま戻りました。オズも今日も来ているのね」

「お帰り、アシュレイ。少し待っていてくれるかな？　オズウェルも手が離せないだろうから……むむ!?　待った！」

「——待ったは当然ありませんよ。レイ、無事に君が帰ってこられてよかったよ。すぐに終わらせるから待っててね」

「すぐにだと!?　いいか、今日こそ譲らないからな！」

いつもは最優先してくれるけれど、この時ばかりは違う。

顔をチェス盤から上げることなく、真剣に考え駒を動かす。わたしは呆れてしまいため息を吐き出し、ふたりの邪魔をしないように少し遠くのソファーに腰を下ろした。

「もう無駄になるかもしれないのに……」

ふたりにわたしの呟きは聞こえていないようで、駒が動く音と彼等《ら》の静かな息遣いがやけに響いた。

この勝負の意味は知っている。

オズウェルがわたしのデビュタントと同時に籍を入れたい、と父に申し出をしてきた。年齢としては成人したけれど、一応学生の身で貴族令嬢とはいえいくらなんでも早すぎる。

決闘したら十中八九、オズウェルが勝利するから父が得意なチェスで勝負することになった。初心者のオズウェルは最初の頃こそ負けが続いていたけれど、今では彼が連勝続きだ。

「うん、チェックメイト。十二勝しましたから、これで一年早めてもらいますね」

オズウェルは笑顔でお父様に告げた。

父はといえば、悔しそうに歯をむき出しにしている。

「くっそう！　お前は目上の者を立てるということを知らないのか」

「この件に関しては一切ありません」

こんな所から察するにふたりは意外と気が合うように思える。お父様も息子がオズウェルじゃなくなったら悲しむだろう。

「レイ、そんな熱い眼差《まなざ》しで見つめられたら照れちゃうよ」

「見てないわよ……」

勝負の意味を聞いた時には嬉しくも恥ずかしかったけれど、自分で自分の首を絞めている行為に見えて、今日はただ苦しい。

オズウェルは立ち上がり、わたしの前まで移動し片膝《かたひざ》を付き手を差し出す。どういうわけか、最近こういう格好をよくしたがる。

「あの、どうしたの？　普通に椅子に座ればいいのに」

「練習だよ。君をエスコートするのに失敗は許されないから。僕は、ほら……」

肩をすくめながら、頬に赤みが差す。

「種しか能の無い男だから、何度も練習しないとね」

「………あ、あのね、何度も言うけど、その単語止めない？」

「うん、止めない」

清々《すがすが》しいほどハッキリと言われてしまうと、口をつぐんでしまう。

ここで強く言えればいいんだけど、彼が譲らないものは『種馬婚約者』という言葉。知っているからこそ、何も言えない。とはいえ、オズウェルは意外に強情だから、簡単に引き下がらない。充分すぎるほど身を以《もっ》て知っている。

「それで僕に用事はなんなのかな？　話があるんでしょう」

お父様がいる前で言うのはなんとなく憚《はばか》られる。

ちらっ、と横目で見れば父は察してくれたようで部屋から出ていく。代わりにメイドが入ってきて、壁と一体化した。

お父様に話す前に、オズウェルと決めておいたほうがいいわよね。婚約解消ではフェアじゃないかもしれない。わたしに縛り付けておいたのだから破棄として、何かしらの罰則を受けるべきで――今から告げる言葉を聞いた時の反応が想像つかない。

すぐに頷くか、頷かないか。

どちらだろう。

でも、これも全てオズウェルの将来のためなのだから、と自分に言い聞かせ口を開いた。

「あのね、落ち着いて聞いてほしいの。オズが望むならわたし、婚約破棄をしてもいいと考えているの」

「…………」

オズウェルは完璧な振る舞いを崩し、その場にお尻を付く。

何が起きたのかわからず、声を掛けようとすれば瞳を瞬き喘《あえ》ぐように唇を動かしている。

「オズ、大丈夫？　ちょっと待って、お水を――っ!?」

立ち上がろうとした瞬間、彼がわたしの腕を掴んだ。

「嫌だ、絶対に僕はそんなの認めない」

さっきまで喘いでいた人とは思えないほど、はっきりと告げた。

今度はわたしの言葉が思うように出てこなくなる番だった。

「あ、あの……だって……」

「僕は君の種として不足なの？　ああ、ずっと前に相談したことを気にしている？　大丈夫だってここで証明してみせようか？　すぐに証明することができる」

オズウェルは何を思ったか、立ち上がりベルトに指をかける。

目の端ではメイドが慌てて近づいてくるのが見えたけれど、制止するべきなのか助けを求めるべきなのかわからない。

ひとまず、彼を止めることに集中する。

「なっ、何を言っているのよ！　やめて、ベルトを外さないで!!」

手で押さえようとするけれど、オズウェルは恥ずかしそうに腰を捻《ひね》る。見上げると頬を染めている。

なぜだ。わたしのほうが何かしたみたいに感じるのは。罪悪感がどっと押し寄せてくるのはどうしてなの!?

「破棄がしたいわけじゃないの！　ちょっと確認しただけだから!!」

「本当に？」

「本当！」

「種馬は僕がいい？」

「だから、その単語は止めてって言っているでしょ！」

「レイ、僕のアシュレイ。僕で——僕がいいんだよね。デビュタントに僕は絶対に一緒にいくけど、君からも了承の意がほしいな」

オズウェルは片膝を付いて、わたしに手を差し出す。

しかし、ベルトに手をかけたまま言われて、頷く真似を誰ができる！

「レイのお婿さんになることが僕の望みだよ。この気持ちを疑わないで」

「う、疑っているわけじゃないの……」

「本当に？」

「うん」

ただ、あなたの未来が平凡な婿でいいのか不安になっただけで、自分のためだけにオズウェルを縛り付けることが嫌で。こんなこと言葉にはできなくて、ただ頷く他なかった。

「君がそのつもりなら、僕にも考えがあるから覚悟してね」

「……な、何を考えているの？　待って、オズ！　わたしの話を聞いて‼」

静かに立ち上がりオズウェルはわたしを見下ろす。

いつもキラキラ輝いている碧眼が不思議なほど昏《くら》い、今にも食いついてくるような闇がそこにあるようで、わたしの体は硬直する。

「ふふ、レイを怖がらせるつもりはなかったんだけど……仕方ないよね。だって、君を縛るために頑張っているのに、君が逃げようとするんだもの」

「どういう意味？　ねえ、オズ！」

オズウェルはわたしの言葉を無視し、屋敷を後にした。

それから――デビュタント当日まで、何事もなかったかのように過ごしていた。

■エピソード　5

デビュタントは最悪だった。

その元凶《げんきょう》が目の前にいる。

本当だったら国王陛下が現われ、成人を迎えたことの言祝《ことほ》ぎと貴族としての心構えの話を聞き挨拶をする。そして、ファーストダンスを踊るという流れのはずなのに……。

国の重鎮が集まる中でオズウェルは大々的に「アシュレイ・ケイトゥの種馬」発言をした。

今までもわたしの前で言っていたし、陰口を言う人たちもいた。

しかし、今まで本人たちが肯定してこなかったことから、それはなんの意味もなさなくて。いや、実際認める人間なんていているはずもない。

だというのに、ええ、もう、それはみんなの視線を一瞬でかき集め、わたしまでも大注目。

否定したくても羞恥にまみれたわたしに余裕があろうはずがなく、むしろ火に油を注ぐような発言をしてしまった自覚がある。

その上でこの新聞。

市民の間にも広がってしまう。後戻りはもうできない。

「オズのバカ！　あなたのせいでわたし……わたしっ」

八つ当たりと言われればそうなのかもしれない。

でも、初めての社交会の場で、謂《い》われのない噂を耳にすれば仕方がないと思う。思いたい。

「レイ、少し落ち着きな――っと……」

「お父様も聞いたことがあったでしょ⁉」

お父様が落ち着かせようと近づいてくる。なだめるような言葉と態度が腹立たしくて、ソファーに置いてあるクッションを投げつけた。

「まあ、噂はね。だけど、噂だと知っているからこそ、放っておいたんだよ。下手に否定すれば隠している、と勘ぐられるだけだから」

「それはわかるわ！　でも……」

実際、噂は広がり続け、さらにオズウェルは肯定ともとれる態度を示したのだ。

「レイ、ごめん。ああすれば君との婚約破棄、解消どれもできないと思ったんだよ」

「アシュレイ⁉　止めたというのに、この変態男に言ったのか？」

そう言われてみればお父様に伝えていなかった。

謝りながら頷くと、大きくため息を落とされてしまった。

「非情な手段をとると思っていたから止めたというのに……やれやれ」

「……今の言いかただと、こうなることがわかっていたみたい。どういうこと、お父様」

「どうもこうもないよ。この男はね、君だけが必要で、他はどうでもいいと思っている男なんだよ。

そんな相手から婚約解消の話をされたら、どんな行動にでるか簡単に想像ができるよ。行動力も能力もある男っていうのはね、とっても厄介なんだよわかったね、アシュレイ」

訥々《とつとつ》と言って聞かせるお父様の背中は丸まり、疲労感たっぷりだ。

だというのに、張本人はなぜかキラキラした笑みを浮かべている。

「ふふ、お義父《とう》さんは僕のことよーくわかってくれて、嬉しいです」

「……まだ私は君の義父になってないよ。これで、アシュレイに近づく男は激減するだろうな。まあ、それも計算の内だろうがな」

父の言葉を肯定も否定もせず、オズウェルは綺麗な唇に一層深い笑みを浮かべた。

「な、何よそれ！　わたしに近づいてくる人なんていないわ。むしろあなたのほうが――今のは忘れて」

自分の失言に気付き、唇を噛《か》む。

「僕がなに？」

「……なんでも、ないわ」

「嘘だよ。レイが目を逸《そ》らすことなんて滅多にない。その滅多がある時は嘘を吐いている時なんだよ？」

オズウェルが近づき、わたしの足元に跪《ひざまず》く。片膝を付いて。

王子様のような所作に胸が高鳴るのは仕方がないのに、同時に苦しくて悔しくなる。

「アシュレイ？」

優しく名前を呼ぶオズウェルの瞳が悲しげで、わたしが悪者になった気分になってしまう。

だから、渋々答えた。

それが彼に嫌な顔をされる原因になるかと思うと辛いけれど。

婿養子に来てくれるだけありがたがる立場だってわかっている。それでも愛人を許容できるほど心は広くなかった。

「……オズのほうが、たくさんの令嬢に囲まれていたじゃない」

デビュタント会場で多くの令嬢が彼に近づき、話しかけていた。

それも今年デビューする令嬢以外から。きっと今までもどの舞踏会でも同じ光景が広がっていたのだろう。そう思うと、胸の奥にツキンと鋭い痛みが走る。

「僕？　僕にそんなに人が集まっていたかな？」

「…………本気で言っているの？」

探るように言えばオズウェルは首を傾げ、何かを考え始める。

さらりと流れる金髪は美しく、そんな所作を令嬢たちは褒め称えるのだ。

わたしには、当たり前のことのように想像できるのにオズウェルにはわからないらしい。

――そう言えば昔、反応しないって相談しに来たのよね。

思い起こせば失礼な話だ。

相手は身分も美貌も教養も兼ね備えた令嬢たちなのに、何が不足なのだろう。

でも――だからこそ、オズウェルには『女』として認識されていないのかもしれない。理性ではどうにかなるかもしれないけど、体は素直だ。

「ごめん、レイ。もしかしたら、あの邪魔者たちのことを言っているのかな？」

「その言い方はどうかと思うけど……」

「だって本当のことじゃないか。昨日だって僕はレイの傍にいたいのに、邪魔するように僕たちの間に入ってきて。僕からレイを奪ったんだ」

「う、奪ったのはわたしじゃなくて、あなただと思うけど……」

つまりわたしは奪われたというわけだけど、どうしてかオズウェルと話していると逆になっている。

「違うよ、僕から奪ったんだ」

訂正してみせれば、オズウェルから間髪入れずに訂正が入る。

何このやり取り。

「レイに誤解を与えるなんて考えたこともなかったから放置していたけど、これからは奪われないよう僕は最善の手を打つつもりだよ。だから、君は何があっても僕の傍にいて、お願い」

真剣な瞳で言われてしまうと頷くしかなくて、さらに手の甲にキスのひとつでもされてはさっきまで抱いていたもやもやした感情は消えていた。

「オズは変よ、すごく変！」

「はは、君のことが好きすぎるからだよ。仕方ないね」

「わたしが悪いの？」

納得がいかないけど、これ以上オズウェルと話していると羞恥心から顔を上げられなくなりそうだった。今だって耳まで熱いのに。

「………昨日、ダンスができなかった」

代わりに別の文句を口にする。

ずっと楽しみにしていたのだ。彼と踊るのを。

「ああ、今度の夜会に一緒に行こう。次は一緒にダンスをしようね。僕も君と踊るのを楽しみにしていたから、今から楽しみだよ。新しくドレスを作るのもいいけど、デビュタントのドレスはとても素敵だったから、ふたりっきりで盛装して踊ろうか」

あの日はドレスはもちろんのことだけれど、髪型もお化粧も頑張ったからこう言ってくれるのは嬉しかった。

「………うん」

目を細め、さっきキスを落とした手の甲をもう片方の手で上から包む。

離さないと言われているようでそれは嬉しい。でも、わたしは胸の中で眠っていた不安が顔を上げるのを感じた。

「オズは、わたしが嫉妬したって思わないの？」

彼は常に自分が嫉妬する。

相手が男であろうと女であろうと。

本当はわたしが嫉妬する場面なのに、それは嬉しい反面悲しい気持ちになる。わたしの気持ちを置き去りにされているような、そんな感覚。

「レイが、僕に？　どうして？」

「どうしてって……」

「僕の気持ちを疑うの？」

「違うわ。疑ってなんてない。そうじゃなくて……わたしの気持ちを知りたくないの？」

「え……？」

両目を大きく開いて、オズウェルは驚きの声を上げる。

ああ、やっぱりとわたしは泣きたくなった。

彼は自分の気持ちにしか興味がなくて、わたしと気持ちがひとつになることなんて考えたこともない。だから、種馬なんて言葉を使うんだ。

「だって、僕は知っているから。もちろん言ってくれたら嬉しいけど、無理矢理聞き出すような真似したくないからね」

「……え？」

悲しい感情がぴたっ、と止まった瞬間だった。

「ど、どういうこと？　知っているって……」

「だって、アシュレイは婚約破棄を言わないから。まあ、ついこの前言われてしまったけど、あれは帳消しになるから、忘れさせてもらうとして――僕が好きだからだと思っていたけど違うの？」

さも当然と言われれば、首を傾げてしまう。

たしかに婚約破棄はとても簡単にできる契約になっている、と聞かされたことがある。だからオズウェルはわたしが自分を好きなのだと思っていたと。

――オズウェルって……昔は一歩下がっていたけど。

優秀になって一歩下がるのを止めたのだと思っていた。

でも、違ったんだ。

彼は何もできない頃と同じで、不器用なまでの優しさでわたしの気持ちを想像し汲み取り触れないでくれた。

「ああ、そうだったんだね、アシュレイ。僕が知りたがらないから、君を不安にさせていたんだ……君の口から、君の言葉で聞きたかったよ、もちろん」

見上げてくる眼差しは優しく、とても愛おしいと物語っている気がして目を逸らす。

でも、オズウェルは止まらない。

「答えて、レイ」

わたしの頬に温かなものが触れてくる。

それがオズウェルの手だってすぐにわかって、視線を泳がせながら向ければ彼の柔和な顔が間近に迫っていた。

「し、知っているのなら……いいの」

「駄目だよ。教えてくれるまで離さない」

オズウェルの吐息が髪にかかり、頬を温める。

全身が熱くて、ゆだっていて、ぼんやりとしてしまう頭で理性を保てているのは心臓が騒がしいからだった。

（自分で踏み込んではいけない場所に進んでしまった気がするわ。どうしてこんなことに……）

「アシュレイ、僕は君が愛おしいよ。君は？」

「……そんな風に言われたら……」

「うん、言わないと駄目だよね」

わたしが言うための道を作ってくれたオズウェル。

この人は優しすぎる気がする。昔から。ずっと傍にいてくれて、わたしのために惜しまず努力をしてくれた人。

そんな人のことを、どうしたら好きにならずにいられるのだろう。

わたしにはわからない。

「好きよ、あなたのことが誰よりも好き」

告げると同時にオズウェルの温かなものが唇に触れ、吐息が混ざりあった——。

その数秒後、お父様のコホンと咳払《せきばら》いをする音が聞こえてきたのは当然のことだった。

転生令嬢は護衛騎士の夢を見る

岩《いわ》田《た》加《か》奈《な》
ill. なま

毎晩同じ夢を見る。

『はあ、は……ひゅ、ゲホ』

息を吸うだけで肺が軋《きし》んだ。肋骨《ろっこつ》は三本ほど折れているし、頭と腹の切り傷からはだくだくと血が流れ続けている。何より片足が思うように動かなくて、これでは満足に踏み込むことすらできない。

夢だというのに痛みは鮮明だった。

周りには六体の魔物。四つ足の大型から、鳥のように飛行するタイプまで。打ち捨てられた建物の外壁に背中を預けた私を、ぐるりと取り囲んでいる。

壁を背にずるずると座り込んだ。

そして笑った。

『良かった……』

愛《いと》しい人を逃すことができた。そのことが心の底から嬉《うれ》しかった。

私は多くの王族護衛騎士を輩出してきた名門・ウスマン騎士爵家の長女でありながら、剣の才能に恵まれなかった。両親には早々に見限られ、泣きべそをかきながら一人で素振りをして育った。

十六歳になった今でこそ少しは気持ちの折り合いもついたものの、当時はそれこそ世界で一人ぼっちかのような恐怖だった。

役に立てるようになりたかった。強くなって、必要とされたかった。一人でする修行には限界があり、必死で頼み込み続けたら、十三歳のとき王城の騎士団の鍛錬に交ぜてもらえるようになった。

――あの人に出会ったのはそんなときだった。

『あんた』

確か私はそのとき走り込みをした後で、一人で膝《ひざ》に手をついて息を整えているところだった。涼やかな声が呼んだのが私だと気づくまでに少し時間がかかってしまった。

『あんただ――赤毛の』

『え？』

慌《あわ》てて顔を上げたら、信じられないくらい美形の男の人が私を見ていたから、心臓が飛び跳ねた。歳《とし》は私より二つ三つ上と見えて、背が頭一つ分も大きかった。一目で高級とわかる服装が位の高さを感じさせる。黒髪と、夏の空みたいに澄んだ青い瞳がなんとも神秘的で――けれど表情もなく私を見下ろしていたから、少し怖かったのも事実だ。

萎縮《いしゅく》する私に、表情を変えないまま、彼はこう言った。

『いつも頑張ってるな。あんたに守られる人間は幸運だ――良ければ、俺の騎士になってくれないか』

その言葉を私は一生忘れないだろう。

世界で一人きりだった私を見つけてくれた彼は、粗野な口調とそれでも伝わる優しさがミスマッチな、この国の第一王子だった。

その日から人生の目標は殿下を守ることになった。彼の私兵団に入って鍛錬に精を出した。さらに私はその後彼の護衛騎士の一人に選ばれ、王族の騎士になるという親の期待に図らずも応えることになったけれど、そんなことはもはや心の底からどうでもよくなっていた。

そして全ての努力が今日報われた。遠方の土地を視察するため、馬車で移動していた彼を襲った九体の魔物。魔物が集団で現れるなんておかしいが、何が起こっているのか考えを巡らせる暇もない。

護衛騎士四人でなんとか三体倒した。代わりに私は重傷を負った。

殿下を守って死ぬのは本望だ。もう望むことは何もない。

――――でも。

『ディーナ、頼む、逃げろッ！』

命からがら逃した大事な人の姿が蘇《よみがえ》る。魔法の使いすぎで充血したサファイアの両眼、喉が裂けそうなほど私の名前を叫ぶ声。彼は他の三人の護衛騎士にほとんど引き摺《ず》られるようにして、無理やりこの場から逃れた。同僚の護衛騎士たちにそうするよう頼んだのは他ならぬ私だ。

情けないことに、今まで私は殿下に守られてばかりだった。今日のような、「相手の魔法を封じ込める」という新型の魔物が現れて、魔法を得意とする彼が相手に封じられるような事態になって初めて、守る側に回れたのだ。

殿下は今、何を思っているだろうか。

頭に浮かんだのは二年前のあの日だ。護衛騎士として彼の散歩に同行した。そういうときはなぜかいつも二人だけだったので、それをいいことに勇気を振り絞って自分の決心を口にした、あの春の日。

「命に代えても守ります」と、「だから私を一生あなたのそばに置いてください」と、そう言った私を彼は見つめた。風に黒髪が揺れていた。真剣な眼差《まなざ》しで、徐《おもむろ》に私の両手を掬《すく》い取った彼を、世界で一番美しいと思った。

『「命に代えても」は、やめてくれ。叶《かな》うなら――俺と共に生きてくれ』

ふと、目を開ける。いけない。一瞬意識が飛んでいた。失血のせいだろう。

頭の隅で考えつつ、剣を勢いよく地面に突き立てた。それを支えに、腹が痛むのも構わず無理やり立ち上がった。肩で切り揃《そろ》えた自分の赤毛が視界の端で揺れる。

地面に刺さった剣を引き抜く。腰の位置に構えた。よく手に馴染《なじ》むそれを一際きつく握りしめる。

意識を強く持て。深く深く息を吸え。震える己を叱咤《しった》しろ！

眩暈《めまい》をごまかすため、弱い自分を振り切るため、馬鹿みたいに叫んで駆け出した。

『ネサニエル第一王子護衛騎士、ディーナ・ウスマン！　参るッ！』

不思議と全てがゆっくりに見える中、四つ足の魔物が牙を剥《む》き出しにしたのを見た。

直後、私の視界は暗転した。


一人の少女がむくりと起き上がった。寝台に座ったままぼうっと宙を見つめる。色白な肌には傷一つなく、腰まで伸びた髪は朝日に煌《きら》めく見事な赤毛だ。

「またあの夢だったわ……」

右の手のひらがヒリヒリ痛む気がした。剣など握ったこともないし、まめも傷も一つもないのに。

ぐっぱーと何度か握ってから、少女はひとりごちる。

「どうしたらいいの……」

＊＊＊

私、エステル・コールマンはコールマン伯爵家の長女だ。傷んで見えやすい赤毛の手入れ、可愛《かわい》いがいたずら好きな弟についてなど、それまでも尽きなかった悩みごとに、最近新しい項目が加わった。

変な夢を見る。それも、十六歳になったその日から毎日。

夢の中で私は騎士のようで、何やら絶体絶命である。そしておそらく毎回最後死んでいる。気がかりなだけでなく、精神衛生上もよろしくない感じがする。

けれど私は親孝行な娘なので、大好きな父と母に余計な心配をかけるのは嫌だった。

そこで、自分の護衛騎士に相談することにした。

「ねえ、テオ」

「はい」

伯爵家の自室にて。そばに控えていた私の護衛騎士、テオ・エヴェンソンが、ソファに腰掛けた私の前に跪《ひざまず》いた。

「最近ね、よくおかしな夢を見るのよ」

「夢？」

眉を下げて言えば、彼はほんの少し首を傾《かし》げた。驚くほど整ったその顔は、無表情のとき些《いささ》か冷たい印象だけれど、気にする必要がないのはわかっていた。

「私は女騎士なの。でも弱くて、しかも魔物に囲まれてて、今にも死にそうなの」

思い出しつつ話し始める。最高級のアメジストみたいな瞳がじっとこちらを見ている。

テオは子爵家の次男だ。私が五歳、テオが七歳のときにコールマン伯爵家の門を叩《たた》き、突然「お嬢様の護衛騎士として雇ってほしい」と言い放った。

他の護衛騎士が実力を試すと、発展途上ながら剣も魔法もかなりの実力。父はエヴェンソン子爵が次男坊の勝手を許していることを知ると、本当にテオを雇ってしまった。

「夢の中の私は最後の力を振り絞って頑張るんだけど、結局いつも死んでしまって目が覚めるの。これが毎日――変だと思わない？」

切々と訴えると、テオはパチリと瞬いた。

「別に。冒険小説の読みすぎじゃないですか？」

「えー！　それだけじゃなくて、感覚がすごくリアルなのよ！　剣は重いし、体は痛いし、魔物は独特の臭いがするし！」

「想像力が豊かなんですね」

「違うの！」

身を乗り出して言い募《つの》ろうとしたとき、ノックが聞こえて扉が開いた。年配の護衛騎士が顔を出す。

「失礼いたします。テオ、交代だ」

彼はそのまま部屋に入って、壁のそばに立った。テオが頷《うなず》いて立ち上がる。私が少しずれてソファにスペースを空けると、テオはそのままそこに腰を下ろした。

護衛騎士としての勤務時間が終わると、テオは私の幼馴染に早変わりするのだ。

幾分肩の力を抜いたテオに向き直る。彼はテーブルに置かれた皿からクッキーをつまんで口に運び始めた。

「テオ、私、魔物の臭いなんて知らないでしょう？　見たこともないんだから。でも夢では確かに臭うの。その時点で変だと思うの――ねえ、聞いてる？」

ポリポリとクッキーを咀嚼《そしゃく》する姿に不安になって首を傾げる。目線だけはしっかりこっちに向けたまま、テオは口の中のクッキーを飲み込み、しっかりと頷いた。

「はい。要は怖い夢を見るから俺に添い寝してほしいって話ですよね？」

「違うわ！」

首をブンブン左右に振って否定した。テオがにやりと楽しそうな顔になって、座ったまま距離を詰めてくる。逃げ場がなくて腰を浮かせかけたが、テオの右腕がいつのまにか私の腰に回っている。

「そんなに照れなくてもいいのに。俺のお嬢様は恥ずかしがりだ」

「は、離して！」

テオの胸元をぐいぐい押すがびくともせず、私は自分の顔が髪と同じくらい真っ赤になっていやしないかと心配になり始めた。

目下一番の悩みが不思議な夢のことだとしたら、二番目はこの護衛騎士兼幼馴染のことだ。

テオは私を揶揄《からか》うことを生き甲斐《がい》にしていると言っても過言ではない。けれど本気で嫌がるようなことはされたことがなく、今もテオは私の慌てぶりを見てひとしきり笑うと、パッと距離を取り直す。

なんだか釈然としない気持ちで、目の前の男をじとっと睨《にら》みつけた。会ったばかりの頃は女の子みたいだったのに、今では背がぐんぐん伸びて体も大きくなって、すっかり男の人になってしまった。

昔は普通だった距離感で首まで真っ赤になってしまう自分のことも、何でもないことのように飄々《ひょうひょう》としている彼のことも、何だか少し気に入らない。

モヤモヤした気分に従ってむくれていたら、テオが私の顔を覗《のぞ》き込んだ。

「どうしたんですか？　不細工な顔して。クッキー食べて機嫌直してくださいよ」

「まあ――」

反論しようと開いた口にひょいとクッキーを入れられてしまった。仕方なく食べる。

「美味《うま》いですか？」

頷いた。テオは「なら良かったです」と笑って、さらに新しいクッキーをつまんで私の口の前に持ってくる。バターとバニラがふわっと香った。

「もっと食べます？」

「……太ってさらに不細工になったらどうしてくれるのよ」

できる限り恨みがましく伝えると、テオは声を上げて笑い始めた。

「大丈夫です、可愛い、可愛い。まん丸になったって可愛い」

「ならないわよ！」

むきになって言えばテオはまたおかしそうに笑って、目尻に浮かんだ涙を指で拭《ぬぐ》っていた。どんな理由であれ、彼が笑っているのを見るとこっちまで幸せな気持ちになってくるから不思議だ。

テオがひとしきり笑って満足したところを見計らって、私は一つ咳払《せきばら》いをした。少し離れたところに立っている年配の護衛騎士には聞こえないよう、声をひそめる。

「あのね、テオ。私、あの夢は前世なんじゃないかって思ってる」

伝えるのに少し勇気が必要だった。どんな反応が来るかドキドキしながら顔を上げたとき、私は目を丸くした。

小柄な私を長身のテオが見下ろすと、お互い座っていてもテオの顔に影が落ちる。でも、テオの表情が突然曇ったように見えるのは、そのせいだけじゃないだろう。

「……それがお嬢様の前世だったとして、どうするんですか」

「ど、どうって……？」

首を傾げる。それより幼馴染が悲しそうに見えるのが気になって、彼に向かって手を伸ばす。

私のその手を握り、自分の頬に押し当てて、テオは目を伏せた。

「前世のことをもっと思い出したいんですか」

その言葉にハッとする。具体的なことまで考えが及んでいなかったが、しっくりくる言葉だった。

「……ええ。あれが本当に前世なのか確かめたいし、もしそうなら、何があったのかちゃんと知りたい」

夢に出てきた「ウスマン騎士爵家」はこの国に実際にある名家だ。けれどただのリアルな夢に知識が組み合わさって出てきただけという可能性もある。

言葉に迷いつつ、それでも素直な思いを口にすると、テオは難しい顔になってしまった。いつも私を揶揄っては楽しそうにしている彼が表情を暗くするのは珍しい。

再びノックが聞こえ、今度顔を出したのは侍女だった。

「エステルお嬢様、お手紙が届いております」

「あら。どなたから？」

立ち上がって手紙を受け取って、「まあ」と声を上げる。伯爵令嬢の自分でもあまり目にしないような上等な手紙だった。

「王城に招待されているみたい……お茶会をやるって。もしかしたらハーバート殿下がいらっしゃるのかも」

この国の王太子である十五歳のハーバート殿下には、まだ婚約者がいない。そろそろ本腰を入れて探す時期だろう。王城に行くのは初めてだなと感想が浮かび、ふと気がついた。

「チャンスだわ。王城に行けば、何か思い出すきっかけがあるかもしれない」

ディーナという女性は、十三歳のときから三年と少し王城に通っている。実際にその地を見れば、夢が本当に前世なのか妄想なのかも判断がつくだろう。

名案とばかりにテオに目をやる。彼は眉を寄せていた。

「……そんなのに参加して、王子サマに見初《みそ》められちゃったらどうするんですか」

「大丈夫よ」とあっけらかんと答えると、テオの眉間《みけん》の皺《しわ》がさらに深くなった。この件に関して常に難色を示す彼を少し不思議に思う。

「いやいや、道中盗賊に襲われるかもしれませんし、会場では他のご令嬢にいじめられるかもしれません。それにお嬢様は方向音痴なんで、もしかしたら城の中で迷子になるかも。あと——」

「大丈夫ったら」

テオは永遠に懸念事項を並べ立てそうだ。口元に手を添えてくすくす笑う。

まだ不満げな彼と目線を合わせるため、ソファに座り直した。

「だって、何が起きたって、テオが私を守ってくれるでしょう?」

自信たっぷりに言ってみせる。テオは一瞬ぽかんとして、次いでその顔にさっと赤みが差した。

「おや」と思う前に彼が片手で隠してしまう。覗き込もうとしたらそっぽを向かれた。

「あーはいはいそうですね、何が起きたってお嬢様は俺が守るんで。安心しててくださいよ」

顔は見えないが、銀髪から覗いている耳が赤い。正直に「可愛い」と言ったら怒られそうなので、

「頼りにしてるわ」と微笑《ほほえ》むだけにとどめた。無事にお茶会に参加できそうで良かったと安堵《あんど》する。

——夢の中で見た、どこかテオに似ている王子があの後どうなったのか、確かめられるのならそうしたいのが本音だったのだ。


お茶会の日はすぐに来た。朝から侍女の手を借りてしっかり準備して、最後の確認のために部屋の姿見の前でくるりと回る。赤毛と相性が良い気がしている、ラベンダー色で長袖のふんわりしたドレス。小柄な私でもドレスに着られて見えない軽やかな生地だ。

王城に行くのは初めてなので不安はあるが、伯爵夫人である母のお墨《すみ》付きなのだから大丈夫だと自分を落ち着かせる。母は「とっても綺麗《きれい》よ」と言って抱きしめてくれたし、父も執務を中断して私を見に来て、「完璧なレディだ」と頭を撫《な》でてくれた。

仕上げに少しだけ香水を振ってから玄関に向かう。テオが既《すで》に待っていた。今日は騎士の正装のようだ。凛々《りり》しい意匠《いしょう》が端整な顔にこれ以上なくよく映えている。

国内で最も安全な場所である王城に向かうので、今日の護衛はテオ一人だ。不思議と落ち着かない気分になった。

「お待たせ」

気持ち急いで向かうも、テオから返事がない。ただ、無視されているわけでもなくて、彼は私をじーっと見つめていた。どこかに隠れてしまいたい衝動に駆られるが、変なヤツだと思われるのは嫌なので耐えて、首を傾げた。

「そんなに見られると照れるのだけれど……似合う？」

テオは珍しく「はい」と頷いた。

「まあ、それなりですけどね」

「えっ！」

ガーン、と擬態語がそのまま口から出る。「ソレナリ……」と茫然《ぼうぜん》と繰り返した。

すると空気が抜けるみたいな音がして、顔を上げたらテオが耐え切れなくなったみたいに笑っていた。

「すいません、嘘《うそ》です」

そして何を思ったのか、その場で膝をつき、私の手を取って口づけを落とす。

「本当は、すっげえ綺麗です」

一連の動作は、護衛騎士から主人への正式な作法だった。頬がじわじわ赤くなる。照れすぎて「ふへへ」と変な笑い方をしてしまう。

「こんな姿で王城に現れたら、確実に妖精か天使に間違われます。危ないんで、絶対俺の目の届くところにいてくださいね」

「嘘だあ」

いつになく真剣な顔をして言うのがまたおかしくて、私はさらに笑ってしまった。テオのお陰ですっかり緊張が抜け、軽やかな足取りで馬車に乗り込んだ。

お茶会の会場は王城の中庭だ。立食形式で美味《おい》しそうな匂いがしているが、料理に手をつけている人はあまりいないようで、各々社交に精を出している。

会場は色とりどりのドレスを着た令嬢たちでいっぱいで、さながら花畑だった。男性陣は女性陣よりいくらか少ないように見える。

この中の一人がハーバート殿下なのかもしれないが、王子とお近づきになりたいわけではないので社交はそこそこで済ませるつもりだ。それに中庭にいても、夢のことで思い出せることはないようだ。

周囲の令嬢が私の後ろに控えるテオに目を奪われすぎている様子に顔をひきつらせつつ、知り合いを中心にお喋《しゃべ》りを楽しんだ。その後頃合いを見計らって中庭を出た。休憩室に向かう順路を歩いていく。

「騎士団の敷地はどっちかしら」

「あちらです」

ごくごく小さい声でもテオは応えてくれる。順路を外れて素早く別の道に入った。王城の中心にある中庭から演習場はさほど遠くなかった。

左右に薔薇《ばら》が咲き誇る小道を通り抜ける。その香りから既に覚えがあった。そしてついにその場所を目にしたとき、私は知らず息を呑《の》んだ。

今日はどこか別の場所で演習でもしているのか、ひとけがない。踏みならされた平らな地面は一部が芝生で、よく武器や鎧《よろい》が一時的に置かれる場所だ。奥に見えるシンプルな建物は兵舎。そのそばには水飲み場と、武具を保管する倉庫。

見慣れた光景だった。全てが夢とそっくりなのだ。

「……テオ、やっぱり、あの夢は――」

――前世の記憶みたい。

背後に立つ彼にそう告げようとしたときだった。

僅《わず》かな足音と衣擦《きぬず》れを鼓膜が捉える。私たちが歩いて来た方からやってきたのは、黒髪に青い目の青年だった。

「こんにちは。ここで何をされてるんです？」

整った顔立ちに、柔らかい表情とほんの少しの疑問を乗せて、青年が問う。テオが私の後ろで腰を折ると同時に、私もドレスの一部をつまんでゆったりとお辞儀をする。

「ハーバート殿下。ごきげんよう」

「あれ、わかってしまったか。君とは初対面だと思ったんだが」

「おっしゃる通りです」

まだ顔は上げないまま、薄く微笑んで肯定する。

「ただ、お茶会で一人会場を抜け出した令嬢に話しかけるのは、王子様と相場が決まっていますので」

「そういうものかな……？」

顔を上げて「エステル・コールマンと申します」と自己紹介をした。未《いま》だ不思議そうな表情の青年を正面から見る。

似ていると素直に思った。黒髪や背格好が、夢の中で――いや、前世で仕えていたあの人に。

「それで、ここで何を？」

「騎士様の鍛錬に興味がありまして。つい見に来てしまったのですけれど、今日はいらっしゃらないのですね」

令嬢らしく微笑みつつ、口から出まかせを言っておいた。ハーバート殿下は納得してくれたようで、「そのようだね」と頷いている。

「私、王城には初めて参りましたの。他にも、貴重な書物を数多く所蔵しているという図書室をぜひ拝見したくて」

「ああ、図書室か。あそこは読書好きにはたまらない場所だよね」

「おっしゃる通りですわ」

期待を込めてその青い目を見つめると、ハーバート殿下は意図を汲《く》んで腕を差し出してくれた。

「僕で良ければ、案内するよ」

笑顔で了承しながら、心の中だけで「やったわ」と喜ぶ。そのままテオを伴って歩き始めた。彼は先ほどから護衛騎士に徹しているようで、言葉どころか、気配がない。

「どんな本が目当てだい？」

城の中へ入りつつ、ハーバート殿下が雑談を振ってくれる。当たり障《さわ》りのない受け答えを意識しているものの、その質問には正直に答えた。

「歴代の王族に関する詳細《しょうさい》な記録です」

ハーバート殿下が「へえ」と興味深そうな声を上げた。

王城の図書室にある歴代の王族の記録が見たいと思ったのは、ハーバート殿下に会ったことが理由だった。顔立ちや瞳の青色の深さは違うものの、彼も黒髪や容姿の雰囲気は前世のあの人に似ている。

ハーバート殿下はあの人の子孫なのだ。最近の王族であれば、きっと記録が残っている。『ディーナ』が死んだ後あの人がどうなったかわかるかもしれない。

気もそぞろで歩いていた私だったが、ふと視線を感じて顔を上げた。少し離れた場所に人影を見つけ、訝《いぶか》しむ間もなく、その人物に鋭く睨まれていることに気がつく。

射殺さんばかりに私を凝視《ぎょうし》する美しい女性に心当たりはない。ただ、豪奢《ごうしゃ》なドレスとどこかで見かけた顔立ちで、公爵家の令嬢だとわかった。彼女のそばに控える護衛の男と一瞬視線が交錯する。

ハーバート殿下は遠くにいる彼女に気づいていないようで、私を連れてそのまま歩いていく。

長い廊下をゆったり進んだり曲がったりを繰り返し、ついに図書室に着いた。

「私はここで待たせていただきます」

外行きの平坦《へいたん》な声と表情で告げたのはテオだった。「え」と声が出なかったのは奇跡だった。実際あと少しで言うところだったが、それより先にハーバート殿下が口を開いた。

「それなら僕もここで待とう。同世代で一番の強さと言われる君とは一度話してみたいと思っていたんだ」

彼はテオを軽く見てから私に向き直る。

「それに僕がいない方が、エステル嬢も思う存分調べ物ができるだろう？」

話しかけられて我に返り、笑顔の仮面を被《かぶ》り直した。お礼を言ってから一人で引き戸を開けて図書室に入る。

直前にちらりとテオに視線をやったが、彼はやはりこちらを見なかった。涼やかな横顔をまるで別人のように思う。そのことに胸が軋むように痛む――ことには気づかなかった振りをして、両の頬をぱちんと叩く。

「幼馴染がいつもいつも一緒にいてくれないからといって不安になるなんて、赤ちゃんじゃないのよ、エステル」

小声で自分に言い聞かせると、目的の本を探すべく周囲を見回した。今は前世のことだ。

図書室は私の自室くらいの大きさで、そこまで広いわけではなかったが、古めかしい書物が所狭しと棚に並んでいた。掃除が行き届いているらしく埃《ほこり》の臭いはしない。むしろ紙と革の香りがするし、窓から柔らかく日が差し込んでいる。

王族に関連する本が集まっている棚があったから、目的の一冊は案外すぐに見つかった。この部屋で自由にさせてくれたハーバート殿下には感謝でいっぱいだが、王子を待たせているのもそれはそれでプレッシャーだ。

目次のページを開き、素早く項目を確認していく。次から次へと滑らせていた目がある名前で釘付《くぎづ》けになる。おそるおそるその名を口に出した。

「ネサニエル・ラドフォード様」

「この人だ」と本能が言った。それとも前世の記憶か、はたまたもう一人の私だろうか。まるで呼び慣れているかのように口に馴染む、その名前。

該当のページをめくる前に、王家の家系図を参照する。

「現国王様の大叔父上《おおおじ》に当たるのね……」

名前と共に記してある年号を見ると、三十年以上前に亡くなっているようだ。七十歳まで生きられたこともわかって、ひとまずほっとする。

改めてページをめくった。記述に目を通していく。

王国史に名前を残す極めて優れた魔法使いであったこと。飾らない性格で民に親しまれた王族であったこと。主な功績として、魔物を使役する裏家業で財産を築いていた一族——「魔物使い」検挙の指揮をとり、完遂したこと。

二十代のうちに王位継承権を放棄し、弟君に王座を渡して、自分は魔法研究者の道に進んだこと。

たまに驚くような事実もあるが、概ね《おおむ》順調に読み進めることができた。

ただ、その次の一文を目にしたとき、私の思考は完全に停止してしまった。

「『生涯独身を貫いた』……？」

思わぬ記述に胸がざわめく。ネサニエル殿下は素敵な人だった。憧れている令嬢なんていくらでもいた。——もちろん、『ディーナ』を含めて。

「ああそうだった」とすんなり思い出し、すとんと腹に落ちる。

ディーナはネサニエル殿下に恋をしていた。とっくに「主人への敬愛」などと説明できるようなものではなくて、胸の痛みや嫉妬を内に含んだあの感情は、まさしく恋だった。

淡い記憶が胸の中で輪郭《りんかく》を持つ。当時の想いが鮮やかに蘇ってくる。今初めて、私は過去にディーナだったと納得できた。まるで同化したみたいな気分だ。

ふっと一つ息を吐いて、本の続きを読み進める。

そして呼吸を忘れる。思わず強く本を閉じた。慌てて優しく抱きしめて、そのまま駆け出した。図書室の引き戸に手をかける。

本にはこう書いてあった。

『彼は十八歳のとき自分を守って亡くなった女騎士を生涯の一人と定め、婚姻を結ばないまま一生を終えた』

意味を理解した途端、胸の中で爆発したのは、「会いたい」という強烈な想いだ。

そしてそれは、「ネサニエル殿下に」ではない。

——なぜか私は、これ以上ないくらい、今すぐ自分の護衛騎士兼幼馴染に会いたかったのだ。

それなのに、引き戸を勢いよく開けようとした手のスピードを緩めたのは、私が根っからの貴族令嬢であるせいだった。

加えて、ほんの数ミリ開けただけで手を止めたのは、自分を待つ二人の話し声が耳に入ったからだった。

「まだ婚約者がいないなら、今回の茶会で相手を探してはどうだ？　先ほども令嬢たちが君に熱い視線を送っているのを見たよ」

「お気遣いをどうも」

ハーバート殿下は相変わらず親しみやすく、テオは硬く棘《とげ》のある声だった。「ですが必要ありません」と続けたその言葉にも温度がなかった。

「私には心に決めた女性がおりますので」

耳に入った途端、ずしんと重いものが心にのしかかる。心臓が誰かに掴《つか》まれたみたいに縮こまった。

興味を惹《ひ》かれたらしいハーバート殿下が「どんな女性だ」と質問を重ね、テオが再び口を開いたのが気配で分かった。聞きたくないと思った。耳を塞《ふさ》ぐ手は間に合わなかった。

「真っすぐで気高くて可愛らしくて――私より、強い方です」

静かに、けれど強い響きを持って言い切られた言葉を黙って聞いていることなど、もうできなかった。鼻がじんじん熱くなる。両目の端から涙がこぼれ落ちた。

ハーバート殿下が感心した声を上げるのを聞きながら、ゆっくり後ずさった。僅かな足音も衣擦れも極力させずに引き戸から離れる。

今の言葉を聞いたと知られるのも、泣いているのを見られるのも嫌だった。そして何より、今すぐどこかに消えてしまいたかった。

幸い図書室は一階で、窓があったと思い出す。ぼろぼろ流れて止まらない涙を乱暴に拭いながら、窓を乗り越えて外に出た。抱えていた本は窓を開けたとき近くの机の上に置いてしまった。

柔らかい芝に着地した後、とにかくその場から離れるために足を進める。

こんなところで泣いているのを誰かに見られたらどうなるのだろう。自然とひとけがない方に向かいながら、引き裂かれたみたいにぐちゃぐちゃの心を持て余す。

「私、テオが好きだったのね……」

振られてやっと気づくなんて最悪だ。好きだと伝えることももうできない。

脚に力が入らなくなってきて、ちょうど見えてきた薄茶色の建物に背中を預けてずるずると座り込んだ。建物を取り囲むように林がある。誰にも見られずに済みそうだ。

お尻が地面に着いてから、それが騎士団の兵舎だと気がついた。傷ついた心で、慣れ親しんだ場所に戻ってきてしまったのだ。

「馬鹿みたい」

呟《つぶや》いて、すんと鼻を啜《すす》る。

違和感に気がついたのはそのときだ。もう一度、今度は意識を集中させて周りを嗅《か》いだとき、鼻腔《びこう》があの悍《おぞ》ましい臭いを確かに捉えた。

「嘘、え、どうして……」

正面の草木をガサリと踏み越えて、姿を現したのは大型の生き物だった。二足歩行で、体が二メートルはあるだろうか。全身の毛が赤黒い。ギョロギョロと目を動かして獲物を——私を、見ている。

——魔物だ。

どっと冷や汗が吹き出た。声が出ない。ぎゅっと内臓が縮こまって、あまりの恐怖に耳鳴りがする。

目の前の魔物と、壁を背に座り込む自分が、どうしようもなく前世の最期《さいご》と重なる。

魔物はこの国では辺境の地にのみ現れる害獣だ。王都の真ん中、それも王城に突然現れていい存在ではなかった。

死の恐怖に狭窄《きょうさく》する視界で、それでも魔物の向こうの林の中に若い男の姿を捉える。先ほど図書室に行く途中見かけた公爵令嬢の護衛の男だった。「魔物使いだ」と確信したのは前世の知識だ。ネサニエル殿下が壊滅させたはずだが、生き残りが公爵家で飼われていたのか。

魔物は生臭い息を吐きながらペタペタと私に近づいてきた。物色するみたいに鼻をひくつかせながら私を凝視しているのに、「待て」をされているかのように一向に襲ってこない。

「エステル・コールマンか？」

奥の男が短く問うた。体がビクリと震える。「違う」とも「そうだ」とも答えられなかったが、男にはその反応だけで十分だったらしい。

男が胸元から笛のようなものを取り出し、ピッと短く吹いたとき、魔物は突如《とつじょ》口を大きく広げた。よだれが尖《とが》った歯に糸を引いていた。

――本当に「待て」をされていたのか。

ピクリとも動けないまま、頭を噛《か》み砕かんと近づいてくる魔物の喉奥を馬鹿みたいに見つめていた。

そして次の瞬間聞こえた「ギャア」という間抜けな声を、一瞬自分の断末魔かと思った。

断末魔を上げたのは魔物の方だった。目玉がぐりんと上に回り、その体が私に覆《おお》い被さるように崩れ落ちる。

そうして私にぶつかる寸前、魔物はグンと後ろ向きに引っ張られて投げ飛ばされた。その瞬間も私は、瞬きもできないまま、目の前に立った人物をただ見ていた。

魔物の背を後ろから斬り裂きその体を投げ飛ばし、右手に持った剣から血を滴《したた》らせているのは、私がよく見慣れた人物で。

テオ。

そう、名前を呼ぼうとしたのに。喉も唇も動かなくて、震えるだけになってしまった。

けれどそれが合図だったかのようにガシャンと派手な音がする。テオが剣をその場に放って膝をつき、私を渾身《こんしん》の力で抱きしめる。

「良かった……っ」

初めて聞く、余裕がない声がすぐそばで聞こえた。

テオが触れる場所が温かい。あまりに強く抱きしめられて体が痛い。息ができなくて胸が苦しい。

つまり、生きている。

ポロリと涙が出る。恐怖と困惑と、安心と感謝と「テオ大好き」がごちゃ混ぜになった結果だった。

「テオ・エヴェンソンか」

忌々《いまいま》しげな声が聞こえ、魔物使いの男の存在を思い出す。

テオは素早く振り返って、そばの長剣を拾った。そのまま流れるような動作で私を庇《かば》って立った。

「魔物がやられたならプランBだ。全員出てこい」

魔物使いが呼びかけると同時、男たちが四方から姿を現した。ゾッとして見回せば、ざっと二十人はいるだろうか。全員が剣を持っているようだ。

多すぎる。一対一なら全員テオの足元にも及ばないだろうが、それぞれが別々の動きをする複数の人間を相手取る戦いは、一対一とは根本的に異なる。ましてや二十対一なんて。

テオの舌打ちと、魔物使いの「かかれ」という合図はほぼ同時だった。

一斉にこちらへ走り出す賊。魔物使い自身も剣を抜き向かってくる。

この人数と戦ってはいけない。けれど逃げるにしても、私というお荷物を抱えていたらテオが危ない。

私は弾《はじ》かれるようにテオを見上げた。

「テオ、逃げ――」

「今度こそ」

振り返らないまま、独り言みたいに静かな声が背中越しに聞こえた。

私を庇って立つテオの銀髪がふと、黒髪に見えた。護衛騎士の私のことをすぐ庇おうとしたあの人の背中が、目の前の背中にぴったり重なる。

まさか――。

「今度こそ必ず、あんたを守り抜いてみせる」

――殿下。

言葉を失う私を置いて、テオは駆け出していた。

斬りかかってきた相手をひらりとよけて、逆に相手の急所を切り裂く。同時に向かってきた二人の男に、手のひらから生み出した火の塊《かたまり》をぶつける。背後から剣を振りかぶって近づいてきた男をギリギリまで引きつけ、すんでのところでかわして別の男と同士討ちさせる。

テオは強かった。相手の中に魔法剣士はいないようで、数の利を取った相手を難なく沈めていく。けれど確実に余裕がなかった。優しくて真っすぐな彼に似合わない、泥臭く勝ちにこだわる戦い方。それは疑いようもなく、私を守るためだ。

テオの活躍で敵は既に半分ほどに減っていた。しかし一撃で崩れない相手が増え始め、その切っ先がテオの衣服や肌を掠《かす》めることが増えた。

どうして、と考える必要もなく思い当たる。

テオの動きの端々に疲労が見える。当たり前だ。魔法を使いながら一人で二十人を相手にしているのだ。しかしその気迫は少しも変わっていない。腕に赤い線が入ろうと、返り血を頬に浴びようと、少しも怯《ひる》まず敵に向かっていく。

そして次の瞬間、

「ぐっ」

低く呻《うめ》いたのはテオだった。肩を一部切られたのだ。

その声が耳に入るが早いか、私は目の前の死体の剣を握っていた。

——できるだろうか？　狙うなら魔物使いの男だ。常にテオの真後ろの位置取りで、テオの隙《すき》を虎《こ》視眈々《したんたん》と狙っている。必ず致命傷を与えられる一瞬を待っているのだ。

男の目玉がギラリと光り、テオに向かって駆け出した刹那《せつな》、私もまた駆け出した。

テオが魔物使いを振り返る。その腹に魔物使いが剣を突き刺そうとする。

全身が熱かった。意識を強く持て。深く深く息を吸え。震える己を叱咤しろ！

「テオから離れなさいッ！」

腹から叫ぶ。魔物使いが目を見開く。その剣を自分の剣で叩き落とした。剣を取り落としてたたらを踏んだ魔物使いをテオは見逃さなかった。

テオの剣が魔物使いの脇腹を貫く。続けざまに残りの敵を仕留めて、テオが私に走り寄った。

「お嬢様、お怪我《けが》は」

「えっ、ううん大丈夫だけれど、え？　全員倒したの？」

信じられなくてキョロキョロするが、立っている賊は実際もう一人もいなかった。重症で済んだ数人が苦しそうに呻く声が聞こえるだけだ。

テオはその間にも私の手足を確かめたり、私をくるっと回したり忙しかった。彼の方は切創《せっそう》が複数あるが、肩の傷も深くはなさそうで少し安心する。

散々検分すると満足したらしい。とても深くて長いため息をついて私の前に座り込む。

「お嬢様に怪我がなくてよかったです……」

俯いて顔を隠してしまったので、私もしゃがみ込んでテオと目線を合わせた。

「あんたが剣握って走ってきたとき、心臓止まるかと思いました……」

ぐしぐしと頭を掻《か》いたテオが顔を上げ、私の両手を握って、言い聞かせるように話す。

「もしまた同じようなことがあったら、ちゃんと待っててください。俺は大丈夫なんで」

「ううん」

間髪を入れず首を振った。テオが少し怖い顔になって、「は？」と低い声で凄《すご》んだけれど、譲らない。

「もしまた同じようなことがあったら、今度はもっと早くから剣を取って戦う」

「何言って――」

「テオが私のこと守ってくれるの、嬉しい。でもね」

今までは、テオが私を守ってくれて、私はそれに甘えていていいのだと思っていた。

でも今は少し違う。

「私にも同じように、テオのことを守らせてほしいの。ほら、前みたいに」

いいでしょう？　殿下。

微笑んでそう伝えたら、テオは笑い返してくれると思った。

けれど違った。沈黙が降りる。テオから表情が抜け落ちて、次いで顔が真っ白になっていく。私がびっくりしながら見ているうちに、テオは尻もちをつくようにその場に腰を下ろしてしまった。

「テオ？」

名前を呼んだら、彼は反射みたいにこちらを見た。どうしたのだろうと心配する私を見つめたまま、その顔がくしゃりと歪《ゆが》む。

「え!?」

今すぐどうにかしないと泣き出してしまいそうだ。でもどうしたらと焦《あせ》った末、私はテオの頭を引き寄せてぎゅっと抱き込んだ。

頭を撫で、背中をさする。テオは大きな背中を丸めていて、無理のある体勢なのに、されるがままだ。何か言いたいけれど何を言えばと考えているうちに、テオが口を切った。

「……俺がネサニエルだったって、思い出したんですよね」

震えていて、その上鼻が詰まったような声だ。結局泣いてしまったのか。

「ええ」

小さなその声を聞き漏《も》らさないように注意しながら相槌《あいづち》を打つ。

「あの、テオ、私嬉しいのよ？　また会うことができたんだから」

背中をゆっくりさすりながら伝えたが、テオは何も言わない。涙が地面に落ちるポタ、ポタという音がその場に響き、さらにまた一つ聞こえたとき、テオが絞り出すように何か言った。

「なに？　テオ、もう一回」

耳を澄まして待つ。今度こそその声を捉える。

「俺のこと、嫌いになりましたか」

――え？

何も言わない私をどう思ったのか、テオはポロポロと、涙と一緒に感情を吐露した。

「前世であんたが死んだのは、俺があんたを護衛騎士に選んだからだ。それも、自分のそばに置きたかったからって勝手な理由で。だからきっと最期の瞬間は、俺のことが嫌いになったはずだ……いや、そんなもんじゃなく、俺のことを憎んだかもしれない」

テオが口を閉じると、またその場に沈黙が降りた。

私は頭を抱きしめていた手をそっと離し、テオから距離を取った。そしてしゃがんだまま、顔を上げようとしないテオをまじまじと観察した。

「テオ……あなた……」

涙がテオの高い鼻を伝って地面に染みを作っている。私に嫌われていることを本気で恐れているらしく、所在のない子どもみたいに見えた。

残念ながら、とても冗談を言っているようには見えない。

「あなた、馬鹿だったのね」

「は？」

テオががばりと顔を上げた。しゃがんだまま頬杖《ほおづえ》をついて彼を見ている私と目が合う。

白目と鼻が赤くなっているし、頬は全体的に涙で濡《ぬ》れているし、私が抱きしめていたせいで髪が乱れているし、口はぽかんと空いているし。「綺麗な顔が台無し」というほどではないが酷《ひど》い顔だ。

でもそれが「私に嫌われた」と思ってのことなのだから、愛しいのも当たり前だ。

「テオ、よく聞いてね」

ハンカチが手元にないので、ドレスの袖でテオの頬を拭ってやる。

「前世の私はね、あなたを無事に逃がすことができたとき、『良かった』って呟いたのよ」

当たり前のことなのに、テオが頬を張られたような顔をするから半分呆《あき》れてしまう。

「すごく満足していたの。当たり前だわ。あなたを守ることができたのだもの」

ちゃんと伝わるよう、ゆっくり噛み締めるように言ってから微笑むと、テオは目を見開いた。また涙がぽろぽろ溢《あふ》れてくる。せっかく拭ったけど、まあまた拭ってあげればいい。嗚咽《おえつ》を漏らして泣く彼が早く落ち着くよう、背をぽんぽん優しく叩く。

「だからねテオ、これからは私にも守らせてね。私あまり強くないから、迷惑もかけると思うけれど」

銀髪を手櫛《てぐし》で整えていたら、テオが「あんたが亡くなった後」と呟いて、一度しゃくり上げた。

「俺も死のうと思ったんです。あんたがいなかったら、全部何の意味もなかったから」

肝が潰れた。胸に鈍《にぶ》い痛みが広がる。

「でもできなかった」

テオがはらはら涙を流したまま、自分の心臓がある位置を握りしめる。

「あんたが自分の命と引き換えに、守ってくれた命だったから」

その声に、言葉に、感情に胸を締め付けられた。

もしテオが私より先に死んだら、私は長い間苦しむだろう。でも彼も同じように、私が死んだら苦しむなんて思っていなかった。前世で私がいなくなった後、彼がこんなにも悲痛な気持ちを抱えることになったなんて、思ってもみなかった。

やっと気がつく。この人も、私を愛してくれていたのか。

「置いていって、ごめんなさい」

あのとき、前世の最期の瞬間、諦めて死を受け入れたわけではなかった。でも彼を置いて死んでしまった。

「ついでに、聞きたいのだけれど」

テオが私を見上げた。アメジストが濡れて光を反射している。

私は前世でも、この人を世界で一番綺麗だと思っていたことを思い出す。

「私と共に、生きてくれる？」

いたずらっぽく笑えば、テオはほんの少し目を瞠《みは》った後、私を引き寄せて胸の中に閉じ込めた。

さっきまでとは逆の位置の抱擁《ほうよう》に、ふふ、と笑いが漏れてしまう。

「もう絶対、離れません」

その言葉を心から信じられるくらい、私を抱きしめる腕には強い力が込められていた。

その後ハーバート殿下が私たち――つまり怪我をしたテオとドレスが破れた私と地面に倒れ伏した男たちと魔物を発見した。

テオは図書室に私がいないことに気づいた後、ハーバート殿下を放って、私を探して走り回っていたらしい。ハーバート殿下はハーバート殿下で、胸騒ぎがして私を探しており、騎士団の兵舎裏で私たちを見つけたというわけだ。

あの公爵令嬢はもしかしたら、私とハーバート殿下の仲を勘違いしたのかもしれない。公爵家を罪に問えるかはまだわからないが、ハーバート殿下は王城で危険が迫ったことを重く受け止め、全力を尽くすと約束してくれた。

テオは怪我の処置をしてもらい、私は新しいドレスをもらい、家に帰るべく馬車が迎えに来てくれる場所まで歩いた。

お茶会はもうとっくに終わっていて、他の参加者の姿はない。空も茜色《あかねいろ》に染まっている。

もうすぐ夕食の時間だからお腹《なか》もすいているけれど、繋《つな》いだ手を私とテオの間でぶらぶら揺らしながら、わざとゆっくり時間をかけて歩いた。

「ねえテオ、家に着いたら、婚約したいってお父様に言いに行かない？」

張り切って尋ねると、テオの顔がみるみる赤くなって、空いている方の手で顔の下半分を隠す。

「マジか――……え、そんなことあってもいいんですかね……？」

「もし誰かがダメって言ったら婚約してくれないの？」

「いやいやいやまさか。します、婚約。させてください」

「良かった！　テオ、大好きよ！」

テオがぶんぶん音がするほど頷いてきっぱり断言してくれたので、ほっと息を吐いた。繋いだ手をもっと揺らしながらご機嫌で歩く。テオの歩くペースがさらにゆっくりになって、繋いだ手にも力が込められたのを感じた。

そこで、ふと疑問が湧いた。

「でもどうして、私たち二人とも転生して、こうしてちゃんと会えたのかな？　すごく不思議」

首を傾げた私に、テオはそっぽを向いてぶっきらぼうに呟く。

「運命ってやつじゃないですか」

そして自分で自分の言葉に猛烈な恥ずかしさを覚えているようだ。顔を覆ったまま沈黙してしまった。

私はそんなテオを見てくすくす笑った後、「運命」という言葉について少し考えた。

「運命でも必然でもどっちでも素敵。来世でもまた会って、ずっと一緒にいられたらいいね」

言い終えると同時に、伯爵家の馬車を発見する。「見つけた」と口に出して、テオの手を引いてそちらへ歩き出した私には、彼が小さく呟いた声がよく聞こえなかった。

「了解です」

「え？」

振り返れば、テオが真面目《まじめ》な顔で私を見据えている。

「俺」、とテオの唇から言葉がこぼれた。

「何が起きたって、何度だって、必ずあんたに会いに行きます。約束します」

テオが繋いでいる手を私の手ごと持ち上げ、空いている方の手も掬い取って、祈るみたいに両手で包む。アメジストの両眼が、抱えきれないほどの熱を持って正面から私を見つめる。

「だからあんたも、何度だって、俺を好きになって」

頼むから、と囁《ささや》かれ、私は顔をのぼせたみたいに赤くしながらわなわな震えた。

＊＊＊

毎晩同じ夢を見る。

俺は知らない場所に立っている。肺が痛み、耳は塞がったような感覚がある。雲が月を全て覆い隠してしまったかのような暗い夜だ。地面に点々と続く血痕がかろうじて見えていた。

バクバクと心臓がもんどり打つみたいに暴れ始め、風に乗って流れてきた、むせ返るような血の臭いに吐き気を催す。それでも俺は血痕を頼りに足を踏み出し、『その場所』に向かう。

開けた場所に赤毛の少女が倒れていた。

近づけば近づくほど血の臭いは濃くなった。軽めの鎧を身につけた彼女は仰向けに倒れていて、全身傷だらけだが、特に脇腹の巨大な噛み跡が酷い。そばに落ちている剣は真っ二つに折れている。

少女のすぐそばまで近寄って、上体を起こすようにその体を支えた。

『ディーナ』

血で顔に張り付いた赤毛をそっとよける。彼女はどこか微笑んでいるようにすら見えた。ただ微睡《まどろ》んでいるだけならどれだけよかっただろう。

『ディーナ』

優しく顔を寄せて、名前を呼ぶ。とっくに冷たくなっている額《ひたい》に唇を寄せた。


ふと、寝台の上で目を覚ます。王城にある見慣れた自室だ。

朝というには少し早い時間だったが起き上がる。頬に触れると、さらりと乾いていた。俺の涙腺はあの日を境に壊れたらしく、何があっても涙が出てこなくなった。

ディーナが亡くなって五ケ月。人生最悪の瞬間の夢を、俺は毎晩見続けている。

あの日、『僕の責任だ』と鎮痛な面持ちで言ったのは、俺のただ一人の弟だった。

俺の乗った馬車を襲ったのは疑いようもなく魔物使いの連中だ。それを雇ったのは、第二王子派に分類される高位貴族だった。弟は真面目で優秀だ。加えてひどく穏やかで、俺から王太子の座を奪おうという意志は全くなく、それに焦《じ》れた貴族が魔物使いを雇ったらしい。

『こうなることも予想できたはずなのに。防げなかった。御しきれなかった』

そう言ったのは弟本人だ。

指示を出した高位貴族は地獄に落とした。魔物使いの一族もこの五ヶ月で掃討《そうとう》した。この上さらに、辱を震わせて謝る弟にまで報復を行う気には、とてもならない。

「……どうするかな」

後始末は全て昨日で終わった。このまま生きていても、手から砂がこぼれ落ちるみたいにディーナの記憶を失っていくだけだ。

あの日から何度も、耳に馴染んだディーナの声を、花のような香りを、髪の柔らかさを、俺を見ては幸せそうに微笑む瞬間を、全てを思い返しては必死に心に刻んでいる。

でもきっと何かを忘れている。これ以上自分の中からディーナが薄れる前に、さっさとこの生を終わらせてしまおう。

寝台から出て部屋の隅の机まで歩いた。そこにはこぢんまりした壺《つぼ》だけが、厚手の布に包まれて鎮座している。ディーナの骨壺だ。薄い赤色のそれは、飾り気のないシンプルなものを俺が注文した。

死ぬのは遺灰を然《しか》るべきところに収めてからだなと考えていたとき、扉がノックされた。

「ネサニエル殿下、お目覚めでしょうか」

聞こえたのは王族の騎士団の一人の声で、訝しく思う。訪問には早すぎる時間帯だ。

「朝方に大変申し訳ありません。早くお伝えした方が良いと思って」

騎士は一旦言葉を切って、弾んだ息を整えた。

「ディーナ様の、遺書を見つけました」

「……は？」

かつかつと扉に近寄り、勢いよく開け放つ。ここまで走ってきたらしい騎士が、白い封筒を差し出してきた。『遺書』の文字は確かに彼女のものだった。

混乱する頭で呟く。

「一体、どこに」

「兵舎の彼女の自室に」

ディーナの自室は既に片付けてあった。女性騎士が作業するのに立ち合ったから知っている。

「昨日から別の者が部屋を使っているのですが、寝台の隙間に隠してあったのに気づいたそうです」

俺の怪訝《けげん》な表情に気づいたのか、騎士が説明を付け足す。そして封筒を押し付けるようにずいと差し出してきた。

「あなたが読むべきです」

気迫に押されて封筒を受け取る。自分の手が視界に入って初めて、震えていることに気がついた。

扉を閉めて、封筒をそっと開く。

騎士は危険な仕事を前にすると、遺書を書く習慣がある。俺の護衛騎士は遺書を必要とする仕事に分類されないが、遺書を書くことで「命をかけて遂行する」と決意を表現し、気合を入れる場合があると聞く。これはきっとその類《たぐい》だ。

封筒から出てきたのは三枚の便箋だった。一枚目には「お父様、お母様へ」とあり、これまで世話になった礼と「体に気をつけて」といった内容がごく短く簡潔に綴《つづ》られ、半分以上が白紙だった。

二枚目と三枚目は文字で埋まっている。書き出しを目にして心臓が跳ねた。

『お優しい方へ。どうかこの手紙をネサニエル第一王子へお渡しくださいますよう。』

――二枚の便箋は、両方とも俺への手紙だった。

『本日付けでネサニエル殿下の護衛騎士に任命されました。殿下をお守りする意志がこの先も鈍らぬよう決意を込めて、初めて遺書なるものを書いております。

しかし、これを殿下がお読みになるかと思うと、どうにも文字が下手《へた》な気がして恥ずかしいです。

それと、正直なところ、何を書いたらいいかよくわからないです。』

ふ、と僅かに笑みが漏れた。素直で正直で可愛らしくて、ディーナらしい。笑うなんて数ヶ月ぶりだ。

『私が死んだなら、お優しい殿下のことだから、もしかすると悲しんでくださったのでしょうか。涙なんかも、ひょっとしたら流してくださったかもしれません。

お伝えしたいのは、私はあなたにお仕えできて心から幸せだということです。

あなたが私を見つけてくださった日のことを、ちょっと気持ち悪いかもしれないのですが、私は今でもはっきり思い出すことができます。何の役にも立てず、誰にも必要とされていなかった私に、殿下は「騎士になってくれないか」と声をかけてくださいました。

あなたが私を気にかけて、必要としてくださって、私は嬉しくて涙が出そうでした。』

俺も、今でもはっきりと思い出せる。騎士団の鍛錬を遠くから見ているうち、赤毛の少女が気になり出したのは、彼女が毎日休まず鍛錬をする努力家だったからだ。

見るたびに汗に塗《まみ》れて砂に塗れて、しかし強い目でひたむきな彼女を美しいと感じるようになり、他の騎士に向ける笑顔を可愛いと思うようになり、ついにどうしても話してみたくなった。

どんな声で、何を話すのだろう。どんな顔になって、何に笑うのだろう。

想いを自覚するまで時間はかからず、あの日、初めてディーナに会いに行ったのだ。

『だから、私は幸せ者だったのです。あなたのそばに置いていただけたから。

いつも鍛錬ばかりの私を心配して散歩に連れ出してくださるところも、私たち騎士に友のように接する気さくなところも、私のたわいもない話を聞いて笑ってくださるところも、弟君を兄として教え導くときの柔らかい表情も。私はあなたの素敵なところならいくらでも書き続けられるようです。』

何か熱いものが湧き上がる感触がして、指で目尻に触れた。

――濡れている。ディーナが亡くなっているのを目にしたとき以来、五ヶ月ぶりに出る涙だ。

『あなたに感謝を。何についての感謝か書き出すとキリがないので、全部ひっくるめて、私と出会ってくださって本当にありがとうございます。』

――こちらこそ。ディーナに出会えて、俺は幸せだった。

『生まれ変わってもあなたのそばに置いていただけますよう、願いを込めて。ディーナ・ウスマン』

「生まれ変わっても、か」

全部を通して何度も何度も読み返した後で、ぼんやり呟く。

――できるだろうか？

俺は『王国史でも有数の魔法の使い手』だ。才能や技術はもちろん、魔法研究も少し齧《かじ》っている。

魂は輪廻転生《りんねてんせい》を行うというのが現在魔法研究界で一般的な考え方だ。

それなら、特定の人物と魂の繋がりを深くし、一緒に転生するような魔法が作れたなら。

また彼女に、会えるかもしれない。

そう思った瞬間に扉を開けて外に出た。まずは弟に会いに行って、王位継承権を譲る。そうすれば俺は研究に専念できる。弟は固辞するだろうが、「罪滅ぼしと思って」と付け加えれば頷くはずだ。

何年何十年かかるかわからないが、魔法が完成したらすぐにでも命を断とう。そしてもし成功したなら、今度は魔法だけでなく剣の腕も磨こう。

そうだ、できることなら彼女の護衛騎士になりたい。ずっと彼女のそばで、彼女と彼女の大事な人たちを守っていくことができたら。

——「共に生きてほしい」と伝えたとき、頬を赤く染めて頷いてくれた、あの愛しい少女はもういない。

でも次こそは必ずやり遂げる。

さあもう一度、愛する彼女に会いに行こう。

エリート修道女になるはずが、還俗するぜ選手権で優勝した神官の賞品としてお持ち帰りされました

柊《ひいらぎ》一《いち》葉《は》

ill. 椎名《しいな》咲月《さつき》

澄み渡る青い空の下、白い名残《なご》り雪を被《かぶ》った美しい山が遠くに見える。

ここは王国内でも西の端に位置する辺境で、ブランジェス神殿および修道院が所有する広大な土地がある。

広場に集められた神官や修道女たちは、盛大な拍手でその人を称《たた》えた。

「第五回、『還俗《げんぞく》するぜ選手権』優勝者はリラン神官です！　神に認められた人物に幸あれ！」

歓声ときどき悔し泣き、皆それぞれの感情を抱《いだ》きながらこのふざけた……いや、奇抜なイベントの終幕を見届けている。

「ありがとうございます。謹《つつし》んでお受けいたします」

壇上で微笑《ほほえ》むグレーの神官服の青年は、リランという二十三歳のエリート神官である。

さらりと風に揺れる眩《まばゆ》い金髪、優しげな蒼《あお》い瞳に嫌味なほど整った顔立ちはどう見ても高貴な家柄の出身だ。ここにいる神官や修道女はだいたい訳ありなので、誰も詮索《せんさく》しないけれど。

五年前からこの神殿にいる彼は、このたび還俗する権利を手に入れた。『還俗するぜ選手権』などという、世にもふざけた……いや、遊び心ある催しによって。

もともとは神殿所有の森で草木の手入れをするイベントだったのだが、この十年の間に森の中で貴重な薬草やどこかの貴族の隠し財産が発見されることなどが相次いだため、それが賞品付きの宝さがしにまで変化を遂げたそうだ。

一見するとただのお祭り騒ぎだが、毎年どんな方法で還俗を勝ち取るかその内容は変わる。

動機は何であれ、己を磨こうとする者が増えるのはいいことだ……と、神官長は言っていた。

今回優勝したリランは、神官長の用意した難問を解き、森の奥に眠る女神像を一番先に見つけたということで、皆の前でその栄誉を称えられている。

リランに密《ひそ》かに恋する修道女たちは、突然のお別れに涙を浮かべていた。

「シルシュ、リラン様がいなくなるなんて寂しくなるね……！」

「いや、別に」

隣にいるミザリーが、ハンカチを目元にあてながらそう言った。

私はさらりとそれを否定する。私がブランジェス修道院に来たのは十年前の九歳のときで、リランのことは知っているが寂しいという感情は特にない。

「シルシュは恋愛に興味ないものね。このイベントにも参加しなかったし……」

「私は一生ここにいるつもりだから」

「もったいないなぁ」

「ふふっ、何もない慎《つつ》ましやかな幸せが一番よ？」

肩より少し長い濃茶色の髪は動きやすいように一つに結んでいて、シンプルな紺色のワンピースは支給品の中でも最も地味なデザインで装飾はゼロ。伯爵令嬢だった面影もない私は、ここで生涯神に仕えるつもりだ。

だから、還俗する権利が得られるイベントなんて他人事で、誰が還俗しようと特に興味はない。

リランは何かにつけて私に構ってきていたけれど、特別な感情を持っていたわけじゃないし、顔を合わせるたびに「可愛《かわい》いね」とか「君に会えるなんて今日はいい一日になりそうだ」なんて口説き文句を並べる軽薄なところを知っていたので、いい印象は持っていなかった。

さぁ、早く戻って掃除しなきゃ。

大勢の修道女に紛《まぎ》れて形ばかりの拍手を続け、私はもうこの後のことを考えていた。

そのとき、満面の笑みを浮かべたリランから予想外の言葉が放たれる。

「祝いの副賞は、シルシュ・ディーテを希望します」

周囲の人間が、一斉にバッと私を見る。

「え？　私？」

聞き間違いかと思いきや、皆が私を見ているから間違いない。

彼の言う『副賞』とは、教会から与えられる物であり、普通は神官としての名誉や階級、神から賜《たまわ》ったとされる聖なる道具などを望むはずで……。

「なぜ⁉」

還俗するときに修道女を持って出るとかあり得ない！

私は物じゃありませんが⁉

混乱を極める私の目の前に、いつの間にかリランがやってきていた。

スッと差し出された手は、まるで「一曲いかがですか？」とダンスでも誘うかのように優雅で、修道女たちは彼の麗しい笑みに見惚《みと》れた。

「シルシュ、どうか一緒に来てほしい」

お願いだから、その手を引っ込めて。心の中でそう願うものの、あまりの衝撃に言葉が出ない。

これは現実なの？　恐る恐る神官長を見ると、いい笑顔だった。

「シルシュとリランの二人なら、神もきっと幸運を授けてくださるでしょう！」

神官長、本気ですか⁉

リランは、ぴしりと固まってしまった私を見て勝手に事を進める。

「ありがとう、大切にするよ！」

「っ！」

まだ返事していませんよ⁉

私は修道女になって十年間、来る日も来る日も神に祈りを捧《ささ》げ、ほかの修道女たちが嫌がる仕事も率先してやってきた。これからいよいよ試験を受けて、エリート修道女への道を歩んでいくというときに、一体なぜこんなことに⁉

「おめでとうございます！」

「どうかお幸せに！」

「嫌ぁ！　リラン様ぁ！」

わぁという歓声と悲鳴が入り混じり、私の感情だけを置き去りにしてお祝いムードが加速する。

やや震えながら隣を見上げれば、彼は満面の笑みで「ありがとう」と手を振っていた。

いつの間にか肩に回された腕は力強く、少しでも逃げようとすればぐっとそばに引き戻される。

「幸せにするよ、シルシュ」

にこりと微笑まれ、ちょっと悪寒がした。

今現在、私の幸せはあなたによって消し去られましたけど⁉

リランの笑みをじっと探るように見つめるも、その真意は読めない。

ただ一つわかるのは、私が思い描いていたエリート修道女としての人生計画は崩れ去ったということだけだった。


二頭立ての白い馬車は、剣と盾の紋章が威圧感を放っている。

中に乗り込むと（というか押し込まれた）、伯爵令嬢だった頃にも乗ったことがないくらい豪華な内装とふかふかの座面に驚いた。

私の荷物は、あらかじめ用意されていた小さなバッグ一つだけ。これが馬車に積んであるということは、神官長や修道院長はこうなると知っていたということだ。

――やだもう、二人が恋人同士だったたって言ってくれればよかったのに～。

どう見ても強制的に拉致《らち》される私に、ミザリーは笑ってそう言った。誤解だと説明しても、ただ恥ずかしがってるだけだと思われてしまった。

馬車はすぐに出発し、街道を東に向かっていく。

リランは神官服から黒地に金糸の刺繍《ししゅう》が美しい盛装に着替えていて、私の真正面に座っていた。

「なぜこんなことを？　何もかも冗談ですよね？」

膝《ひざ》の上でぎゅっと手を握り、緊張気味に尋ねる。

彼は、私の反応を見て困ったように笑って答えた。

「冗談でシルシュを連れ出すわけないよ」

非常に残念なお知らせである。

この人は本気で私を『賞品』として持っていくつもりらしい。

「何から説明しようかな……って、シルシュ、何をしてるの？」

「いや、ちょっと窓が開かないかなって思いまして」

窓枠に手をかけ、揺すっていたら突っ込まれた。

「逃げないで⁉」

リランはぎょっと目を瞠《みは》る。

「ごめんごめん、ちゃんと説明するから話を聞いてほしい！」

懇願するように謝ってくる彼を見て、かなり強引なことをしたわりには酷い扱いをするつもりはないのだと伝わってきた。私は仕方なく話を聞くことにする。

まず、これから向かうのはリランが継いだシュタイン公爵領のお邸《やしき》だそうだ。順調に進んでも、丸三日かかるという。

「リラン様が公爵になったってことですか？」

「あぁ」

還俗を機に外の世界へ出たとしても、爵位がもらえるとかそういうことはない。やはり、彼はもともと高貴な身分だったのだ。

「もしかしなくても、王子様だったとか？」

公爵家を継げるのは、王家の血を引く者だけだ。

「父は現国王、母は数多《あまた》いる側妃の一人で、第三王子だったんだ」

「なぜ王子様がこのような辺境へ？」

「跡継ぎ争いが苛烈《かれつ》でね。神殿に入ったら、さすがに暗殺者は送り込まれないから、安全面を考慮して母が頼み込んだらしい。ほら、何事も命あってのことだからさ？」

訳ありの格が違った！

まさかそんな事情があってブランジェス修道院に避難してきていたなんて……。私がかける言葉を失う一方で、リランは世間話でもするかのような口調でずっと笑顔だった。

ここで私ははっと気づく。命を狙われることもあるのに、還俗してよかったのだろうか？

彼は私の疑問を察し、「大丈夫」と言った。

「第二王子が病で亡くなって、私は王太子の予備として生かしておかなきゃいけない存在になったんだ。去年から『早く戻ってこい』って手紙が何度も寄こされて、折を見て還俗する気ではいたんだけれど決心がつかなくて」

リランは、自分のことを物みたいに「予備」と表現する。実際に王家からすればそうなんだろうけれど、何の悲しみもなくさらりとそれを口にするその慣れが少し哀れだと思った。

「シュタイン公爵家前当主はもう六十歳で、跡取りに恵まれなかったそうだ。都合よく呼び戻されるのは腹が立ったけれど、公爵領は国防の要だからさすがに放っておくわけにはいかない。それで、新しい当主としてシュタイン公爵家を継ぐことにしたんだ」

彼は領主になるための教育は受けておらず、何もかもこれからだと言う。

「それは、大変な道ですね……」

同情から、私はしんみりとした空気になる。

しかしリランは強かった。

「いや、特には。だいたいのことはすぐにできるようになるし」

「謙遜《けんそん》という言葉はご存じないですか？」

そうだった！　私が時間をかけて真面目《まじめ》に一生懸命にがんばってようやくできるようになることも、リランは難なくこなしてしまう。笑顔で、さらっと人を抜いていくのだ。

彼といると、自分が平凡でちっぽけな存在だって気づかされる。嫉妬する自分が嫌で、「リランを見ちゃだめ！　私は私のできることをやるんだ！」っていつも思っていた。

そんな私の思いも知らず、彼は「シルシュほどすごくはないよ」と笑っている。

「とはいえ、新しい仕事や暮らしに不安がないわけじゃない。何の後ろ盾もない自分に、人がついてくるのか？　って考えることもある」

さっきまでの自信満々な態度が打って変わり、少し寂しげな表情になるリラン。思わずそれにどきりとしてしまった。

「えっと、つまり私を連れ出したのはご自分の仕事を手伝わせるためですか？」

「違う」

即座に否定された。

私の存在価値なんて、がんばって働くところだけなのに？

「シルシュ」

蒼い瞳がまっすぐに向けられる。

「私と結婚して公爵夫人になってほしい」

「は？」

「誰かと結婚しなければいけないなら、私は君がいい。シルシュでなければ嫌なんだ」

驚きすぎて、一瞬だけれど心臓が止まった気がした。

リランは私の手を握り、初めて見る真面目な表情でプロポーズの言葉を口にする。

「君が、一生をブランジェス修道院で過ごすつもりだったことは知っている。私が君を好きなのも、幸せにしたいと思う気持ちも、全部身勝手なことだと理解しているつもりだ。それでも私はシルシュと結婚して一緒に生きていきたい」

何でもできて、一人でも十分やっていけそうなこの人が私と生きていきたいと？

一体私の何をそこまで気に入ったんだろう。いつも笑顔で、軽口ばかりだったこの人の何を信じていいかもわからない。

「私には特別な能力もなく、生家はいたって普通の伯爵家です。あえて私を望む理由がありません」

はっきり言って、私を公爵夫人にしようだなんてどうかしている。

ところがリランは、きっぱりと言った。

「私にはシルシュが必要なんだ。君が好きだから」

「好き……？」

不覚にもどきりとしてしまう。

九歳で修道院に入った私は、悲しいかな恋愛経験がなくこんな風に迫られることに免疫がない。何も言えなくなってしまい、思わず目を逸《そ》らした。

「シルシュ」

お願い、名前を呼ばないで。流されてしまいそうで怖い！

私は自分自身に「気をしっかり持って」と言い聞かせ、深呼吸をしてからそっと手を引き戻そうとする。ところが、リランは手を握る力をさらに強めた。

「頼む、結婚してくれるなら何でもする。寂しい思いはさせないし、お金の苦労もさせない。当然、浮気の心配もないし一生をかけて幸せにする！」

「何でそこまで⁉　今までそんなそぶりまったくなかったですよね⁉」

「毎日君の顔を見に行ってただろう？　それに、『会えて嬉《うれ》しい』とか『可愛い』とかきちんと自分の気持ちを素直に口にしていたつもりだ」

「言ってました、言ってましたけれど！　あれって皆に言ってたんじゃないんですか⁉」

私がびっくりして目を見開くと、リランは「心外だ」と不満げな顔をする。

彼曰《いわ》く、私以外にそんなことを言ったことはないらしい。

「シルシュが好きだからそう告げて、可愛いと思うからそう伝えてたんだ。ほかの修道女にそんなことを思ったことは一度もない」

「えええええ」

てっきり手当たり次第に口説いてるんだと思ってた。

動揺と混乱と、自分の顔が次第に真っ赤に染まっていくのを感じる。顔が熱くて、どうすればこの熱が引くのかわからない。

人生で、誰かに好意を伝えられたのは初めてだ。修道女でいるうちはずっと独り身なわけで、恋愛なんて頭の片隅にもなかった。

「ブランジェスでは、神官長を含め上層部の人間は皆が私に気を遣っていた。王家から避難して来ている何の力もない王子でも、王族は王族だから。それに、いつか出て行くんだろうっていうのもあったと思う。私は確かにそこにいるのに、誰からも自分を見てもらえない……そんな風に感じていた」

それは私が知らない彼の実情で、いつもにこにこしていて敵なんていないように見えるリランは、本当は私よりもずっと孤独だった。

「でもシルシュだけは違った。私を一人の人間として扱ってくれた」

初めてリランと会ったとき、私はひたすら麦を挽《ひ》いていた。収穫祭の後だけはたくさんの物資が貧救院に寄せられ、子どもたちにお腹《なか》いっぱいパンを食べさせてあげられるから。小麦粉にするには重い機材を使って気の遠くなるような作業が必要で、たまたま遣いで来ていたリランを見つけて頼んだのだ。ふらふら散歩しているくらいなら手伝ってください、と。

「あれは……、ただ暇なら手伝ってほしかっただけです」

一人の人間として、というか労働力として見ていた。嫉妬するほどに彼は有能だったし……。

「君はいつも平等に接してくれて、いつしか会えるのが楽しみになっていった。シルシュがいるなら、修道院のためにがんばろうって思えるようになったんだ」

「だからって」

私を好き？　それは信頼とか友愛とか、そういう感情とどう違うの？

リランが気持ちを伝えてくれる分だけ、不安が胸に広がっていく。

もう裏切られたくない。捨てられたくない。いつもにこにこ笑っていた父の顔が脳裏をよぎった。

「シルシュ」

「……私は」

彼の手を強引に振りほどき、俯《うつむ》きながら投げやりに告げる。

「あなたの笑顔も言葉も、信じることができません」

ガタゴトと揺れる馬車の中。

彼と目を合わせられない私は、それからずっと黙ったままだった。


修道院を出発して三日後。私たちはシュタイン公爵領のお邸に到着した。

リランとは、最低限の会話しかしていない。

彼はあれ以上結婚を話題にすることはなかったし、いつも挨拶代わりに口にしていた「可愛い」とかそういうことを言ってもこなかった。

「こちらがお嬢様のお部屋でございます」

まるでお城のような邸宅で、私が案内されたのは日当たりのいい二階の部屋だった。淡いピンクのクロスは可愛らしい小花柄で、白い調度品や天蓋《てんがい》付きのベッドはお姫様になったかのような錯覚を起こさせるほど素敵だ。

「リラン様が『ここだけは絶対に最高の物を揃《そろ》えてくれ』とお命じになられまして……」

専属メイドのルイザがにこやかに告げる。メイドたちは、私のことを『公爵様の婚約者』と聞かされていた。

彼の気持ちをきちんと受け入れることができなかった私は、どう答えていいかわからず曖昧《あいまい》な笑みを浮かべて誤魔化《ごまか》す。

自分が結婚するなんて想像もしていなかったから、修道院を出てずっと戸惑ってばかりだ。

メイドたちに「一人にしてほしい」と頼み、与えられた私室や寝室、衣装部屋を見て回る。用意された部屋や衣装はどれも素晴らしく、シンプルな中にも可愛らしさがあってすべて私の好みだった。

ここまで嗜好《しこう》を把握されているのはやや恐ろしいが、そもそも彼が有能だからここまで完璧に準備ができたのかもしれない。

「リランは、本気で私を好きなの？」

自分が傷つきたくなくて「信じられない」って言ってしまったのは、さすがに悪かったかな。

いや、でもいきなり拉致みたいなことをされたら誰だって混乱する。

リランのせい、リランがいけない。誰に対する言い訳なのか、私はそう思い込もうとした。

「……ちょっと悲しそうな顔してたよね」

私が拒絶したとき、彼がほんの少しだけ表情を曇らせたのを覚えている。思い出すと胸が痛み、傷つけてしまった罪悪感に苛《さいな》まれた。

謝った方がいい、そう思った私は隣の部屋で控えていたメイドにリランの居場所を尋ねる。

「リラン様に会いたいんですけれど、どちらにいらっしゃいますか？」

「あちらの扉からどうぞ」

示されたのは、寝室の奥の扉だった。

「私の寝室とリラン様の部屋が扉で繋《つな》がって……？」

「ええ、いつでも自由に入ってきてくれて構わないとのことです」

「そんなバカな」

眩暈《めまい》がしそうになる間取りだわ。

後で部屋を換えてもらわなきゃ、と思いながら渋々と扉を開けて進んでいく。

私の寝室の隣は衣装部屋で、その向こうには書斎があった。使われていないシガールームまでドアをノックしながら開けていくも、リランの姿はない。

「広すぎる……」

あまりに彼が見つからないので、だんだんと投げやりになってきて、「どうせいないだろう」という諦《あきら》めに似た感覚で次々と部屋の扉を開けていった。

七つ目のドアを開けたところで、コレクションルームらしき部屋から話し声が漏《も》れ聞こえてきた。

「あぁ、どうしたらシルシュは私を好きになってくれるんだ？　結局、いい返事はもらえなかった」

誰かに相談中？　これは聞いてはいけない内容を聞いてしまったのでは……、と思った矢先、扉の隙間《すきま》から見えたリランの姿に思わずぎょっと目を瞠る。

壁に飾られた絵画、絵画、絵画、人形を手に持ったリランが部屋の中央にいた。

「その人形は何ですか⁉」

濃茶色の髪に黒い瞳、修道女の紺色のワンピース姿の人形を持ったリランは、どう見ても人形に話しかけていて……。予想外の光景に、私は顔を引き攣らせる。

「シルシュ⁉　どうしてここに⁉　まさか私を探してここまで？」

「何でこの状況で嬉しそうな顔ができるんですか⁉」

リランは、私を見て嬉しそうな顔に変わる。見られて恥ずかしいとか、困るとかそういう感覚はないらしい。

私は一歩後ずさりながら、どうか誤解だと言ってくれと思った。

「君が好きすぎて人形を作ってしまった。自分で」

「自分で⁉」

無駄に器用だった！

ここで私の動揺にようやく気づいた彼は、明後日《あさって》の方向に解釈する。

「あぁ、誤解しないでほしい。人形が好きなのではなく、君が好きだから。シルシュ人形はあくまでシルシュへの想いの派生である、ということは伝えておく」

「何をおっしゃってるんですか？」

やはり、馬車の窓を壊してでも逃げた方がよかったのでは？　恋とかふわふわしたものではなく、並々ならぬ執着を感じる！

今さら後悔が押し寄せた。

「ところでシルシュ、何かあった？　ゆっくり休めるように、メイドたちに命じておいたんだけれど」

「よくこの状況で話題を変えられますね」

リランはベッドサイドに人形をそっと置き、何事もなかったかのように尋ねてくる。

もう一度きちんと話をした方がいいだろうと思ってここへ来たものの、人形が衝撃的すぎて逃げるしかなかった。

「ありがとうございます。十分よくしてもらってます、さようなら！」

くるりと踵《きびす》を返し、バタンッと強引に扉を閉める。何か言おうとしたリランを置き去りにして、私は一目散に部屋へと戻っていった。

私は……、おかしな人に捕まった！


公爵邸へ来て、早五日。

豪華なドレスを着せられた私は、暇を持て余していた。読書に散歩に刺繍に……婚約者としての待遇は十分すぎるほどで、でもそれが嬉しいと思えない。

「私より、リラン様の方が絶対にうまいじゃない」

手慰みにやってみた刺繍は、お世辞にもうまいとは言えない出来栄えだ。人形が作れるなんて、本当に彼は何でもできるなと改めて思う。

私を好きだという変態《リラン》は忙しいらしく、邸にいるときはずっと書斎に篭《こも》っていて、ときおり出てきたら従者や護衛を伴って馬でどこかへ向かう。

今日だって、夕食の時間になっても戻ってこなかった。

何事もないのは助かるけれど、放置されるとそれはそれで気になるから不思議である。

「私のこと、強引に連れてきたくせに」

私は栄養満点でおいしい食事を一人きりでいただき、たっぷりのお湯に浸《つ》かって体を労《いた》わり、たいしてやりたくもない刺繍をしてのんびり過ごしているというのに……。

こんなのよくない。落ち着かない。

机の上にぽいっと刺繍糸と布を置くと、私はリランが戻っているかをメイドに尋ねた。

彼は少し前に邸に帰ってきて、今は一階の書庫にいるという。

「一言、言ってやらなきゃ……」

鬱々《うつうつ》とした気持ちをぶつけずにいられない、私はそう意気込んで一階へと下りていった。

窓の外は真っ暗で、廊下には等間隔にランプが備え付けられている。

使用人たちは、私の姿を見つけると恭《うやうや》しく礼をして道を譲った。今のところ何の貢献もできていないのに、彼らは私をリランの婚約者だと信じて疑わない。

居心地の悪さがピークに達した頃、書庫で立ったまま分厚い書物に目を通すリランを見つけた。

相変わらずの麗しさだけれど、その目元は明らかに寝不足で疲労が滲《にじ》んでいる。

「………」

真剣な表情を見てしまうと、話しかけにくい。

帰ってきて早々にこうして調べ物をしているのは、彼が自分の立場や役目に誠実だからなんだろう。

いつもにこにこしていて本音はよくわからないし、強引に私を修道院から連れ出すし、シルシュ人形なんかに話しかけていてちょっと怖いし……、でもこういう真面目な一面も確かに彼自身なのだ。

私が見ていなかっただけで、これまでも彼は密かに努力していたのかも？

何でもできる人だって嫉妬して、リランのことをよく知ろうとしなかったのは申し訳なかったとちょっとだけ反省する。

黙って横顔を見ていると、視線に気づいた彼が顔を上げこちらに目を向けた。

「シルシュ？」

リランは目を丸くしていた。なぜここに、と顔に書いてある。

私は躊躇《ためら》いつつも、ゆっくりと彼に近づいた。

「おかえりなさい。ここにいるって聞いたから……」

続きの言葉が思い浮かばず、彼の手元にある本に視線を落とす。

ところがリランは大きく息を吸い、胸を手で押さえた。

「うっ」

「何⁉」

「シルシュが、シルシュがおかえりなさいって言ってくれた……！」

「そんな大げさな」

呆れ交じりにため息をついた私に、彼は幸せそうに笑いかける。

「食事がまだなんだ。よかったら、一緒にいてくれないか？」

一瞬だけ、彼の目線が私の肩や腕あたりに向けられた気がした。私が薄着だから、ここに長居するのはよくないと気遣われたのだとわかってしまう。

「誠実な変態……」

「え？　何？」

「いえ、お茶程度ならお付き合いします」

渋々そう答えると、リランは嬉しそうに目を細めた。

計算し尽くされた胡散臭《うさんくさ》い笑顔ではなく、純粋に喜びを露《あら》わにした笑顔に「こんな風にも笑えるのか」と驚かされる。

差し出された大きな手に自分の手を重ねれば、それだけで彼がまた一段と嬉しそうな目をするから何とも言えないむずがゆい気持ちになった。

たとえば、私がもっとリランのことをきちんと見てその人となりを理解すれば、彼の言葉を信じられるようになる？

ここでの暮らしを、前向きに考えられるようになる？

リランに手を引かれて一緒に歩きながら、ふとそんなことを考えた。

「ん？　どうしたの？」

探るようにじっと見つめていたら、リランがわざと顔を寄せて尋ねる。

私は慌《あわ》てて仰《の》け反《ぞ》り、小さな声で「別に何も」と答えた。

今までこんな風に女性として扱われたことはなく、あからさまに愛《いと》おしいという感情を込めた目で見つめられたことだって一度もない。

初めてのことだらけで、ドキドキするのはきっとそのせいなんだと思った。


翌日の早朝。

「じゃあ、なるべく早く戻ってくるから」

「いってらっしゃいませ」

リランは護衛騎士を連れ、公爵領の東側へと視察に出かけていった。

港のある東部地域は、領内第二の都市があって栄えているらしい。危険はないがここからはちょっと遠いというのが難点で、泊りがけになるので今夜は戻らないという。

「しっかり見ようと思った途端にいなくなるって」

見送りを終え、一人になった部屋でぽつりと呟《つぶや》く。

彼のことを知ろう、そう思っても相変わらずリランは忙しかった。

窓に映る私は今日も無駄に着飾らされ、花模様のレースが繊細な赤のドレスを纏《まと》っている。こういう派手なドレスを見ると、ずっと忘れていた義母のことを思い出した。

「本当に公爵夫人になるのなら、伯爵家に連絡がいくのよね」

縁を切ったも同然の生家には、父と義母、そして年の離れた異母弟妹がいる。

私がブランジェス修道院へ入ったのは、義母と折り合いがよくなかったからだ。実の母が亡くなってたった一年でやってきた継母《ままはは》・エレオノーラは、とても華やかで美しい人だった。

父はすぐに彼女に夢中になり、そしてエレオノーラは私を蔑《ないがし》ろにするようになった。

亡き母の形見は早々にすべて壊されるか捨てられて、彼女は私をしつけと称して叩《たた》いたり罵倒《ばとう》したり……。嫌がらせは次第にエスカレートし、双子の弟妹が生まれた後は「シルシュが赤ん坊に敵意を向けている」と嘘《うそ》まで広められ、使用人たちからも冷たい目を向けられる日々で苦しかった。

でも、九歳の私は「きっと父だけは私を信じてくれる」と思い、愚かにもその愛情を試そうとした。

『お父様、私は邪魔者なのでしょう？　だったら、修道院へ行きます』

父は穏やかな性格で、いつもにこにこしている優しい人だった。だから、きっと私がそう言えば引き留めてくれると思ったのだ。シルシュは大切な娘だからここにいてほしい、きっとそう言ってくれるだろうなんて甘いことを期待していた。

でも、現実は残酷だった。

『そうか、行ってくれるか！　シルシュがどうしてもと望むなら仕方ない』

あのときの笑顔は今でも覚えている。父は私よりエレオノーラが大事なのだと悲しい事実を突きつけられ、ショックを受けた私は失意のまま本当に修道院へ身を寄せた。

――いつも笑顔で優しい人こそ信用してはいけない。

私は父からそれを学んだ。

修道院では自分の居場所を確保すべく、誰よりも真面目に働いた。そして十年、今さら父に会いたいとは思わない。

でも、さすがに結婚となれば手紙の一つも出さないわけにはいかないだろう。

「面倒だわ」

リランの告白や暮らしの変化だけでも手一杯なのに、生家のことまで考えなきゃいけないなんて頭痛がしそうだ。

お行儀が悪いと知りつつも、ドレスのままベッドの上に倒れ込む。

広いお邸はとても静かで、私はそのまま眠ってしまった。


扉を控えめにノックする音がして、私はぱちりと目を覚ます。

「シルシュお嬢様」

「はいっ!」

慌てて上半身を起こし、手でぱぱっと髪を整える。

寝室の扉の向こうには人の気配があり、私を呼んだのは専属メイドのルイザだった。彼女は私の返事を確認後、扉を開けて申し訳なさげに尋ねた。

「お客様がいらっしゃいまして、どうしてもお嬢様にお会いしたいと……」

「お客様って私に?」

もしかして、修道院長？　でも、公爵領までわざわざ出向いてくるかしら？

きょとんとしていると、予想外の人物の名前がルイザの口から上げられた。

「シルシュお嬢様のご生家より、お母上のエレオノーラ様を名乗る方がいらしております」

「え？」

ルイザによると、その女性は黒い巻き髪に空色の煌《きら》びやかなドレス姿で、ディーテ伯爵家の紋章入りの馬車でやって来たという。事前の連絡がないとはいえ、「娘に会いたいのだ」と頼まれれば冷たく追い返すわけにもいかなかった……というのは想像できる。

「一体何をしに来たの？」

いきなり訪ねてくるなんて、しかも父を伴わずになぜ一人で？　追い出した先妻の娘に、十年も経《た》ってから会う理由なんかないはずだ。

嫌な予感しかしない。

「応接室でお嬢様をお待ちですが、ご気分が優れないという理由でお断りすることも可能です」

ルイザは、リランが私を修道院から連れてきたことを知っていた。訳ありであることは十分に予想でき、だからこそこうして選択肢《し》をくれたのだろう。

私は諦めの境地で、笑って答える。

「ありがとうございます。私が自分で対応します」

幸いにも、眠っていたにしては髪やドレスの乱れはない。

ルイザに手早く支度を整えてもらい、応接室へと移動した。

そこには、十年ぶりに見る継母の姿があった。今は三十三歳になったエレオノーラは、以前と変わらぬ美貌を保っていて、あまりに変わらない様子に内心とても驚いた。

彼女を見ると、無力だった九歳の自分に気持ちが戻ってしまいそうで「しっかりしなさい」と心の中で呟く。

「お久しぶりでございます、伯爵夫人」

「久しぶりね、シルシュ。大きくなって……」

応接間に入ってきた私を見たエレオノーラは、まるで感動の再会かのように笑みを浮かべた。

向かい合って座ると、彼女は昔のことなど記憶にないといった雰囲気で明るく話し始める。

「驚いたわ、あなたが新しいシュタイン公爵様と婚約だなんて」

生家であるディーテ伯爵家には、すでにリランが手紙を送っていた。

私を連れ出すより前に、彼がそうやって根回しを行っていたことにびっくりした。

さ、さすがは誠実な変態……、そこは筋を通すのね……！

妙な納得感があった。

上機嫌のエレオノーラは、優雅な所作で紅茶を口にする。

あぁ、嫌だな。修道院に入るきっかけになったこの人を見ていると、もやもやとした感情がこみ上げてくる。

過去の出来事をなかったことにして普通に会話することはできそうになく、ただただ「早く帰ってもらいたい」と思った。

「今日はどのようなご用件でしょうか？」

かろうじて笑みを浮かべ尋ねれば、エレオノーラは子どもをあやすような声音で答える。

「あら、愛想のないこと。せっかく遠いところを会いに来てあげたんじゃない、世間話の一つや二つしたらどうなの？」

「あいにく修道院育ちなもので、ご期待には添えません」

「困った子ね。もっと可愛げのある性格にならないと、公爵様に愛想を尽かされてしまうわよ？」

拉致同然でここに連れて来られ、それなのに愛想を尽かされ捨てられたらそれはもう笑うしかない。

きっとこんなことを言うと、リランは「愛想を尽かすなんてあり得ない！」と否定するのだろう。

その姿を密かに想像してしまう。

「で、ご用件は？」

再びの催促に、エレオノーラはやや眉を顰《ひそ》めた。けれど、ようやく本題を口にする。

「実は……、大きな額の借金があるの。それで、あなたから公爵様にいくらか融通してほしいと頼んでもらえないかと思って」

「は？」

「途中で寄った街も随分と栄えていたし、財政は潤ってるんでしょう？　婚約者の生家にそれなりの支度金を用意するくらい、どうってことないはずよ」

あまりに厚顔無恥《こうがんむち》なお願いに、私は絶句する。

生家として、娘に大した令嬢教育も施さなかった立場で金の無心とは……！　信じられない。

こんなことを堂々と頼んでくるなんて、その図々《ずうずう》しさと傲慢さにゾッとした。

「父はこのことをご存じなのですか？」

「あの人は、その、娘に頼みにくいだろうなと思って……」

歯切れの悪い答えに、父は彼女がここへ来ていることを知らないのだと察する。もしかすると、借金はエレオノーラが一人で作ったものなのかも？

いや、でも私には関係ない。

そもそも私はほぼ無一文だし、家族の情も何もない継母のために「お金を貸してほしい」とリランに頼むなんてあり得ないと思った。

「お金は自分たちでどうにかしてください。私はお役に立てません」

即座に断り、スッと席を立つ。応接室の扉に向かおうとしたところ、エレオノーラが怒った様子で私を追ってきた。

「ちょっと！　それが母親に対する態度なの!?」

「きゃっ……！」

手首を掴《つか》まれ、強引に引き留められる。扉のすぐ外にはルイザと執事が待機しているから、こんなことをしても思い通りにならないのに、エレオノーラは私を見て凄《すご》んだ。

「お金さえ渡してくれれば、たまに帰ってくることも許してあげる。それに、公爵様は元王子様なんでしょう？　惚れた女が頼めばすぐにお金を出してくれるわよ」

「何をバカなことを……」

「社交界では有名よ。第三王子は、優しいだけで何の取り柄もない平凡な人物だって。ふふっ、それもそうよね。だからあなたなんかを婚約者に望むんだわ」

そんな噂《うわさ》があるの⁉

どう考えても悪意ある嘘だ。エレオノーラはそれを信じているようだけれど、今ここで口にするのは不敬にもほどがある。

すべて自分が正しいとばかりに傲慢な笑みを浮かべる彼女を見ていると、怒りが込み上げてきた。

「離してください」

これまでで一番冷酷な声でそう告げ、私は強引に手を振りほどいた。

「リラン様は立派な方です。噂に惑わされるなんて可哀そうですね、エレオノーラ様」

「何ですって？」

「あなたは私のことを愚かな娘だと蔑《さげす》んでいるんでしょうが、だからってリラン様までバカにするのは許せません。人を見下すことでしか自分のプライドを守れないあなたなんか、どうなったって知りません！」

私はもう虐《いじ》められて泣いていた子どもじゃない。

語気を強め、絶対に負けないという目で彼女を睨《にら》む。

激昂《げきこう》したエレオノーラが右手を振り上げたその瞬間、大きな扉がバタンと音を立てて開いた。

「シルシュ！」

飛び込んできたのは、旅装も解いていないリランだった。

冷たい空気を纏ったまま、血相を変えて入ってきたのを見ると急いで帰ってきたのだとわかる。

「無事か!?」

「え、ええ」

「よかった……！　ディーテ伯爵から夫人の不在を聞いて、もしやと思って慌てて馬を走らせたんだ」

「父から？」

一体どういうことなの？

リランは父に会ったということ？

驚く私を片腕で抱き寄せたリランは、怒りの形相でエレオノーラを睨みつける。

「シルシュを傷つける人間は許さない」

「そ、そんな、誤解ですわ。私はただ娘に会いに来ただけで……」

エレオノーラは必死で取り繕《つくろ》おうとする。

しかし、リランは反論する隙を与えなかった。

「連れていけ」

「っ！」

控えていたリランの護衛騎士たちが、エレオノーラを拘束する。容赦《ようしゃ》なく捕縛《ほばく》された彼女は、すぐさま応接室から出され牢《ろう》へ移された。

その手際の良さと容赦のなさに、私はしばらく呆気《あっけ》に取られていた。

「あの……。いいんでしょうか？」

「何が？」

「言い争いにはなりましたが、暴力を振るわれたわけでもないし、お金を脅《おど》し取られたわけでもないんですが」

リランが来るのがあと少し遅ければ私は殴られていただろうけれど、それは未遂だったので何も被害はない。

それなのに、伯爵夫人を捕らえて牢に入れるのはちょっとやりすぎなのでは、と気になった。

「公爵領では領主の権限でどうにでもできる。私の可愛いシルシュが嫌な思いをした、それだけで労働刑百年に値する」

「罪が重すぎますよ!?」

王族への不敬罪ならともかく、私が嫌な思いをしたというだけでそれはないでしょう!?

必死に説得した結果、リランは「しばらく様子を見てから伯爵領へ送り返す」と約束してくれた。

「シルシュ、怖い思いをさせてすまなかった。もう絶対に離れないから」

嘆くように謝りながら、リランは私をぎゅっと抱き締める。

彼が戻ってきてくれてよかった、そう思いながら私もそっと手を添えた。そして、小さな声で尋ねる。

「リラン様は、私の父に会ったんですか……？」

聞けば、今日は視察先に私の父を呼んでいたそうだ。婚約に向けて、話をするために――。

「シルシュが生家と連絡を取っていないことは知っていたから、まずは私だけが会おうと思ったんだ。書類さえ揃えば結婚はできるけれど、ディーテ伯爵がどんな人物か確かめておきたくて」

父はすんなりと書類にサインし、「娘をよろしくお願いいたします」と頭を下げたらしい。娘に会いたくはないのかという問いに対し、「合わす顔がない」と答えたそうだ。

「この十年で色々と反省したと言っていた。夫人が生んだ双子は、伯爵の子じゃないとも聞いたよ」

「えっ」

どういうこと!?

私はびっくりして目を見開く。

「エレオノーラは、嫁ぐ前から従者と深い仲だったらしい。双子もどう見ても自分に似ていないし、従者を問い詰めたらすべて認めたそうだ」

「そんな……」

従者は消え、何もかもが虚《むな》しくなった父はエレオノーラを責めることはせず静かに距離を置いた。エレオノーラの散財も、双子を伯爵家の子として育てることも、娘を追い出した贖罪《しょくざい》として受け入れたのだという。

「伯爵は悪い人じゃないけれど、何ていうか……残念な人だね」

「私もそう思います」

リランの感想に、私は全面的に同意する。若い後妻に夢中になり、何をどう間違えたのか幸せとはほど遠いところでひっそりと生きることになってしまった。

私に説明も謝罪もないのも、離婚に踏み切れないことも本人は贖罪と思っているのだろうが、現実から目を背けているようにしか思えなかった。

残念な人、その一言がしっくりきた。

「もしかして、シルシュが私のことを信じられないのは伯爵の影響？」

「それは……」

いきなり本当のことを突かれ、言葉に詰まる。けれど、それは紛れもない事実だから「はい」と小さな声で返事をした。

一緒にするなと叱《しか》られるだろうか？

どきどきしていると、頭上で「ははっ」と軽く笑う声がした。

「よかった」

「よかった？」

「私のことが人間的に信用できないのかと……」

どうやら、私が信用できないと言ったのを気にしていたらしい。

そんな雰囲気はなかったのに、彼は彼で思い悩んでいたようだ。

パッと顔を上げれば、愛おしげにこちらを見下ろすリランと目が合った。

「シルシュに信じてもらえるまで、毎日好きだと言おう。何百回でも何千回でも伝えることにする」

「え……？」

「大丈夫、シルシュを幸せにできるのは私だけだと自信はあるんだ」

「その自信はどこから来るんですか」

ついさっき不安げなことを口にしたかと思えば、今度はいきなりそんなことを言う。私は思わずふっと笑ってしまった。

彼はさりげない所作で、私の頬にかかった髪をそっと耳にかける。

「あなたという人がよくわかりません」

この人を理解するには、長い年月が必要になりそうだ。

ただ、どうしたって離してはくれなさそうだし、今こうして笑い合えることが幸せだとほんの少し思い始めている。

「リラン様」

「ん？」

どさくさに紛れ、私の頭や目元に唇を寄せる彼をそっと手で制しながら告げる。

「お願いがあります。——これからの二人のために」

大事なことだから、きちんと伝えておかなければ。

改めて私は彼を知らなきゃいけないし、彼にも私を知ってもらわなきゃいけない。

リランの蒼い瞳をじっと見つめると、そこには笑顔を浮かべる私が映っていた。

公爵邸の執務室には、古い書机のそばにもう一つ新しい机が用意されている。

そこは私のための特等席のはずだが、ここに座ると自然と邪魔が入って仕事にならない状況が続いている。

「ちょっと離れてくれませんか⁉」

「いやだ。シルシュは地図と私とどっちが大事なんだ？」

「今は地図です」

即答すると、椅子に座る私を背後から抱き締めている腕の力が一層増した。神官時代よりも明らかに逞《たくま》しくなった腕は、私の力では振り払えない。

「こんな……！　こんな仕事漬けにするために執務室に机を増やしたんじゃない」

「じゃあどういうつもりだったんですか」

これからの二人のために、『私にも仕事を手伝わせてください』とお願いしたのはつい先月のことだ。毎日暇を持て余していた私は、末永く一緒にいるためにも仕事はした方がいいと思ったのだ。

今は執務室で資料を読んだり書類を整理したり、まだほんのちょっとしか手伝えることはないけれど、いずれは公爵領のあちこちに実際に行ってみて、街の様子や領民のことを知る機会も作りたいと考えている。

「がんばらないと、リラン様に追いつけませんから」

お荷物にはなりたくない。私はここでもがんばって役に立ってみせるんだから。

そう意気込む私を見て、リランは仕方ないなという風に笑った。この人は、結局のところ私の希望を叶《かな》えてくれる。

「シルシュ」

「はい？」

彼もそろそろ席につくのかと思いきや、ふいに名前を呼ばれた。

軽く振り向くと、柔らかな唇が一瞬だけ重なる。

「っ⁉」

「つれないなぁ、私がこんなにシルシュを愛しているのに仕事仕事って」

顔に熱が集まり、自分が真っ赤になっているのが鏡を見なくてもわかる。息を呑《の》んだまま固まる私を見て、リランは満足げに笑ってそばを離れた。

椅子に座った後も、彼は私を見つめてにこにこと嬉しそうにしている。

「可愛い。連れて帰りたい」

「連れて帰った結果が今ですよね？」

「うん。感謝してる。一緒にいてくれてありがとう」

まさかお礼を言われるとは。

神様、これは恋とか愛とかそういう類《たぐい》のものなのでしょうか？

問いかけたところで返事はない。

「まったく、私が自分で立てなくなったらリラン様のせいですからね？」

あまり甘やかさないでほしい、そう伝えると彼は爽《さわ》やかに笑って言った。

「そのときはさらに甘やかして、絶対に私から離れられないようにする」

何の迷いも躊躇いもない言葉に、私は小さく息をつく。

この押しの強さを躱《かわ》せるだけの器用さは、持っていないのだ。

「シルシュ、好きだよ」

「……ありがとうございます」

窓の外には、暖かな春の光が溢《あふ》れている。日々はゆっくりと流れていっていた。

いつか私も、リランに好きだと返せる日が来るといい。

そのとき、彼は一体どんな顔をするんだろう？

一つ楽しみなことができたと思った。

氷の騎士様が何故か私に惚れたらしいです。
私はおまけなので放っておいてください！

蒼《あお》井《い》美《み》紗《さ》

ill. まち

「ユイコ、今日は天気が良いな。王都の近くに綺麗《きれい》な湖があるのだが、一緒に行かないか？」

私に割り当てられた王宮の一室を出ると、すぐ目の前にジェルマン様の端整なお顔があった。この国の第一騎士団で団長の地位にいるらしいこの方は、天に何物を与えられたのかと思うほどに素敵なお方だ。

深い青色の短髪と同色の瞳からは涼やかな印象を受けるけど、体付きはがっしりとしていて騎士団団長の名に恥じない迫力がある。さらに侯爵家という貴族の中でも上位の家柄の生まれで、勉学にも秀でているらしい。

「ジェルマン様、何度もお断りしているように、私はあなたと出かけることはできません」

まさに完璧という言葉に相応《ふさわ》しいお方が、なんで私なんかに興味を示しているんだろう。私は聖女としてこの国に召喚された妹のおまけで、なんの能力も持っていない。容姿だって優れているどころか、目立つところがない平凡な顔立ちだ。

妹のように明るい茶髪じゃなくて真っ黒な髪色で、癖がなくて綺麗なロングになるところはたまに褒められたけど、私からしたらふわふわで茶髪な妹の方がよほど可愛《かわい》いと思う。

「だが、ユイコはこの国に来てから一度も外に出ていないだろう？　少しは気分転換をしなければ」

「王宮の広い庭園を散策させていただきましたので、問題ありません。……気にかけてくださって、ありがとうございます」

少しだけ痛む心には気づかない振りをして誘いをもう一度断ると、ジェルマン様は途端に落ち込んだような寂しそうな、どこか叱《しか》られた子犬を思わせる表情を見せた。うぅ……そんな表情を見せられたら、罪悪感が生まれるので止《や》めてください！　絆《ほだ》されそうになるじゃないですか！

そう心の中で叫びつつそれを表に出さないように気をつけて、ジェルマン様の前から立ち去ろうと一歩足を踏み出すと……。

「ユイコ……」

捨てられた子犬がクーンと鳴くような、か細い寂しげな声で名前を呼ばれた。そんな声で呼ばないで……！　後ろを振り向きたくなるじゃない！

でもダメ、ジェルマン様はこの国の第一騎士団団長で侯爵家のお方。私なんかとは絶対に釣り合わない。ジェルマン様は一時の気の迷いで、珍しい聖女のおまけが気になっているだけなんだから。

全てはこの国に召喚されたあの日、私がジェルマン様にやらかした事件が原因なのよ……。

◇

カスティーリャ王国の王太子執務室に、王太子であるエリック・カスティーリャと、氷の騎士と恐れられているニコラス・ジェルマンがいる。エリックの晴れやかな顔付きとは対照的に、ニコラスの表情はぴくりとも動かずに無表情だ。

「ニコラス、聖女召喚の儀が明日行われることになった。警備を頼むぞ」

「……かしこまりました」

「そのように嫌そうな顔をするな。何度も言っているが、もう少し愛想を良くした方が良いぞ？」

エリックが苦笑しつつ発したその言葉に、ニコラスは少しだけ表情を緩めて曖昧《あいまい》に頷《うなず》く。

「それは分かっていますが……笑顔を浮かべると、令嬢が寄ってきて煩《わずら》わしいのです」

「お前の令嬢嫌いは知っているが、いつかは誰かを選ばなければならないのだ」

「……心得ております」

——本当に憂鬱《ゆううつ》だ。令嬢など地位と着飾ることにしか興味がない、煩《うるさ》い者達ばかりだ。

ニコラスは昔からエリックの学友ということもあり、二人に近づきたい令嬢によって執拗《しつよう》に追い回され、時には犯罪紛《まが》いの行為を仕掛けられたこともあり、完全に女性不信に陥《おちい》っている。

だからこそ今は、いつでも無表情で令嬢は無視を徹底しているのだが、その姿が孤高でクールでカッコいいとさらに令嬢人気が高まっている。氷の騎士などと呼ばれ、ファンが集《つど》うお茶会まで開催されている始末だ。

「まあ良い。それよりも明日は頼んだぞ。ここ数ヶ月で魔界と繋《つな》がるゲートがそこかしこに新しく生まれ、瘴気《しょうき》と魔物が溢《あふ》れ出してきている。団長のお前は分かっていると思うが、もう騎士団で対処できる限度を超えている。聖女の力が必要だ」

「明日は必ず成功するよう、全力で警備にあたります」

ニコラスもいくら女性が好きじゃないとはいえ、現状がそんな悠長なことを言っていられる場合ではないと理解しているのだろう。二人は厳しい表情を浮かべて顔を見合わせ、同じタイミングで頷き合った。

二人の話し合いから一晩が明けた今日。聖女召喚の儀が執り行われる王宮の地下には、ニコラスとその部下である第一騎士団の団員、さらに実際に儀式を行う魔術師が数名、そして王家の代表者としてエリックがいた。

「お前達、聖女召喚の儀が邪魔をされぬよう、絶対に穴がないように警備をするんだ。いいな！」

「「かしこまりましたっ」」

ニコラスの鋭い視線と厳しい声音に緊張しつつ、団員達は全力で返事をして持ち場に駆け足で向かった。ニコラスは令嬢の間で氷の騎士と呼ばれているが、騎士団の中でも陰でその名前が使われている。しかし令嬢達のようにクールでカッコいいなどという意味ではなく、全く笑わない厳しい上官という意味でだ。

ニコラスは高等学院に通っていた時代から、令嬢に対して笑みを向けないようにと気をつけて生きてきた弊害か、次第に笑みを浮かべる必要性を感じられなくなり、令嬢の前でなくとも無表情で過ごすようになった。今ではエリックなど昔からの知り合いや家族に対して、少しだけ表情を緩める程度だ。

「準備はどうだ？」

「完了いたしました。合図をいただければいつでも始められます」

エリックの問いかけに魔術師の男が答え、ついに聖女召喚の儀が執り行われることになった。

「では始めてくれ」

古代遺跡から出土したと言われている魔法陣の周りに魔術師が両膝《りょうひざ》を着き、詠唱を唱えながら魔力を注いでいく。すると次第に魔法陣が光を放ち始め、目を開けていられないほどの眩《まばゆ》い光が部屋中を支配して――――目が慣れた時には、魔法陣の上に二人の少女がいた。

「聖女は、一人ではなかったのか……？」

エリックが呟《つぶや》いた言葉が隣にいたニコラスにも聞こえたようで、本当ならエリックが聖女を迎える役目をする予定だったが、イレギュラーな事態のためニコラスが魔法陣に近づいた。そして聖女だと思われる二人の少女の前に跪《ひざまず》き片手を差し出すと……突然、綺麗な黒髪の少女がニコラスに回し蹴りを喰《く》らわせた。

「ちょっ、誰!?　誘拐!?」

ニコラスならば容易に避《よ》けられる速度の蹴りであったが、まさか令嬢が回し蹴りをするなどと思っていなかったニコラスは、蹴りをモロに喰らってしまう。

「お姉ちゃん、ここどこ？」

「分かんないけど……お姉ちゃんが守るから、大丈夫だからね。とりあえず誘拐犯は一人やっつけたから！」

――なんだこの女。男に回し蹴りをするとか、しかもスカートを穿《は》いてるにも拘《かかわ》らずだ。そんな令嬢には今まで会ったことがない……面白いな。

聖女として召喚した少女が突然攻撃してくるという異常事態に皆が騒然としている中、ニコラスは口元に笑みを浮かべていた。その笑みは近年エリックさえも見ることができていない、とても自然な笑みだった。

◇

ジェルマン様の誘いを断って、妹の優愛《ゆあ》の部屋へ足早に向かっていると、廊下の向こうから豪奢《ごうしゃ》な金髪をふわりと揺らし、レースをこれでもかとふんだんに使ったドレスを着こなした女性が現れた。

「あら、あなたまだ王宮にいたの？　私のジェルマン様に纏《まと》わりついて忌々《いまいま》しいったらないわ。あなたはただの平民なのだから早く出ていきなさい」

「……マケーニュ公爵令嬢、大変申し訳ございません。妹がここでの暮らしに慣れたならば、私は市井《しせい》へと参ります」

「ふんっ、早くなさい。目障《めざわ》りなのよ」

「申し訳ございません……」

はぁ、こう毎日毎日絡《から》まれると本当に嫌になる。私はマケーニュ公爵令嬢、アンリエット様が遠ざかる靴音を聞きながら、頭を下げ続けた。完全に音が聞こえなくなるまで頭を下げていないと、万が一アンリエット様が振り返った時に、面倒なことになるのだ。

「もう早くこんなところから逃げ出したい……」

私は聖女じゃなくてただのおまけだから、多くの人に邪魔者扱いされているのは分かっている。もちろんそうではなくて、巻き込んでしまったことへのお詫《わ》びを口にしてくれる人もいるけど、大抵《たいてい》はただの平民がなぜ王宮に滞在を……って眉を顰《ひそ》められる。もうそんな毎日にはうんざりだ。

なぜかジェルマン様に気に入られてしまったことで貴族のご令嬢にも絡まれるし、この国に来てからため息が確実に増えた。まだ十二歳の優愛を一人にしてはいけない、私はもう十八でお姉ちゃんなんだから頑張らないと。その気持ちだけで毎日耐えている。

「……でも、優愛は聖女として厚遇されているし、私が心配しなくても大丈夫かな」

もし大丈夫そうなら市井に逃げたい。全く知らない土地で暮らすのは予想している以上に大変だと思うけど、ここよりはマシだろう。

そんなことを考えていると足音が完全に消えたので、私は今度こそ優愛の部屋に向かった。部屋の前にいる護衛騎士に扉を開けてもらうと、中から優愛の楽しそうな声が聞こえてくる。

「お姉ちゃん、おはよう！」

「優愛、おはよう。よく眠れた？」

「うん！　エリック様が夜に来て、一緒にホットミルクを飲んでくださったから」

「……そうなのね」

エリック様は召喚された聖女と結婚することに決まっていたらしく、最近は優愛を落としにかかっているのだ。優愛はまだ十二歳なのに……。

でもこの方は私のことを大切に扱ってくれるし、ここでの衣食住も整えてくれているし、何よりも王太子という立場で優愛を守ってくれるだろう。だから、優愛のことは任せても良いかなと思い始めている。

「お姉ちゃん、今日は騎士団の訓練を見学させてもらえるんだって。私が見てみたいって言ったら、エリック様が騎士団にお願いしてくれたの。ふふっ、凄《すご》く楽しみ！」

「良かったね。優愛はこれから騎士団の皆さんと瘴気に向かうんだから、しっかり見学しないと」

「もちろん、頑張るよ。お姉ちゃんも一緒に行こうね！」

「ありがとう。一緒に行くよ」

騎士団か……ジェルマン様はいるのかな。いたら少し気まずいけど、優愛がこんなに楽しそうにしているし、予定を変更しようなんて言えない。ジェルマン様も、訓練中に私に声をかけるようなことはしないよね。

そうして少しだけ不安に思いつつも騎士団の訓練場に向かうと、そこには二人一組のペアになって、激しく剣を撃ち合う騎士達がいた。相手が振り下ろした剣を受け流してそのまま攻撃し、しかし相手もまたその攻撃を受け止めてと、かなりの速度で攻撃と防御を繰り返す。初めて見たけど本当に凄い、私では目で追うのも大変な速度なのに、騎士達は息を乱すことなく動き続けている。

――その中で素人目《しろうとめ》に見ても一段と剣のキレが良くて輝いているのが、ジェルマン様だった。

いつも私と話している時の子犬みたいな様子は微塵《みじん》もなく、鋭利な刃物のような目線だ。思わず鳥肌が立った。

迫力があるとても整った涼やかな容姿は氷の騎士の名に相応《ふさわ》しいけど、いつも私のところに来る時は頬を緩めて可愛らしい笑みを浮かべているから、その名にあまりピンときていなかった。でも騎士として戦うジェルマン様はまさにその名に相応しい。こんな一面もあったんだ。

「終わりっ！　おいお前、剣のキレがないぞ、鍛錬をサボっているのではないか？　やる気のない者はこの騎士団にはいらない。俺達は民の命を預かっているんだ。その自覚を持て」

ジェルマン様は剣を合わせていた相手に向かって、冷たい表情でそう告げた。私の目にはとにかく凄いということしか分からなかったけど、あれでキレがないなんて。騎士って凄い。

「申し訳ございませんっ」

怒られた騎士の人は、悔しそうに拳《こぶし》を握りしめながら頭を下げた。

「お前はこの後、訓練メニューを一からやり直しだ。俺も一緒にやるから気合いを入れ直せ」

「……ありがとうございます！　ご指導、よろしくお願いいたします！」

しかし続くジェルマン様の言葉を聞くと、顔を明るくして今度はやる気十分な様子で頭を下げる。

ジェルマン様って厳しそうだけど、部下に慕われてるんだね。今のやり取りと、ジェルマン様のことを見ている他の騎士達の視線からそれを感じ取り、私はなんだか嬉《うれ》しくなった。

「ニコラスはもう少し笑顔を見せればもっと慕われるだろうに」

近くに立っていたエリック様が、ぼそっと呟いた言葉が聞こえてきた。確かにさっきからジェルマン様は全く笑っていない。私のところにいる時はいつも笑顔なのに。あの素敵な笑顔が見れないのはちょっと寂しいな。

そんなことを考えていたら、ジェルマン様が休憩のためなのか私達がいる方向に歩いてきた。そして騎士達からこちらに視線が移ったところで……私とバチっと視線が合わさる。

「ユイコ！　もしかして見にきてくれたのか⁉」

さっきまではクールな無表情を貫いていたジェルマン様は、私に気づくとすぐに頬を緩めた。そしてこちらに駆け寄ってくる。もしかして、騎士として仕事をしてる時は笑顔を封印してるのかな。

「妹の付き添いで、騎士団の訓練を見学に来ているのです」

ジェルマン様は私のその言葉でやっと隣にいるメンバーに気づいたようで、また表情を真剣なものに戻して礼をした。

「王太子殿下、聖女様、失礼いたしました」

「……いや、別に構わないが、お前はユイコと仲が良いのか？　お前の笑顔など何年振りか分からないほどなんだが」

え、何年振り!?　私はエリック様の言葉に本気で驚いて、思わずギョッとした表情を浮かべてしまった。もしかして氷の騎士様って、普段も笑わないから付いた通り名だったりする……？

「私の片思いです。今までは笑みを浮かべる必要性を感じられませんでしたが、ユイコに対してだけは自然と笑顔になってしまうんです」

「そうなのか、それは良い知らせだ。お前に大切な者ができて嬉しいぞ」

「ありがとうございます」

こんなに大勢の人がいる中で片思い宣言とか、本当に恥ずかしい……穴があったら埋まりたい。穴を掘ってでも埋まりたい。

「なあ、あれは本当に団長なのか……？」

「いや、俺の目がおかしくなってるかもしれん」

「俺もだ。団長が笑ってるなんて、確実に幻覚だ。それに片思いとか……俺は耳までおかしくなったらしい」

「待て、俺も同じ言葉を聞いたぞ？　あれは空耳じゃなかったのか……？」

ジェルマン様のことを驚愕《きょうがく》の面持ちで凝視《ぎょうし》している騎士達の方から、そんな会話が漏《も》れ聞こえてくる。ジェルマン様の笑顔と片思いは、こんなに驚かれて信じてもらえないことなのか……ジェルマン様の私への本気度をこんなところで知ることになり、私はかなり動揺した。

「ユイコはニコラスの思いを受け取らないのか？　こいつは良い男だと思うが」

「それは分かっているのですが……、私はただのおまけですから身分もないですし、特別な力も持っていません。淑女教育なんて受けてないですし、ジェルマン様の、その、つ、妻なんて、無理に決まっています。ジェルマン様のご家族にも反対されるでしょうし、ジェルマン様を好きなご令嬢方にも納得していただけません。……なので、思いを受け取ることはできません。申し訳ありません！」

私は自分で言葉を発しながら、この世界で私は何も持っていないという事実を再確認して、思わず泣きそうになってしまった。いくらジェルマン様が本気だからって、周りを無視することなんてできないはずだ。この国は王制で貴族がいて、身分が大切な世界なのだから。

ダメだ、泣いたらダメだ。優愛に心配させちゃう。それに断っておきながら泣くなんて、ジェルマン様にも失礼だ。

「では、私はお先に失礼いたします」

私はとにかくこの場から逃げたくて、潤んだ瞳を見られないように俯《うつむ》いたまま駆け出した。召喚されてから約二ヶ月、もう王宮の作りは分かっている。とにかく自分の部屋に行こう。この王宮の中で私が安心できるのはあの部屋の中だけだ。無理を言ってメイドも入れないでもらっているあの部屋の中なら、私は一人になれる。

そう思って駆け足で向かっていると、前から歩いてくる人影が見えた。

「あら、二度もあなたと会うなんて今日は運がないわ。明日は雨でも降るのかしら？」

「マケーニュ公爵令嬢……申し訳ございません」

運がないのはこちらのセリフだ。とにかく今は絡まれたくないし、早くどこかに行ってくれ。そう思って廊下の端でカーテシーをして、足音が遠ざかるのを待っていたけど……アンリエット様は私の前から動いてくれない。

「顔を上げなさい。——ちょっと、私の言うことが聞けないの!?」

「……っ」

私は泣き顔を見られたくなくて一瞬躊躇《ためら》ったけど、怒鳴られたことで顔を上げた。するとにんまりと歪《ゆが》んだ笑みを浮かべたアンリエット様が目に入る。性格が悪いといくら着飾っても可愛くないんだね。そんなことを考えながら平静を保つ。

「あら、泣いているの？　ふふっ、ははは、その汚い涙で王宮を汚すんじゃないわよ！」

「いっ……」

突然、手に持っていた扇で頬を打たれた。今までは口撃だけだったのに……まさか暴力を振るわれるとは思わなかった。私は突然の衝撃で体が固まってしまい、そのまま床に崩れ落ちる。

「私がジェルマン様の婚約者になる予定だったのに、あなたが現れたから、あなたのせいで……！」

「……わ、私は、お断りしております」

なんとか衝撃から立ち直ってそれだけを告げると、その言葉もアンリエット様を怒らせたのか、アンリエット様はさらに眉を吊《つ》り上げた。

「それも生意気なのよっ！」

……じゃあ、じゃあどうしろって言うのよ！　私が何をしても気に食わないんじゃない！　もう身分がある世界なんて嫌！　この世界には貴族がいない国はないのかな。そこに行きたい……。

そんなことを考えつつ、アンリエット様がもう一度振り下ろそうとした扇をぼんやりと眺めていたら、突然その扇がどこかに飛んでいった。

「マケーニュ公爵令嬢、貴女《あなた》のような方が暴力とは……残念です」

そして私を庇《かば》うように、ジェルマン様が姿を現す。

「ジェ、ジェルマン様……これは、この女が悪いのです！　私は正当防衛を……！」

「そのようには見えませんでしたよ。おい、マケーニュ公爵家の屋敷までお連れしろ」

ジェルマン様がさっき訓練の時に出していた声よりもさらに低い声音でそう告げると、一緒に来ていたらしい騎士二人がアンリエット様の腕を掴《つか》んだ。

「ジェルマン様、なぜ私がこのような扱いを！　私は公爵家の人間よ、その汚い手を離しなさい！」

アンリエット様はそう叫びながら、私のことを鋭い視線で睨《にら》みつけてくる。もし次に会うことがあったら何をされるんだろう……怖いな。

「ユイコ、本当にすまない。私のせいだな」

アンリエット様の姿が見えなくなって二人きりになると、ジェルマン様が落ち込んだ様子で声をかけてきた。

「い、いいえ、ジェルマン様のせいではありません」

「いや、私のせいだ。ユイコが貴族令嬢に絡まれているという話は聞いていたが、まさか暴力を振るうとは……もう少し様子を見てもいいかと思っていた私が馬鹿だった。本当にすまない」

そんなふうに泣きそうに謝られると、心臓の辺りがぎゅっと苦しくなるから本当にやめて欲しい。

私はなんだか居心地が悪くなり、とにかくジェルマン様から離れようとそれしか考えられなくなった。

「気になさらないでください。あの、助けてくださってありがとうございました……！　では、失礼いたしますっ」

私はそこまでを一気に口にすると、一度だけ頭をガバッと下げてジェルマン様の下《もと》を離れた。しかしすぐに追いかけられて、手首を掴まれて止められてしまう。

「待ってくれ。お願いだ、逃げないでくれ。さっきの話の続きがしたいんだ」

「さっきの話とは……？」

「ユイコが俺の告白を受け入れてくれない理由についてだ。ユイコがあんなに悩んでいたなんて気づかなかった。本当にすまない。……ははっ、さっきから俺は謝ってばかりだな」

「いえ……」

自嘲の笑みを浮かべながらそう言ったジェルマン様に謝らなくてもいいと言いたくて、でも声が出なかった。

「俺は騎士団長だ。侯爵家を継ぐことはないから家のことは気にしなくてもいい。だから淑女教育なんて必要ない。それにユイコの礼儀作法はしっかりとしているぞ？」

ジェルマン様はそこで一度言葉を切って、私に向けて優しい笑みを浮かべた。

「それから特別な力なんていらない、俺はユイコが、今のままのユイコが好きなんだ。それでもまだ身分が気になるのなら、俺が平民となるのもいい。この国を出てもいいな」

「何でそこまで……」

「どうしてだろうな……俺もよく分からない。でも、一目惚《ぼ》れかな。最初はユイコのカッコ良さに惚れたんだ」

「あ、あれは誘拐犯かと思って、優愛を守らないとって」

「妹のためにそこまでできるユイコも好きだ。それにユイコの可愛い笑顔も、自分を犠牲にしてまで周りの幸せを願う健気《けなげ》さも、全てが好ましいと思っている」

うう……そんなに真《ま》っ直《す》ぐな目で見ないで。こんなにカッコいい人にこうして愛を囁《ささや》かれてたら、絆されない人なんていないって！　私は顔が真っ赤になるのを感じて、両手で頬を押さえた。

「真っ赤だな。可愛い」

ジェルマン様はそう言って優しい笑みを浮かべると、私の頬に右手を添えた。そして親指で頬をすりっと撫《な》でると、キスをされるんじゃないかと思うほどに顔を近づけられて……私は恥ずかしくて顔を背《そむ》けた。

「ちょ、ちょっと、止めてください！　私の心臓が保《も》ちません！」

「ははっ、ユイコは俺にドキドキしてくれてるってことか？　それは嬉しいな」

こんな至近距離で笑わないで、その笑顔やばいから……！

「と、とにかく、ありがとうございました。私は部屋に戻りますので！」

「――まあ、今日はここまでか」

「し、失礼いたします」

私は思いっきり頭を下げて自分の部屋に駆け込んだ。そして扉を閉めるとその場にずるずると座り込む。

うぅ……カッコ良すぎる。もうダメかもしれない、段々と断りきれなくなってきている。というよりも、断りたくなくなってきている。

目をぎゅって瞑《つむ》ってもジェルマン様の笑顔が浮かんでくる。私に断られて寂しそうにしているところも、私が挨拶をしただけで顔が綻《ほころ》んで嬉しそうにしているところも。本当に反則だ。あの顔とあの声で愛を囁くなんて、これで落ちない人はいない。

でも私のまだ冷静な部分が囁く。身分差は？　ジェルマン様の家族は？　令嬢達からの嫌がらせは？　ジェルマン様を受け入れたい気持ちと、受け入れちゃいけないという冷静な気持ち。その二つが私の中でぐるぐると巡っていて疲れる。

――私もジェルマン様を笑顔にしたい。その気持ちに気づきながらも、まだ悩み続ける私だった。

それから数日が経過した。この数日間はジェルマン様のお仕事が忙しくなったようで、私はジェルマン様の顔を見ることなく過ごしている。気持ちを受け入れてないくせに、会いに来てくれないと寂しくなるとか……そんな自分勝手な自分が嫌で仕方がない。

「お姉ちゃん、おはよう！」

今日も私はいつものように、優愛の部屋にやって来た。優愛は日に日にエリック様と仲良くなっていて、もう私がいなくても大丈夫だと思えるほどだ。ただ私がこの王宮を出たら、もうジェルマン様に会えることはないだろう。それがとても寂しくて、決断ができないでいる。

「ユイコ、今日は優愛のことを頼む。騎士達を付けるから問題はないと思うが、気をつけてやって欲しい」

「もちろんです」

今日は優愛と一緒に市井視察に行く日なのだ。エリック様は国民に顔が知られているから、同行できないらしい。

「ユア、気をつけるんだよ？　ユイコと騎士達から離れないように」

「分かっています！　エリック様へお土産《みやげ》を買って来ますね！」

優愛は無邪気な笑みを浮かべながら、エリック様にそう言った。この国で王宮以外の場所に行くのは初めてなので、楽しみなのだろう。実を言うと私もかなり楽しみにしている。昨日の夜はわくわくして寝付けなかったほどだ。

……この世界に来てからこんな気持ちは初めてかも。ジェルマン様の言う通り、息抜きは大切なのかもしれない。今度どこかへのお出かけに誘われたら……断らないでみようかな。

「あのね、花串っていう料理が美味《おい》しいんだって騎士さんが教えてくれたの。一緒に食べようね！」

「花串ってお花を焼いたものなのかな？　どんな味がするのか楽しみだね」

それから私達はメイドさんに手伝ってもらいながら視察に行く準備をして、エリック様に見送られて馬車に乗り込んだ。王宮からしばらくは貴族が住む邸宅があるエリアなので途中までは馬車で向かい、平民が暮らす場所に近づいたら馬車を降りて歩くらしい。ちなみに私達はいつもよりシンプルなワンピース姿で、騎士の皆も平民に紛《まぎ》れられるように私服を着ている。

「凄く大きなお家ばっかりだね」

「本当だね。映画の中みたい」

屋敷の大きさにも驚くけど、何よりもその庭の広さに圧倒される。こんなに広い庭なんているのかなと、私は土地の無駄遣いだと思ってしまうけど、この世界の貴族的には意味があるんだろう。

「聖女様、ユイコ様、そろそろ馬車が止まります」

「はーい！」

馬車が止まって騎士達が周辺の安全を確認してから、私と優愛は馬車から降りた。頬を撫でる爽《さわ》やかな風に乗って運ばれてくる香りが、異国にいることを感じさせてくれる。王宮とは全然違う。

「お姉ちゃん、早く行こ！」

「ちょっと待って、ちゃんと手を繋いでいこう？」

「うん！」

優愛と手を繋いで騎士の案内で数分歩くと、大勢の人が行き交う大通りに出た。道の両側にはお店がたくさん立ち並び、屋台もそこかしこに散見される。石畳に石造りの建物が密集する街並みは、地球に例えるとヨーロッパの街並みみたいだ。

「凄くおしゃれ！」

「本当だね。花串ってどこにあるんだろう」

「ユア様、ユイコ様、あちらでございます」

一応外だから聖女様と呼びかけることは控えたようで、騎士の一人が花串の場所を教えてくれた。

「ありがとう！」

元気いっぱいに返事をした優愛に手を引かれて屋台に向かうと、黄色くて丸い何かを串に刺して焼いているのが見えた。この黄色いやつが花、なのだろうか。

「すみません！　これ、なんですか？」

「これは花串だよ。今年の香花はかなり出来が良くてね、絶品だよ」

「じゃあ二本下さい！」

「はいよ、毎度あり」

お金は騎士の一人が払って、花串は私達に手渡された。優愛は毒味をしてからじゃないと口にできないので、付いてきていたメイドさんの一人が毒味をしてくれるようだ。私はそこまで気にする必要はないので、そのままいただく。

恐る恐る口に含んでみると、ぷるんっと弾力のある食感だということが分かる。ゼリーよりも少し硬い感じだ。味は甘くて少しだけカラメルのような苦味もあって美味しい。これはあれだ、プリンに似ている。

「プリン！」

優愛も同じことを思ったのか、満面の笑みでそう叫ぶと幸せそうに香花を口に運んだ。

ちなみに私達はなぜかこの国の言葉を話せて読み書きできるけれど、日本にあってこの国にない言葉とその逆の言葉は、それぞれの発音そのままが聞こえるようになっている。なので今は皆がぷりんって何？　と頭上にハテナマークを浮かべていることだろう。

「優愛は好きだったから、食べられて良かったね」

「うん！」

それからも私達はピーマンみたいな見た目の美味しいお肉とか、地球にはあまりない真《ま》っ青《さお》な色の甘くて美味しい野菜とか、色々な料理を口にした。王宮で出てくる料理は美味しいんだけど上品すぎるので、久しぶりにシンプルな料理がとても嬉しい。

そうしてとにかく楽しんで、今は優愛がトイレに行っているのを待っているところだ。噴水がある広場のベンチに座ってぼーっと行き交う人々を眺めていると、近くにいた騎士達の会話が僅《わず》かに聞こえてきた。

「ジェルマン様は大丈夫だろうか」

「どうだろうな。マケーニュ公爵家のご令嬢に強硬手段を取ったのは不味《まず》かったよな」

「かなり権力を持っている家だからな。公爵から抗議文が届いたらしい。さらに公爵本人が王宮に来るとか」

「え、それ大丈夫なのか？」

「王宮で暴力沙汰が御法度《ごはっと》なのはルールだから、それほど大変な事態にはならないだろうけど……」

私はそこまでの会話を聞いて、一気に血の気が引いた。手先が冷たくなり、ふらっと眩暈《めまい》がする。ジェルマン様がそんな事態に陥っていたなんて……私のせいだ。私がもっと上手く立ち回らなかったから、ジェルマン様が……。

——やっぱり私は、ジェルマン様の側《そば》にいない方がいい。ジェルマン様だって私がいなければ、他に大切な人ができて幸せに生きていくはずだ。わざわざ茨《うばら》の道を進む必要はない。ジェルマン様の重荷になるのだけは……絶対に嫌だ。

私は上手く働かない頭でそこまで考えて、突発的にベンチから立ち上がった。そしてちょうど屋台を引くおじさんが前を通ったので、その陰に隠れながら騎士達から遠ざかる。騎士達は優愛の護衛には真剣だけど私には一応付いている程度なので、気づかれることなく立ち去ることができた。

「優愛、突然いなくなってごめんね。わがままなお姉ちゃんを許して。ジェルマン様……今までありがとうございました。こんな私を好きになってもらえて、とても嬉しかったです」

私は自分にしか聞こえない程度の声音でそう呟くと、広場から出て路地をひたすら走った。そして数十分かけてさっきまでの場所からかなり遠ざかったところで、力尽きて道路脇に座り込む。

久しぶりに走ったことで息が続かない。少しここで休んでから、また動き出そう。今後のために住み込みの仕事を見つけないと。まずは日々を生きていくことからだ。そしてお金を貯《た》めて余裕ができたら、この街を出て別の場所へ向かおう。優愛やジェルマン様の近くにいたら、決心が揺らぎそうだから。

◇

「ニコラス、公爵令嬢に強硬手段を取るなど、さすがに危険だから止めてくれ。お前が処分を受けて王宮にいられなくなるなど、私は嫌だぞ。今回はマケーニュ公爵が税を着服していた事実が判明し、令嬢の件は有耶無耶《うやむや》にできたから良かったものの……」

「……申し訳ございません。しかしあの時は頭に血が上って、殴りかかるのを自制したのを褒めていただきたいぐらいです」

「殴りかかるって……それはダメだろ！」

「なので我慢しました。今からでも殴りに行きたい気持ちではありますが」

ユイコが扇で頬を打たれているところを見た時には、あまりの怒りに震えたほどだ。あの着飾っているだけの醜い令嬢がユイコを貶《けな》すなど……ユイコの方が百倍は可愛いし賢いのに、本当に身の程をわきまえない女だ。あんなのが公爵令嬢とは、この国も終わりだな。

「エリック、マケーニュ公爵家はどうなるんだ？　潰した方が国のためだろ？」

あの女への怒りから思わず昔のようにタメ口で話しかけると、エリックは苦笑を浮かべつつ首を横に振った。

「さすがに潰すのは無理だ。それほどに酷いことをやらかしてはいないからな。ただ降爵《こうしゃく》は確実だろう。まずは伯爵あたりに下げて、数年後にまた下げることになるはずだ」

「そうか、一気に男爵ぐらいまで下げて欲しいが仕方ないな」

本当はこの王都からいなくなってもらいたいが、さすがにそれが難しいのは分かる。罪を犯して降爵された伯爵なら侯爵家の俺に逆らえないだろうし、許容するとしよう。

それよりもユイコの立場だな……どこかの貴族家に養子に入れて貴族にしてしまうか、聖女と同程度の身分を巻き込まれた者にも与えるような仕組みを作るか。なんにせよ、ユイコに了承を取らなければ。できればユイコを守れるように俺が貴族のままが望ましいが、それが無理ならば俺が平民になることも本気で視野に入れよう。

「し、失礼いたします！」

俺がこれから先のことを考えていたら、突然執務室の扉がバタンッと開かれて、一人の騎士が駆け込んできた。エリックに了承を取らずに駆け込んでくる無作法《ぶさほう》をするほどの緊急事態なのか……悪い予感がする。

「どうした？」

「ユイコ様を、ユイコ様を見失ってしまいました！　本当に、本当に申し訳ございません。聖女様もユイコ様が見つかるまでは戻らないと仰《おっしゃ》られて……！」

――ユイコが、いなくなった……？

「がはっ……っ」

「おいニコラス！　やめろ！」

俺はユイコから目を離した騎士達に怒りが湧き、無意識のうちに報告に来た騎士の胸ぐらを掴んで壁に叩《たた》きつけていた。エリックに手を掴まれて我に返り手を離すと、騎士は床に倒れ込んで咳《せ》き込んでいる。

「……すまない。頭に血が上った。それでユイコをどこで見失った？」

なんとか深呼吸をして、怒りを抑え込み騎士に問いかける。しかし声が低く冷たくなってしまうのは仕方がない。これを抑えるのは無理だ。

「あ、青の広場のベンチに座っていらしたのですが、少しだけ目を離した隙《すき》に見失ってしまい……すぐに近くを捜索したのですが、発見できませんでした。本当に、申し訳ございません！」

「謝罪はもういい、今日の警護に同行した騎士は全員がしばらく謹慎の上、一から鍛錬し直しだ。性根から叩き直してやるから覚悟しておけ」

「……か、かしこまりました」

「エリック、俺も探しに行く」

「分かった。私はここで情報をまとめる。城の警備を少し薄くしても良いから、騎士を増員して捜索しろ」

俺はエリックのその言葉を聞いたと同時に執務室を出て、とにかく王宮の出口まで走った。そして城壁にいる馬を借りて街まで全速力で駆ける。

ユイコ……どこにいるんだ。誰かに攫《さら》われたのか、それとも王宮が嫌になり自分から出て行ったのか……。どちらにせよ、早く見つけ出さなければユイコが危ない。もう少しで暗くなる。完全に暗くなってしまえば捜索は困難だ。人攫いに連れ去られたならば、一晩でかなりの距離を移動できてしまう。そうでなかったとしても、夜は酔っ払いが増えて治安が悪くなる。もし路地に入り込んでいたら……変な輩《やから》に目を付けられるだろう。ユイコは儚《はかな》くて可愛らしい容姿だ。あの容姿で夜の外を一人で歩いているなど、無事でいる方が奇跡だ。

俺は嫌な想像をして、それを振り払うためにも馬に速度を上げさせた。

◇

衝動のままに騎士達から離れてどのぐらいの時間が経《た》ったのか分からないけど、段々と日が沈んできたみたいだ。暗くなったら今夜泊まるところを見つけるのは無理だろう。今夜は仕方がないからどこかの軒先で寝させてもらって、明日になってから仕事探しを頑張ろうかな……。でもさっきまで屋台の店主や通行人に話を聞いた限りでは、私が働くのはかなり大変そうだった。

早まったかな……でももう優愛がどこにいるのか分からないし、王宮に帰ったとしても門番は私のことなんて知らないだろう。門前払いが目に見えている。それにそもそも、王宮に戻ったら元も子もない。またジェルマン様の重荷になってしまう。

「はぁ、今日はここで寝よう。そして明日になったらまた考えよう」

私はとにかく疲れたので休みたくて、思考を放棄して適当な路地に入って軒先に座った。そして体育座りをして体を休めていると……突然声をかけられた。

「嬢ちゃん、どうしたんだ？」

「へへっ、意外と可愛い顔してるじゃねぇか」

「こりゃあいいな」

目の前にいたのはガタイのいい三人組の男性だ。お酒臭くて下卑《げび》た笑みを浮かべている。もしかして……かなりヤバい？

「あ、あの……す、すみません。帰るので失礼します！」

私はとにかくこの場を立ち去らなきゃと思って、そう叫びながら立ち上がろうとしたけど、男性の一人に肩を押さえられて逃げ出せなくなってしまう。

「俺らといいことしようぜ？」

「い、嫌、いいです。あの、帰らないと……」

「へへっ、帰る場所があるなら、こんなとこで座り込んでねぇだろ？」

男性の一人がそう言うと、私は手首を掴まれて無理やり立ち上がらせられた。そして路地の奥に連れていかれそうになる。

「ちょっ、ちょっと、やめてください！　誰か助けて!!　誰かお願い！　助けて！」

力の限りそう叫ぶけど、誰も面倒ごとには首を突っ込みたくないのか助けに来てくれない。そうしているうちにどんどん路地の奥に連れていかれ、人気《ひとけ》がなくなってしまう。

「うぅ……っ……ひっ……」

恐怖と自分の馬鹿さ加減に呆《あき》れる気持ちが入り混じって、ぐちゃぐちゃな感情のまま涙を溢れさせていると、一人の男性が私の頬に流れる涙を拭《ぬぐ》った。そしてニタっと気持ちの悪い笑みを浮かべると顔を近づけてくる。やだ、気持ち悪い、近づかないで！　そう心の中では叫ぶけど体は動かなくて、私はせめてもの抵抗で瞳をギュッと瞑った。

——ジェルマン様、助けてください……！

こんな時に思い浮かんだのは、ジェルマン様の笑顔だった。思わず助けを求めたけど、こんな場所にいるわけもない。私は迫り来る恐怖から意識を逸《そ》らすために、今まで私に向けてくれていた笑顔の数々を思い出した。

そして自分の心を守るために、もう一度ギュッと強く瞳を瞑って体に力を入れていると……突然、私に近づいてきていた男の気配が消えた。そして人が投げ飛ばされたような鈍《にぶ》い音が聞こえてくる。

その音に驚いて薄《うっす》らと目を開けてみると……目の前にいたのは、先ほどまで思い描いていたジェルマン様その人だった。え……幻覚？　恐怖が限界突破して倒れて夢を見てるとか？　そんなことを考えながらぼーっとジェルマン様の端整なお顔を見つめていると、その表情がどこか痛そうな、とても辛そうな表情であることに気づく。

「ジェルマン様……大丈夫、ですか？」

「それはこちらのセリフだ。ユイコ、怪我《けが》はないか？　何もされてはいないか？」

そう言って伸ばされたジェルマン様の手は、私の頬に触れた。もしかして、これって現実……？

「助けに……来てくださったのですか？」

「当たり前だろう。無事で良かった……！」

ジェルマン様は泣きそうな表情でそう言うと、私を強く抱きしめてくれた。私はジェルマン様の温《ぬく》もりを感じて、やっと助けられたことを理解して涙が止まらなくなる。

「ジェルマン様……っ、ありがとう、ございますっ。私、迷惑かけて……本当にごめんなさい」

「謝るのはこちらだ。騎士達が守りきれずにすまなかった」

「いえ、違うんですっ、私が、私が悪いんです……。勝手なことをしたから……」

「おいお前！　俺らの獲物だぞ！」

ジェルマン様と話をしていたら、さっきの男性三人組が怒りの形相でこちらに向かってくるのが見えた。そうだ、まだ安全な場所にいるわけじゃなかった。さすがにジェルマン様でも三人相手はキツいんじゃ……そう思って私も少しは役に立とうと拳を握りしめたところで、ジェルマン様は気負いなく襲ってきている三人に体を向けた。

そしてジェルマン様が動いた……と思ったら、気づいた時にはもう三人ともが白目を剥《む》いて地面に倒れていた。何が起こったのか全く分からなかった。騎士ってこんなに強いのか……。

「凄い……」

「こんな雑魚《ざこ》、何人いても俺の敵ではない。――それよりもユイコ、騎士達から離れたのは俺のせいだろうか……。俺の気持ちが迷惑だったのならば、本当にすまない。もうユイコには会わないようにするから、お願いだから危険なことだけはしないでくれ。さっき襲われそうなユイコを見た時には生きた心地がしなかった。ユイコの叫び声が聞こえた時も、血の気が引いた」

ジェルマン様は悲しげな表情でそう言って私の頬に手を伸ばしたけど、今度は触れる直前でぎゅっと唇を引き結んで手を止めた。そして腕を下ろして私から一歩距離を取る。

「こういうことも、止めなければいけないな。じゃあユイコ、王宮に帰ろう。近くに馬を待たせているからすぐに帰れる」

そう言って私に背を向けてしまったジェルマン様の背中を見つめながら、このままでいいの？ 後悔はしない？ 私はそう自分に問いかけて、すぐに答えが出た。ここでジェルマン様との縁を切ったら、絶対に後悔する。

「あの、ジェルマン様！」

呼びかけながら後ろから手を掴んで引き止めると、ジェルマン様は瞳を見開いて驚きを露《あら》わにし、体ごと私の方に振り返ってくれた。

「確かに今回騎士達から離れてしまったのは、私の存在がジェルマン様の迷惑になると思ったからです。何も持っていない私がジェルマン様と一緒にいるのは怖くて、批判されると思ったら勇気を出せなくて、重荷にはなりたくなくて……でも、ジェルマン様の気持ちを迷惑だなんて思ったことは一度もありません！ それどころかとても嬉しくて、私に勇気がないだけだったんです。ジェルマン様、もう今更遅いかもしれませんが、私もジェルマン様のことが――好きです。私で良ければ、一緒にいさせてください。まだ怖い気持ちがなくなったわけではありませんが……それでも、一緒にいたいと思っています」

ジェルマン様は私のその言葉を最後まで聞くと、徐《おもむろ》に近づいてきて私のことをぎゅっと強く抱きしめてくれた。

「ユイコ……凄く、凄く嬉しい。勇気を出してくれて、本当にありがとう。一緒にいよう。俺と一緒にいたら嫌な思いをすることはあると思う。でも、全てから俺が守ると誓うよ」

私はその言葉を聞いて、止まっていた涙がまた溢れ出した。しかし今度は悲しい涙じゃなくて嬉し涙だ。ジェルマン様は私が泣いているのに気づいたのか、少しだけ体を離して顔を覗《のぞ》き込んでくる。

「こんなっ……っ、号泣してる顔を、見ないでっ、ください……」

「泣いていても可愛いぞ？　俺にはどんな顔も見せてくれ」

そう言ったジェルマン様は優しい笑みを浮かべ、私に顔を近づけて……唇に、柔らかいものが触れた。い、今のってもしかして……突然の事態にさっきまでボロボロ溢れていた涙は完全に止まり、顔がブワッと真っ赤になるのが自分で分かった。ジェルマン様はそんな私の顔を覗き込み、楽しそうに笑っている。

「ユイコ、真っ赤だぞ？」

「ジェルマン様のせいです……！」

「ははっ、そうだな。なあユイコ、今度こそ王都近くの湖にデートに行かないか？」

「……はい。喜んで」

私のその返事を聞いて、ジェルマン様は今までで一番素敵な笑顔を見せてくれた。私はそんなジェルマン様の表情を見て照れ臭くなってしまい、ジェルマン様から視線を逸らして広い空を見上げた。

さっきまでは真っ暗で怖いと思っていた空にはたくさんの星が輝いていて、私達を祝福してくれているようだった。

呪いと書いて祝福と読む国

山《やま》田《だ》桐《とう》子《こ》

ill. なま

「つつうららの歩き方・クロンヘイム王国を行く・まえがき」

本書を手に取った読者諸君が「クロンヘイム王国」と聞きまず思い浮かべるのは、なんになるだろう。きっと、四方を高い山々に囲まれた辺境の小国であるとか、宝石の質も細工の技術も驚くほど高い国だとか、精霊が住むと例えられる幻想的な自然が多いだとか、そういったことではないはずだ。

古《いにしえ》の女神が呪いを施した地、神秘の国クロンヘイム。辺鄙《へんぴ》で狭小なこの国が豊かで栄えているのは、女神の呪いにより大地と人との運の等価交換が行われているからだ、とは広く知られたことだろう。この地に住まう者は一人の例外もなく、大地を富ませる代わりに生涯一つの決まった不運と付き合い続けることになる。絶妙にへこませてくる、日常により添った微妙な不運と。

ちなみにこの女神、筆者からするとかなり気まぐれである。呪いは付随する制約がいくつかあるのだが、その査定がひどく曖昧《あいまい》なのだ。それらは追々後述するとして、まず先に言っておかなければならない。「呪い」は「のろい」もしくは「まじない」と読むのではなく、「祝福」と読むことを。

それではこの旅行記が、クロンヘイムを訪れる諸君の助けになることを切に祈る。


「ようこそお越しくださいました。アンブロシウス・セーテル・クロンヘイムと申します」

両サイドを複雑に編み込んでから一つにくくった銀髪はしっとりと腰に届くほど長く、白藍《しらあい》の瞳は冴えた湖のように美しい。そんな白皙《はくせき》の貴公子ともなれば得てして冷たい印象を受けがちであるが、はっきりと浮かべた笑みには親しみやすい温《ぬく》もりが確かに感じられた。クロンヘイム王国の第一王子であり王太子でもあるアンブロシウスは、そんな満面の笑みで握手を求めて片手を差し出す。

「シーグリッド・エイク・フリードリーンだ。たおやかさとは真逆の出《い》で立ちゆえ、驚かせたらすまぬ。歓迎、痛み入る」

灰色の瞳には自信があふれ、握った手には妙齢の女性にあるまじき力強さがこもる。毛先に向かうほど強くカールする赤髪を無造作に風に揺らしながら、フリードリーン国の第三王女であり脳筋姫の異名を持つシーグリッドは、その名にふさわしい騎士服と背に大剣を背負った出で立ちで快活に笑った。それでも荒々しく感じないのは、すっきりと嫌味なく整った目鼻立ちにメリハリのある体つき、そして口もとにある黒子《ほくろ》がいたく女性的であるからだろう。

「驚くことなどありません。貴女《あなた》にお会いするのをとても楽しみにしておりました。こんなにも素敵な方が私の婚約者になってくださるのなら、これ以上の幸せなどありません」

「ははっ、大げさだな！　それに、まずは（仮）からだろう？」

今年で二十歳となったシーグリッドは、王女としては行き遅れ感が否めない。とはいえ、国内外の人気が高く勤勉で実直な性格のため、誰からもそれをとがめられたことはなかった。そんななか、今回こうしてアンブロシウスの婚約者に名があがったのには訳がある。

呪いを理由に相手の決まらぬアンブロシウスも、同じく二十歳。近隣諸国の年の合う王家や貴族家女性との見合いが何度もあがっていたのだが、今に至るまでどれも話はまとまらなかった。

呪いという特殊事情から、まずはどの女性も（仮）扱いから婚約関係がはじまる。しかしクロンヘイムでの顔合わせを行って数日、どの女性からも辞退が申し入れられてしまうらしい。

実はこの女性達、シーグリッドの友人でもあるが熱烈なファンでもある。手紙や贈り物のやり取りどころか直接面識があるため、シーグリッドとしては不思議に思っていた。総じて楽しいことが大好きな彼女達だが、己の責任を十分承知している者達でもあったからだ。そんな彼女達がそろいもそろって呪いを理由に婚約を辞退する。その結果、お鉢が回ってきたのがシーグリッドだ。しかもそれに際し、いやに力のこもった激励の手紙を全員からもらったのは記憶に新しい。

「本当はすぐにでも正式な婚約者になっていただきたいですし、何なら婚約者を飛ばして妻を名乗ってくださってもいいのですが」

「ははははっ！　王子殿下は楽しい御仁だな。妖精のように綺麗《きれい》な顔で冗談を言う。それに、我が国の言葉までお上手だ。申し訳ないことに、私はこちらの国の言葉に疎《うと》くてな」

シーグリッドは生国であるフリードリーンを出立してより、馬上にて「つつうらうらの歩き方」なる旅行記から最低限の事前知識は仕入れてきた。だが、寝耳に水の婚約の打診から急ごしらえで異国語を頭に叩《たた》き込むには、脳味噌の出来が筋肉すぎた。習うより慣れろ。己どころか周りもそんな方針と精神のもと、辞書でも語学書でもなく旅行記を手に今、クロンヘイムの地を踏んでいる。

「冗談などではないのですが。とにかく、(仮) が一刻も早く取れることを心より祈っております。それに言葉など慣れの問題ですよ。王女殿下でしたら、すぐでしょう。それと」

意味深に言葉を切ったアンブロシウスは、少し緊張した面持ちとなった。

「私のことはどうぞ、アン、と」

何を言われるのやらと身構えそうになったシーグリッドは、笑みを深めた。

「では、アン。私もシーで構わない」

小ぶりだが自然の起伏に沿って建てられた、立派な木々と調和する美しい王城。その前の吊《つ》り橋にて行われたこんな両者の初対面は、周りで見ていた者達にはつつがなく見えたことだろう。とはいえ、周りにいる者達といっても限りなく少ない。なぜかといえば、まず田舎《いなか》な気風のクロンヘイムはそもそも人口が少なく、フリードリーン国出身の者に至ってはシーグリッドただ一人だからだ。

クロンヘイムの地を踏めば、呪いが身に宿るのは広く知られていること。麺を食べれば必ず汁を服に飛ばす呪い、だとか。新しい靴をおろせば必ず濡《ぬ》らす呪い、だとか。その程度の呪いであれば道中に障《さわ》りはないが、おかしな呪いで行程に遅れが出ては面倒だ。そう思ったシーグリッドが単騎で乗り込んできたのである。もちろん、実父であるフリードリーン国の王からは強引に許可を得た。

「時にアン、君のその……、むぐっ」

挨拶がすんだところで、シーグリッドは顔を合わせた瞬間から気になっていたことを聞こうと声をかけた。しかし、途中まで言ったところで唇が縫いつけられたように動かなくなる。今まで経験したことのない奇妙な感覚に眉をひそめつつ、今度は確かめるように幾分ゆっくりと口を開いた。

「君の……、うぐっ」

すると、先ほどよりも早い段階で唇がくっついてしまった。

「もしや、女神の呪いについて言及しようとしていますか？　であれば、口はそれ以上開きません。何か他のことを話してみてください。それならば問題なく言葉が出ますから」

苦笑いしているアンブロシウスに、シーグリッドは素直に頷《うなず》いた。事前に読み込んだ「つつうらうらの歩き方」にも、そんな注意点が記載されていたように思う。気まぐれな女神は、呪いの内容を安易に暴露してしまうのを厭《いと》うらしい。よってそれを抑制するために、口を縫いつけてしまう時と、言わせておいてから身に施した呪いを重くする時とがあるそうだ。

「すまない。呪いに触れる発言になると思わなかった。無作法だったな」

しかし、シーグリッドにすれば思ってもみないことだった。事前に知っていた呪いの例と比べて、アンブロシウスの呪いは趣《おもむき》がかなり違う。

（うーん。頭上に文字が流れていく呪い、だと？　なんと珍妙な）

そう、アンブロシウスを視界に捉えてより、その頭上には文字が流れている。それも爆速で。

一度に現れているのは十文字程度で、それが右から左へ驚異的な速度で流れていく。しかし、飛んでくる矢をも剣で叩き落としてみせる脳筋姫の動体視力があれば、捉えることは十分に可能だ。シーグリッドの鷹《たか》のように鋭い灰色の目が文字を追う。

（……、……、……うん！　まったく読めん！）

爆速で流れていく文字は、どうやらすべてクロンヘイム語のようである。形を捉えられてもシーグリッドには読解する能力がない。となれば、気にするだけ無駄だ。潔《いさぎよ》く考えることを放棄する。

「そういえば、シーは入国してより呪いの自覚症状はおありでしょうか」

アンブロシウスが困ったように眉を下げている。第一印象と大きく違って、この妖精のように美しい王子は存外表情が豊かだ。聞くところによれば、彼もシーグリッドに負けず劣らず国民からの人気が高いらしい。この美貌に人当たりが柔らかいとくれば、納得である。

「いや、まだないな」

吊り橋を渡り、緑の眩《まぶ》しい庭を抜けつつ会話は続く。

「女神の呪いはささやかなものですから、場合によっては気づくことがないままかもしれません。かく言う私も、呪いがなんなのかわからないうちの一人です。王家に連なる者には格別な女神のお計らいがあり、呪いが一般的に知られているものと違っていたり、深く出たりするというにも関わらず」

「ん？　わからない？」

しっかり前を向いてさっそうと歩いていたシーグリッドは、思わずアンブロシウスを二度見した。

相変わらず文字は流れている。

「えぇ。わかりやすいものは見て明らかですが、私の呪いは私自身も周りの者も気づかない類《たぐ》いのようです。さぁ、こちらが見学を熱望されていた我が国の騎士団と、その城内訓練場になります」

こんなにあからさまな呪いがわからないと聞いて首を傾《かし》げたシーグリッドだったが、蔦《つた》のはった石垣をくぐったところで見えてきたものに目も意識もあっさりと奪われた。王子と王女の登場に、騎士達が手を止めいっせいに整列する。女神の呪いによりすこぶる平和なクロンヘイムであるが、今の動きを見るに騎士団の質は高そうだ。

真摯《しんし》に武を志す者達を前にすれば、同じ道を歩む者としてシーグリッドとて気概を示しておきたくなる。となれば、生国式の敬礼にも力が入るというものだ。しかし。

『おっと、大丈夫ですか？』

シーグリッドはここ大一番で盛大につまずいた。しかも体幹とて鍛えているはずなのに、持ち直せないという体たらく。さらには素晴らしい反応速度で、目の前の厳《いか》つい騎士に支えられてしまった。

「これは……、恥ずかしいな。格好のよいところを見せようとして、少々力んでしまったようだ。初対面から見苦しくてすまない。こんなことはめったにないはずなのだが……」

頬に朱がさしていることを自覚したシーグリッドは、グッと唇を引き結んだ。そして母国語で謝ったところに重ね、最低限覚えておいたクロンヘイム語でも謝罪する。

『ごめんなさぁい』

『…………』

ところが、なんとも言えぬ沈黙が落ちる。聞こえなかったのだろうかと考えもう一度口を開こうとすれば、硬い様子をみせていた騎士達がいっせいに相好《そうごう》を崩して気安い雰囲気となった。しかも支えてくれた騎士などは厳つい顔に似合わず、人懐《ひとなつ》っこいフリードリーン語で話しかけてくる。

「王女殿下、全然気にしないでください。それと、自分はフリードリーン語も大丈夫です。うちの王子の思い込み深くも厳正な審査のもと、通訳にも任命されたので、頼ってもらえたら嬉《うれ》しいです」

厳つい騎士の口から出た「通訳」という単語を拾い、シーグリッドは肩から余計な力を抜いた。

「これは有り難い。困った時は助けを求めるとしよう。だが、クロンヘイム語も慣れていきたいと考えている。付き合ってもらえるだろうか」

『もちろんです。承知いたしました』

厳つい騎士の快い返事を合図に、その他の騎士達がクロンヘイム式の敬礼をそろえる。笑顔でされた挨拶に、シーグリッドも見よう見まねで倣《なら》った。今度はつまずかない。そして、要望を通してくれた礼を言おうと、満面の笑みでアンブロシウスを振り返った。

『ありがとぉございまぁす』

だが、そこで目を丸くする。妖精王子の頭上の文字が、爆速からさらに二倍速になっているではないか。己の優れた動体視力をもってしても、気を抜けば文字の形すら捉えることができない速さだ。

「……私こそ、ありがとうございます。素敵な笑顔に可愛《かわい》らしいお礼のお言葉までいただいて」

「ん？　う、うん」

「ですが、おみ足に疲れが出たようですし予定を変更いたしましょうか？　シーからの事前の強い希望でしたので、初日より騎士との合同訓練に参加する手はずにはしましたが」

「い、いや」

「そうですか。ですが、ご無理はなさらないでくださいね。本来であれば、私が案内して差し上げたかったのですが。と言いますか、お会いしたからにはつきっきりでお傍《そば》にいたかったのですが」

「あ、あぁ。いやいや、王太子ともなれば忙しいだろう？　私のことは放ってもらって構わない」

シーグリッドには、騎士団という名の玩具《おもちゃ》があれば十分だ。だが、あくまでアンブロシウスを慮《おもんぱか》ってての言葉ではあった。それなのに、なぜか頭上の文字がピタリと止まる。妖精王子は変わらず笑顔だが、その笑みに言い表せない何かを感じ、シーグリッドはなんとなく次の言葉をひねり出した。

「……晩餐《ばんさん》は、共に取れるのだろう？」

「はい。もちろんです。絶対にご一緒いたしましょう」

あからさまではないが、食いつく勢いの感じられる返事である。

「歓迎の席になりますから、楽しみにしていただければと思います」

そして、再び現れる爆速の文字の流れ。考えてもわからないものは気にするつもりのないシーグリッドだが、不思議すぎる現象に脳内が疑問符で埋まったのは言うまでもない。

その後は、半日ばかり騎士団の者達と行動を共にした。王女も参加となれば訓練に手心が加えられたかというと、そんなことは微塵《みじん》もなく。むしろ日頃より過酷なものになってしまったらしい。というのも、シーグリッドの実力がかなりのものだったことで全員が盛り上がりすぎたのだ。

日常的に鍛えているはずの騎士達が、限界まで挑み次々と脱落していく。その様を横目で見つつ、余裕のあるシーグリッドは騎士達が口にするいくつかの決まった言葉を頭のなかで反芻《はんすう》していた。

(『やっばぁい』『むりぃ』『しんどぉい』『やっばぁい』『むりぃ』『しんどぉい』)

語学初心者である脳筋姫により、発音が間延びしてしまうのは目をつぶってほしい。正しくは『やばい』『無理』『しんどい』の三つである。地に倒れ伏した騎士はもはや声をあげる元気もないため沈黙しているが、限界手前の段階ではそろってこの言葉を口にしていた。

『やばい、やばいっ！』

『無理、もう無理だって！』

『しんどい！　しんどすぎる！』

この短時間で耳にタコができるほど聞かされたシーグリッドは、ここぞとばかりにこの三つの言葉の書き方も教えてもらっていた。何度も書き真似もしたため、完璧に覚えたと思われる。

「お迎えに参りました。遅くまで励まれたようですね」

「アンか！」

わざわざ第一王子自ら迎えにきてくれるなどと思っていなかったシーグリッドは、素直な感謝の気持ちから明るい声で名前を呼んだ。薄暗がりに死屍累々《ししるいるい》と体力の尽きた騎士達が転がるなか、書き取りをしていた棒をポーンと捨てるとスクッと立ち上がる。そして、ほんの少し得意な気持ちになって笑みを浮かべた。先の三つ以外にも、覚えたクロンヘイム語を披露しようという目論見《もくろみ》だ。

『クロンヘイム、おねがいしまぁす』

「王女殿下、その場合は『クロンヘイム語で言ってほしい』が正しいです」

すぐさま通訳の厳つい騎士から訂正が入り、シーグリッドは頷いてから言い直した。

『アン、クロンヘイム語で、言って』

どの発音がどの単語を指すのかわからないため、耳に聞こえたままを口にする。だが、語尾に一音足りないと言っている途中で気がついた。そのため、足りない部分を後付けする。ところが。

『ほしいのぉ』

『…………』

逆に余計な一音を付け加えてしまった。すると途端に横たわる、しばしの沈黙。

『アン？』

一音加わっただけで違う意味になってしまったかと、シーグリッドは黙ったままの綺麗な顔をわずかに眉をよせながら見つめた。アンブロシウスを視界に収めれば、頭上を流れるはずの文字も同時に見ることになる。しかし、この時はひと文字たりとも浮かんではいない。

だが、頭上が静かだったのはその一瞬だけだった。瞬き一度にも満たない間に、爆速も爆速、文字の流れは激流となりやがて大氾濫《だいはんらん》となる。そしてその時、シーグリッドの目は確かに捉えた。

〈やばい、やばいやばいやばいやばい、————!! ——、——、——! 無理無理無理無理無理!!〉

覚えたばかりの文字が、その他の読めない爆速の流れに混じって確かに存在していたことを。生きる屍《しかばね》になった騎士とて、これほど重ねて叫んではいなかった。壊れたのかと思うほど繰り返し流される否定の言葉と、顔も体も固まってしまっているアンブロシウス。それらを目にしたシーグリッドは、唐突に閃《ひらめ》いた。これは妖精王子の心の声なのではないか、と。

ならば流れる文字は、アンブロシウスの本気の拒絶だ。その事実に、愕然《がくぜん》とする。

「……すまない。下手《へた》なクロンヘイム語を聞かせてしまった。気分を害してしまっただろうか」

(仮)婚約初日から不快感を植えつけてしまった不手際を悔いながら、シーグリッドはキリッと表情を引き締めて片膝《かたひざ》を地面についた。謝罪の姿勢をとる。

「っ!! お、おやめください、シー! 気分を害したなどと、そんなことはいっさいありません!」

「だが、ずいぶんと……」

心の声が拒絶していただろう、と言いたかったのだが、それはできない。謝罪のために軽く顔をうつむけたまま言葉を飲み込めば、慌《あわ》てたアンブロシウスが膝をついてシーグリッドの手を握った。

「シー、勘違いです。反応が遅れたのは貴女の発言で妄想が……、いえ、貴女の発言に感想を言わなければと思ったのです。クロンヘイム語を口にする姿に、とても……、とても感激したので！」

多少大げさに感じるが、言われた言葉には嘘《うそ》がないように思えた。シーグリッドは脳筋だが、それゆえに相手の言葉に裏があるかどうかが直感的にわかる。

「そうか。だが、私が何か間違ったら、しっかりと指摘してほしい。生涯を共にするのなら気遣いも必要だが、はっきりと伝えることもまた、同じくらい大切だと考えているからな」

「もちろんです」

妖精王子はシーグリッドの土に汚れた頬を親指で拭《ぬぐ》いながら、とろけるような甘い微笑《ほほえ》みを浮かべた。裏のない表情と言葉に、『やばいやばい』と心の声を流しながら。

「いやぁ、お二人の仲がよくて自分達もとても嬉しいです。それと今日はお疲れ様でした」

通訳の騎士がニコニコと言い終わると同時に、今日を共にした者達が「明日もよろしく」とばかりにクロンヘイム式の敬礼を送ってくる。さすが様になった姿に、シーグリッドも応えようと立ち上がった。アンブロシウスから手を放し、感謝と尊敬を込めて格好のよい敬礼を返そうとする。しかし、ここでまさかの二度目の失態だ。つまずけば、支えられるまでもが同じく二度目。

『ごめんなさぁい』

情けないと思いつつも剣を打ち合う仲となっていたため、シーグリッドは難なく支えてくれた通訳の騎士に向かって一度目よりは軽い感じで謝る。もはや仲間扱いなので互いに気安い。

だから気づいていなかったのだ。隣でアンブロシウスが悩ましげな様子でいたことなど。

「初日はいかがでしたか？　よい印象を持っていただけたら嬉しいのですが」

〈やばいやばい――、――。やばい――。やばいやばいやばい〉

「まずは好きなところをたくさん増やしていただきたいので、しばらくは今日のように興味の向くままに楽しくお過ごしくださいね」

〈無理。――、――。無理、無理――、無理無理無理無理〉

「食事もどうやらお口にあったようで安心しました。デザートのおかわりはいかがですか？　一皿で多いようであれば、私と半分こにしましょうか？」

〈……、……、……しんどい〉

　以上が晩餐時における、爆速十文字レースのあらましである。『やばい』と『無理』の連続もなかなか衝撃的だったが、ぽつりとひと言『しんどい』と目にするのもかなりの威力であった。与えられた貴賓《きひん》室で寝支度を終えたシーグリッドは、窓際のカウチに身を預けつつそう思い返す。

　こうした考察はもちろん得意でない。だが、それを言い訳に終日剣だけを振り回していたかというと、そんなこともなかった。クロンヘイムでよりよい毎日を過ごすため、通訳の騎士の助けを借りつつ色んな者達との会話にも時間をさいてきた。だからこそ、わかったことがある。アンブロシウスの頭上を流れるあの爆速の文字は、今のところ己にしか見えていないということを。

（理由はもちろんわからないがな！　それより問題は……）

　シーグリッドはサイドテーブルに用意されていた寝酒を手に取ると、飲み方としては不適切にも一気にあおった。続いて、底の厚いグラスを勢いよくテーブルに置く。

（アンが我慢しているということだ！）

そして、カッと灰色の目を見開いた。連続する『やばい』と『無理』の数は、訓練で倒れていった騎士達のそれを軽く凌駕《りょうが》している。ということは、アンブロシウスがシーグリッドと接することで受ける負荷は、日々鍛えている騎士達の倍、いや、それ以上ということになる。きっと妖精王子は脳筋姫である自分との婚姻を、理性で歓迎しても本能で拒絶しているのだろう。態度や表情と、頭上に現れる心の声に齟齬《そご》がある説明はそれでつく。

（アン、君はなんと……、なんと立派な男なんだ……）

シーグリッドは、ジンッと熱くなった両の目頭をつまんだ。

（だってそうだろう。滅私奉公とはこのことだ。第一王子であり、王太子であり、為政者《いせいしゃ》となる己を何よりも優先しているんだ。国のため民のため、好みに添わぬ女を妻とする……）

そこで頬杖《ほおづえ》をつくと、シーグリッドは視線を流した。

（私も王族に名を連ねる者として、同じ覚悟がある。だがしかし！　申し訳ないな。私は初日にしてこの国も、アンブロシウスも好ましい。人は皆親切だし、食事も美味《うま》いし、酒も旨《うま》い……）

横目で見やるのは、空となった酒瓶《さかびん》だ。逆さに振れば、まだ残っているだろうか。もちろん考えるだけでさすがに行動には移さない。シーグリッドは酒瓶ではなく首を振った。

（……いいや、うん、そうだな。ならば、彼の心意気に敬意を払えばいい）

決意と共にグッと奥歯を噛《か》みしめたシーグリッドは、一人納得した。そうと決まれば悩むことなどもうありはしない。確かな足取りで勢いよく立ち上がる。

「よし、寝よう」

明日も早いし、やりたいこともやらなければならないことも目白押しだ。


昼食は難しいかもしれないが、朝食と晩餐は共に。昨日の終わりに約束をしていた二人は、可愛らしい鳥の声を聞きながら同席していた。食事は終わり、あとは挨拶をして互いの予定に向かうのみである。椅子から立ち、連れだって部屋を出る。そこを見計らって、シーグリッドは切り出した。ちなみに朝食中も『やばい』と『無理』が数えきれぬほど流れていたのは、確認済みである。

「時に、アン」

廊下の連続する大きな窓から入る柔らかい日差しを受け、白皙の妖精王子は朝から清らかで美しい。隣を歩くアンブロシウスは細身だが、女性では背の高いシーグリッドと並んでも頭が半分ほど上にある。今日も結った銀髪は絹糸のようで、ほどいたとしてもあとさえつかないだろう。

「はい、なんでしょう、シー？」

丁寧に返事をしたアンブロシウスは、ほんのりと目もとを染めて微笑んだ。

「率直に聞く。我らが婚姻を結んだとして、子はどうする？」

「ぶふぅっ!!　げほっ、ごほっ、がはっ……」

綺麗な妖精でもむせることはあるらしい。

「大丈夫か？」

身をかがめたことで己より低い位置にいってしまった顔をのぞき込みつつ、背をなでる。その目の前を爆速で『やばい』が流れていった。

「難しければ、どこぞより養子を……」

「もしや、ご体調に不安が!?」

最大限気遣ったシーグリッドの両手を、咳《せき》が落ち着いて姿勢を戻したアンブロシウスが包むように握る。変な誤解に、シーグリッドは慌てて首を振った。

「いや、いたって健康だ。私自身は子を生《な》すことになんら不足はない。だがアン、君は……」

「私も体は丈夫ですし、こう見えてもしっかり鍛えております」

シーグリッドが名指した途端に、アンブロシウスはかなりはっきりと食い気味に返事をした。しかし、聞きたいことと答えがずれている。そのためシーグリッドは言い募《つの》った。

「いいや、そうではない。アンの体調を心配しているのではなく……、ん？　あぁ、違うな。アンの体調を心配していることに間違いはないのだが、えーと、なんと言えばいいか……」

アンブロシウスがシーグリッドに対して『やばい』『無理』『しんどい』のであれば、一般的な触れ合いとて心身共にかなりの負担になるだろう。子を持つとなれば言わずもがなだ。ならばなるべく、負担にならない道を模索したい。そんな提案を呪いの制約に触れずに説明したいのだが、そのためには慣れぬ婉曲《えんきょく》表現が必要になってくる。自然、シーグリッドの発言は回りくどくなった。

「はじめて顔を合わせた時にも言ったのだが、私はたおやかな女人ではない。性格的にも、肉体的にもな。それは、一般的な殿方が好ましく思う範疇《はんちゅう》からは外れているだろう。自覚もある。アンが素敵だと言ってくれたのは嬉しい。だが、人には如何《いかん》ともしがたい好みがあることは重々承知だ。そして、そんな個人の好みに対しては、迷惑をかけない範囲であればいいも悪いもないとも思っている。私はそうした気持ちについても尊重したいんだ。互いに快適な毎日を送るためにも……」

「私ではシーのお眼鏡《めがね》に適《かな》わない、と言いたいのでしょうか？」

「ん？　いや、そうではない……、んんっ⁉」

とうとうと語っていたシーグリッドは、包まれていた手に視線を置いていた。そのため、アンブロシウスが低い声で割って入ってくるまで、頭上の文字を見ていなかったのだ。だから目を上げてみた途端、過去最高速度を叩き出す爆速文字に出会うことになるとは少しも考えていなかった。

「確かに！　確かに私は、騎士のような恵まれた体格を持ち合わせておりません！」

「う、うん？」

シーグリッドは混乱した。自慢の動体視力に全力を注いでも、もはや文字の塊《かたまり》を認識できず、一本の線でしかない心の声。それとは別に、アンブロシウス自身も発言が止まらない。

「ですが、私も男です。先ほども言いましたが、これでも鍛えておりますし、自信もあります！」

「あ、あぁ」

「脱ぐとなかなかだと思うのです。嘘ではありません！」

「へ、へぇ」

「よって、シーのいかなるご希望も、必ずや叶《かな》えてみせましょう！」

「そ、そうか」

「貴女の趣味嗜好《しこう》がどんなものでも、全力で受け入れると誓いますから！」

「あ、ありがとう？」

言葉と文字、どちらに注意を払えばいいのやら。一応それらしい相槌《あいづち》を打ったシーグリッドだったが、遅れてなんとなく言われた内容を飲み込んで思い直した。

「いや、待ってくれ。私が聞きたいことが、どうにもちゃんと伝わっていないように思う」

脳筋王女は諦《あきら》めた。己には、婉曲表現は向かぬのだ。

「もう手短に言おうと思う。だから建前は結構だ。君の本音を聞かせてほしい」

真面目な雰囲気で声を落とせば、妖精王子も神妙に頷く。しかし、頭上の文字は忙しい。

「アンは私がその身に触れても、またはその逆であっても、心身を健やかに保つことは可能か」

『むしろたぎります』

即座に答えた言葉はクロンヘイム語で、残念ながらシーグリッドは聞き取ることができなかった。アンブロシウスにしても考えなしに出た言葉であったようで、その証拠に表情も頭上の文字もピタリと止まっている。顔があまりにも綺麗なため、動かなくなると少し怖い。シーグリッドは形のよい唇がちゃんと呼吸をしているのか心配になった。瞬きすらしない目の前で手を振ってみる。

「アン？」

「……失礼しました。もちろんです。互いを尊重して、よきようにいたしましょう」

「そうか。その覚悟、しかと受け取った。では、君の趣味嗜好を全力で受け入れると、私も誓おう」

決意のこもる宣言に感じ入り、間髪入れずに誓われたものを同じく返す。すると、アンブロシウスの目もとがうっすら染まった。まるで感極まったように。それほど喜んでくれるのなら、シーグリッドとしても本望だ。この国に身も心も捧《ささ》げた高潔な王子の助けとなれるのだから。

たとえこの間も頭上に、『やばい』『無理』『しんどい』が総出演していたとしても。


それから数日、アンブロシウスから仮婚約者の（仮）を取りたいと申し出があり、シーグリッドも受け入れた。今後は少しずつ正式な婚約者として公務にも関わっていく算段だ。

そんなある日の午後、もはや自分の庭となった騎士団の訓練場にて、休憩中のシーグリッドは地面に胡坐《あぐら》をかきつつ頬杖をついていた。

「クロンヘイム語は難しいな。こう、一つの返事で全部を網羅するような便利な言葉はないものか」

一人ため息をつけば、通訳の騎士を筆頭にすっかり気心の知れた仲間達が集まり、対応策を考えはじめてくれる。そんな気のいい彼らの結論に期待しつつ、シーグリッドはもう一つの悩みを思った。

アンブロシウスについてだ。妖精王子との会話はフリードリーン語も多く交えるため不便はないはずなのに、いまいち通じていないと感じる。それに、（仮）が取れてからというもの婚約者扱いが過剰なのだ。涙ぐましいばかりの努力と献身に、幾度もそんな必要はないと伝えてはいるのだが。

『王女サマ、そんな時は、やばい！　がオススメです』

「ん？　それは『やっばぁいやっばぁい』と苦しい時に繰り返す、あの『やっばぁい』か？」

さっそくあがった提案に、シーグリッドがすぐに反応すれば教える側の勢いは増す。

『本来の意味は悪いことがおこりそうな時や、危ない時に使うんですけどね』

『最近は、嬉しい時とか楽しい時とか幸せすぎる時とか、よい意味にも使うんですよ』

『んん？　どーゆーいみ？』

理解しきれなかったシーグリッドは再度聞き返した。すると騎士達から次々と用例が飛び出す。

『やばい！　クジで特賞が当たった！　とか』

『やばい！　この肉、めっちゃ美味い！　とか』

『やばい！　王女サマ、すっごい可愛い！　とか』

「っ⁉　な、なんだって⁉」

さらっと最後に褒められているのだが、それがどうでもよくなるほどシーグリッドは驚いていた。思わず母国語が出てしまうほどに。しかも、驚きは息継ぐ間もなくまだまだ続く。

『それでいくと、無理！　もですよ。本来は道理にあわないことや実行が難しい時に使いますが』

『あぁ、それなら、しんどい！　も。これはくたびれた時とかに使う言葉ですけどね』

『えぇ、どちらも心臓がうるさくなるほど、素敵な人やものや出来事に遭遇した時に使います』

「っ‼　な、なんだってぇっ‼」

シーグリッドのフリードリーン語の叫びなど、慮ってくれる騎士は一人もいない。

『幸せすぎてやばい』

『可愛すぎてもう無理』

『尊すぎてしんどい』

もはや叫び声すらシーグリッドは出なかった。騎士達の、よかれと思った言葉教室は続く。

「ちなみに『尊い』の本来の意味は価値がある、身分が高いなどですが、人やものや出来事に対して好きな感情が高ぶりすぎた時にも使います。それぞれの書き方はこうです」

ここまで通訳に徹していた厳つい騎士が、たいそう丁寧に『幸せ』『可愛い』『尊い』の文字を拾った棒で地面に書いてくれる。シーグリッドは、足もとに大きくわかりやすくはっきりと書かれたその文字をまじまじと見つめた。

「シー、そろそろ晩餐の時間なので、お迎えに上がりました。おや？　顔が赤いようですが……」

〈尊い。シーが、尊い。──、──？　──、可愛すぎてやばい無理しんどい〉

シーグリッドはアンブロシウスの頭上を流れた文字を視界に収め、硬直した。たった今知ったばかりの新事実がさっそく流れている。

「ご体調に問題はありませんか？」

傍まで来た妖精王子は気遣わしげな表情で、そっとシーグリッドの頬に手を伸ばした。まるで壊れものに触るように優しく優しく指先で触れてから手の甲でなでると、掌《てのひら》で包み込む。

『や、やっぱぁい、むりぃ、しんどぉい……』

「っ！　それは、大変です。歩けますか？　よろしければ、私が抱えて……」

『っ!!　だいじょぉぶ、だいじょぉぶ！　ないっ！』

「おんぶの方がいいですか？」

『ち、ちっがぁう！　ないないっ！』

大混乱しているシーグリッドは、フリードリーン語を話すアンブロシウス相手に拙《つたな》いクロンヘイム語で訴えていた。すると、乱舞する『尊い』の文字。それに気づいて涙目になれば、爆速も爆速の五倍速で文字が流れていく。当然一文字たりとも認識できなくなってしまったのだが、この時ばかりは己の誇る視力でも太刀打ちできないことを、シーグリッドは嬉しく思った。

夕食はちゃんと取ったシーグリッドだが、自室に帰ってからも混乱していた。王族としての責任を前面に押し出して、それを互いにまっとうする関係なのだと今までは思っていたのに。

（会話がいまいち噛み合わなかったのは、私の勝手な思い込みのせいだったのか……！）

かなり初手から勘違いをしていたのだから、目も当てられない。あの場面もこの場面も、アンブロシウスは偽りない笑顔を見せて言葉を紡ぎ、シーグリッドに真心を向けていたのだ。それ即《すなわ》ち、真剣に口説かれていたことになる。あの白皙の貴公子が、この脳筋姫を。妖精王子にして表情豊かで思いやり深く会話も上手で包み込むような優しさを持ったあのアンブロシウスが、このシーグリッドを。

（なんということだ！　アンは私のことが、す、す、好き……、……、……、がはっ！）

アンブロシウスから真《ま》っ直《す》ぐな愛情を向けられていたのも当然気恥ずかしいが、とりあえず今は、したり顔で見当違いな言動を繰り返していた己の方が、ずっとずっと恥ずかしい。あまりの愚かさに、シーグリッドはドカンと爆発した。パタリと倒れる。そこがベッドの上であったことが幸いだ。

とはいえ、気絶するように入眠してしまえばおのずとすぐに朝は来る。そして、アンブロシウスのシーグリッドへの愛は朝から濃い。

「おはようございます、シー。昨日の別れ際が唐突でしたので、心配で迎えにきてしまいました」

あとは朝食に向かうだけ。支度のすんでいたシーグリッドに、開いた扉をいったん閉じさせてもらう言い訳はない。温かい人の心を持った妖精王子は、今日も今日とて美しい顔をしている。その顔にありありと好意をあふれさせながら。

（うっ。こ、こんな真っ直ぐなアンブロシウス相手に、私は今まで小賢《こざか》しげにものを言っていたというのか!?　は、はず、はずっ、恥ずかしいっ!!　う、うわぁあぁあぁっ……！）

穴があったら入りたいとは、まさにこのことだ。とりあえず過去の己を全力で殴りたい。いや、いっそ今の己を殴って記憶を抹消し、最初からすべてやり直したい。そんな現実逃避から瞬きもせずにアンブロシウスの顔を凝視《ぎょうし》していると、すべらかな陶器のような頬に赤みがさした。

「そんなに熱心に見つめられては、気恥ずかしいですね」

ポッと目もとを可憐《かれん》に染めた白皙の貴公子を認識した瞬間、ボッとシーグリッドは発火した。控えめに視線を戻したアンブロシウスがそれに気づくと、そっと頬に触れてくる。そのまま赤い髪に指を差し入れ、耳にかけるように優しくすいた。

「やはり今朝もお顔が赤いですね。本日はゆっくりとしませんか？　実は、私もやっと時間ができて、今日は一日ずっとシーの傍にいられそうです」

いたく心配しているアンブロシウスに、シーグリッドは全力で首を振った。

『だいじょーぶ。だいじょーぶ……』

思わず拙いクロンヘイム語で答えかけ、わざとらしく咳払いを挟んで言い直す。

「大丈夫だ。問題ない。朝食の席に向かおう」

そんなふうに取り繕《つくろ》っても、いたたまれない思いは軽くはならない。アンブロシウスの求愛は、一挙手一投足にまでこもる。それを己は今まで華麗に素通りしていたのだ。信じられない暴挙である。

「シー、今朝はベーコンパイがありますよ。お好きでしょう？」

『はぁい、す……』

クロンヘイム語で返そうとして、シーグリッドはそこではたと固まった。

『好き？　大好き？』

「ベーコンパイは好物だ」

笑みを深めたアンブロシウスに作為的なものを感じ、母国語で返答する。流れていく頭上の文字を確認すれば、お決まりの三つの言葉は出てこない。しかし、いつもよりいくぶん緩やかな流れが、シーグリッドに新たな頻出《ひんしゅつ》単語の存在を気づかせた。その文字には、なんとなく心当たりがある。

「と、時に、アン」

気づいてしまったら、見ない振りはできない。なんとなく視線を外しながら問えば、アンブロシウスの方も少しだけ身構えた。飲もうとしていた紅茶のカップをそっと遠ざけている。

「す、好き、とはクロンヘイム語でどう書くか、教えてくれないか？」

テーブルか空中に指先で書いてもらうことを想定していたシーグリッドは、おもむろに真隣に椅子ごと移動してきたアンブロシウスに面食らった。そのため簡単に手を取られる。

「こう書きます」

アンブロシウスの白藍の瞳に、銀の睫毛《まつげ》が影を落とす。剣を持つのに慣れたシーグリッドの掌に、長い指が望まれた文字をつづった。まるで悪戯《いたずら》をするように、羽のように柔らかく。

『好き』

「っ!?」

呟《つぶや》かれた言葉に驚いて掌に落としていた視線を上げれば、白藍の瞳は真っ直ぐにこちらを見ていた。

バチンと目が合って、呼吸が止まる。二人の間に流れる時間まで止まったように感じる、そんな一瞬。

先に空気を動かしたのは、アンブロシウスだった。綺麗な顔がふわりと微笑む。

〈好き好き好き好き好き好き好き——〉

「っ!!」

ひと言も発さずにただ微笑んでシーグリッドを見つめるアンブロシウスだが、目より表情より、その他の何よりも、頭上の文字が雄弁すぎる。その威力は、脳筋姫の呼吸をも止めた。

「急に上の空になってしまうなんて、寂しいです」

気を引くように、取られていた手が握られる。アンブロシウスは人差し指を用意すると、シーグリッドの口もとにある黒子を愛《いと》しげにチョンッとつっついた。

（無心で剣を振れ、シーグリッド。落ち着きを取り戻すんだ。いいか、話はそれからだ）

今日は一緒に過ごすと朝一番に告げられていたのに、シーグリッドはアンブロシウスを振り切って訓練場に駆け込んだ。模擬剣の先には心頭を滅却するために、さらに重しが三つもつけてある。

『王女サマ、重り三つでめちゃくちゃ気合い入ってますね！　ご一緒させてください！』

『あ、俺もまざるー。王子が見にきてくれたみたいだし、ちょっと格好いいとこ見せたいよな？』

『ははっ。みんなして王子のこと大好きだな。って、自分も隣いいですか？』

なぜかはしゃいでいる騎士達が、わらわらと集まってきて威勢よく剣を振りはじめる。何を言っているのか理解できないながらも、シーグリッドは数個の単語と騎士達の様子である程度のことを察した。そのため、そっと訓練場の入り口を見やる。するとそこには、置いてきたはずのアンブロシウスがすでにいた。しかも幾人かの騎士達が嬉々《きき》として世話をやき、椅子代わりの木箱を運んだりして即席の観客席まで作っている。妖精王子は大人気だ。

「シー、とても素敵です！　瞬きどころか呼吸も忘れるほどに！」

チラリと様子をうかがっただけ。それなのに目が合ったとアンブロシウスは気づいたらしい。声援を送ってくる。しかし、ただ模擬剣を振っているだけなのに褒め言葉が過剰すぎやしないだろうか。素敵な要素がどこにあったかわからないシーグリッドは、我が身を顧《かえり》みる。

「王女殿下、微笑んで軽く手でも振ってあげれば、うちの王子とても喜ぶと思いますよ」

隣で剣を振っていた通訳の騎士が、そんなことをにこやかに勧めてくる。するとシーグリッドの脳裏に、何気ない行動を喜び笑顔になるアンブロシウスが浮かんだ。それと同時に、今まで持ったことのない感情が胸にわく。好意を向けてくれている相手に対し、もっと己を格好よく見せたいという欲だ。しかし、シーグリッドは軽く頭を振った。

（いいや、いつも通りでいいんだ。いつも通りで。アンが持っている素敵だという印象を崩さぬように、さりげなく。そう、あくまでさりげなく。できればほんの少しだけ、格好よく、こう……）

なぜかいい感じにそよ風が吹き、シーグリッドの先だけきつく巻いた赤髪もいい感じになびく。これなら雰囲気十分に、顔を横切る髪の隙間《すきま》からアンブロシウスに応えられるだろう。しかし。

「おっと。王女殿下、大丈夫ですか？」

やはり、つまずく。隣にいた通訳の騎士にまたまた支えられてしまった。ところが、他意なく握りあった手は、あっという間に駆けつけたアンブロシウスによって引き離された。妖精王子はピッと騎士の手を捨てると、ギュッとシーグリッドの手を自ら握る。

「握るならば、私の手にしてください」

その手を、シーグリッドは思わずペッと捨てた。その瞬間の、アンブロシウスの傷ついたことが如《に》実《じつ》にわかる白藍の瞳。あわせて頭上の文字が、爆散するように弾《はじ》けて消える。壮絶な罪悪感を抱《いだ》いたシーグリッドは、よくない汗を一気にかいた。

「ち、違う！　ちょっと間違えたんだ！　す、すまない、アン！　嫌だったわけではない！」

必死に謝っても、アンブロシウスの様子は変わらない。切なげに目を伏せると力なく首を振った。

「いいのです、王女殿下。弁明の必要はありません」

「んなっ!?　や、やめてくれ、なぜシーと呼ばない!?」

「呼べるはずもありません。今も、いいえ、昨日からも、あれほど拒絶されているのに……」

「だ、だからそれは違うと言っているっ‼」

シーグリッドは一度捨てたアンブロシウスの手を持ち上げると、力強く両手で包んだ。それでも長い銀の睫毛は伏せられたままだ。

『えっ？　どういうこと？　痴話喧嘩《ちわげんか》？』

『何を言っているか理解できないけど、なぜかそれはわかるよな』

まったくフリードリーン語のわからない騎士達が、わらわらと二人を囲む。

「あの、両殿下。自分を挟んで揉《も》めるのやめてもらえますか？　えぇと、腰を落ち着けて、どこかでちゃんと話し合われては？　侍女が茶の用意ができたと呼びにきているようですし……」

とばっちりを受ける通訳の騎士の言葉で訓練場の入り口を見れば、ここまで進み出ることを躊躇《ためら》う素振りの侍女がいた。侍女を見たついでに、何事なのだとそわそわしている騎士達の姿も視界に入る。この場にいてもよくないと思った二人は、とりあえず場所を移すことにした。


香《かぐわ》しい紅茶が湯気を立て、素朴な見た目だが歯触りがザックリホロリと抜群な焼き菓子がテーブルに並ぶ。透かし彫りの東屋《あずまや》の屋根は、やわらかく日差しを散らしていた。落ち込んでいるアンブロシウスにあわせてか、頭上の文字は帰ってきたものの弱々しい字体で意気消沈気味に流れている。そこにはお決まりの三つの文字は見受けられず、もちろん『好き』が見つかるはずもない。

風で時々揺れる木漏れ日《こもれび》を気まずく目で追っていたシーグリッドは、侍女達が下がったところで意をけっしてアンブロシウスに声をかけた。

「あのな、アン。私は……」

「聞きたくありません」

にべもないその返事に、シーグリッドはわずかに息を飲む。

「私がなんの話をしようとしているか、君にはわかるのか？」

「ええ、わかりますよ。貴女のことを私はよく見ていますから」

「では……」

「お断りします」

「そ、そうか……」

昨日から今において、アンブロシウスはいっさい悪くない。悪いのは、訳知り顔で諭《さと》していた過去の自分と向き合えず、恥ずかしさから思わず拒否行動に出てしまう愚かな己である。ただ、恥ずかしさの上に重い罪悪感が乗ったことで、シーグリッドは冷静さを取り戻していた。そのためここで謝罪と態度を改める決意表明をしたかったのだが、断られてしまっては仕方がない。

「私では、駄目なのでしょうか」

「ん？　どういう意味だ？」

そんなことを考えていたものだから、アンブロシウスの続く言葉の意味を図りかねた。

「とぼける必要はありません。貴女は体格に恵まれた男性がお好みなのでしょう？　私はその範囲から外れていますから」

「は？」

伏せられていた視線が、今は真っ直ぐにこちらを見ている。シーグリッドの呆《ほう》けた返事に、アンブロシウスは自嘲気味な笑みを浮かべた。

「貴女が身に宿した呪いを見ていればわかります」

「呪い？　何のこと……、って、おい！　制約で口が縫いつけられ……、ないのか？　なぜ？」

アンブロシウスの唇を注視したシーグリッドは、そこで首を傾げた。閉じてはいるが、とても自然な唇だ。女神の制約は発動していない。

「きっと今回の件、女神は口を縫うのではなく、より重い呪いをと思《おぼ》し召《め》しなのでしょう」

「より、重い……」

シーグリッドの目は自然とアンブロシウスの頭上に向けられる。なすがままに流れるような文字は、今までになく緩やかだ。一つも読める文字はないが。

「自他共になんの呪いかもわからないような軽い呪いです。私は王家に連なる者なのに、そのことがずっと恥ずかしかった。これをきっかけに重くなるのなら、嬉しいほどです。だから……」

「いやいやちょっと待て、アン！」

ずいぶん投げやりなアンブロシウスの言葉に、シーグリッドは泡を食った。重くなる方向性の見当などつかないが、絶対やめておくべきだと瞬間的に思う。しかし、妖精王子は止まらない。

「いいえ。呪いが重くなる方がずっといい」

「お、おい、やめろっ！」

「貴女に好みでないと突きつけられて、何度も泣きたくなるくらいなら！」

「ま、待つんだ、思いとどまれっ！　って、は？　好みでないだなんて誰が……、んんんっ⁉」

大声で邪魔をしながらも、言っていることがおかしいと気づく。しかしそれよりも、ジジジッと頭上の文字がかすれはじめたことに目を奪われた。変化に気を取られて口をつぐめば、その隙にアンブロシウスによる呪いの暴露は再開される。そうなると制止の言葉はすべて後手だ。

「好みの男性に目を奪われ」

「わっ⁉　だ、駄目だと言っているだろう⁉」

「呪いによりつまずいては手を握って見つめ合う」

「わー！　わー！　わー！」

「なのに、私の前では一度もつまずいてくださらない」

「あっ、あぁーっ‼　……、……、……、あぁ」

言っていることは相変わらずおかしいが、否定する隙間はないままに言葉が重ねられる。そして暴露が進めば進むほど、ジ、ジジッ、と文字の上の砂嵐は激しくなった。すべてがあとの祭りとなれば、嵐はすぎ去り明瞭な文字が流れる。その時、シーグリッドはすべてを悟った。アンブロシウスの頭上。クロンヘイム語にて吐露されていた心の声。そこに現れた、女神の制約に触れた者の末路を。

頭上の文字は今をもち、フリードリーン語に完全翻訳された。

すると見えてくる、多彩な語彙《ごい》で手を変え品を変え語り尽くされる妖精王子の胸のうち。相変わらず爆速のため多少読み飛ばすことはあるが、見て取れる要点は三つだ。好意と言い訳と嫉妬と。いったん色んなことから目をそらすため、シーグリッドはテーブルに両肘《りょうひじ》をつくと頭を抱えた。

「ずっと好きだったのです。貴女のことが、とても」

「知っている。それはとても知っている」

「いいえ、知らないはずです。だって貴女は、私を覚えていないではありませんか」

ほんのり恨みがましい気配が漂ったことに、シーグリッドは顔を上げた。そして語られる、ずっと昔に果たした本当の初対面の話。二人は十歳の折にフリードリーン国で会っていたらしい。クロンヘイムの王族は呪いのない生活を体験するため、一生に一度だけ望んだ場所に外遊に行けるそうだ。そこでアンブロシウスはシーグリッドを見初《みそ》め、今に至るまで想いを募らせていた。

（駄目だ。心当たりが、ぜんっぜん、これっぽっちも、ない……!!）

一応、口に出さない分別はあったが、黙っていることこそ答えとなる。

「私の妻になっていただきたいのです。恋い焦《こ》がれる貴女に。拒絶され、シーの幸せを願えば身を引くべきだと一瞬は考えました。ですが、やっぱり無理です！　他の男に譲るなんて絶対に嫌だ！」

アンブロシウスは綺麗な顔を歪《ゆが》めると、すがりつくような必死さで叫ぶ。その姿を目にしたシーグリッドは、パッと手放すような唐突さで思った。言い訳にまみれた己の考えなど、この叫びの前では些末《さまつ》なものだと。何より妖精王子の切なげな表情を見ていると、胸が締めつけられたように痛くなる。いてもたってもいられない気持ちになれば、考えるより先に口から言葉は零《こぼ》れていた。

「……君と同じ重さだとは、今はまだ言えない。だが、私はアンを好ましいと思っている」

「そ、それでは！　私は貴女に触れてもいいのですか？　私の妻になってくださる……？」

不安そうな顔を向けられても、相手がアンブロシウスならば好ましい。瞬間的にそう思ってから、シーグリッドは閃くように自覚した。この気持ちは、特別に心を傾けた者にだけ向けるものだ、と。

すると、見つめられるのが急激に恥ずかしくなる。今までどうやって平然としていたのかさえわからない。白藍の視線を受け止めきれず、ソワソワと灰色の瞳を泳がせる。

「あ、あの、シー。赤い頬も、潤んだ瞳も、下がった眉も、大変可愛らしくてずっと見ていたい気分なのですが、で、できれば、お返事をいただけませんか？　待つのは、苦しくて、心臓が……」

「っ！　あ、あぁ。そ、そうだな……。うん。こんな私でよければ、末永く、よろしく頼む……」

言い終わってから、やっとの思いで夫となる男の様子を横目でうかがう。しかし、アンブロシウスがグッと近づいたため、その表情を確認することはできなかった。顔に影が差したと思った時には、二人の距離が重なる。触れた柔らかさに、シーグリッドは息を止めた。

「幸せです、とても。想いを受け入れていただけたら、真っ先にこの可愛らしい黒子に口づけたいと思っていました。それで、その、唇にも、ご許可をいただけますか？」

わずかな時をおいて唇を離したアンブロシウスは、それでもまだ十分近い距離で頬を染めながら微笑んだ。吐息の暖かさとか、唇の柔らかさだとか、そもそも黒子に口づける許可をまずとるべきではないかとか。諸々《もろもろ》の思いを言語化できなくて、シーグリッドは呆然《ぼうぜん》と黒子を押さえた。すると、アンブロシウスはそれまで幸せそうだった顔をサッと強《こわ》ばらせる。

「く、唇は駄目、です、か……？　も、もしや、心身を健やかに、保て、ない……？」

好ましく思う相手の勘違いは早々に払ってあげたいと思えども、こちらとてまだまだ情緒の立て直しが利《き》いていない。そんな状態では、上手い返事も洒落《しゃれ》た誘い文句も出てくるはずがない。

「た、試してみよう。互いに、健やかでいられる、か……」

形だけ重々しく言った様が滑稽《こっけい》で、シーグリッドの頬はますます赤くなる。そんな火照《ほて》りの引かない顔のまま、なんとか灰色の瞳を伏せるとあごを上げた。待ちの姿勢をとり、触れる強さはアンブロシウスに任せる。すると妖精王子は、万感の想いを込めたような柔らかさで、淡く触れた。そっと離れる余韻《よいん》まで、どこまでも優しい。

「い、いかがでしたか？」

「……軽すぎて、よくわからなかった、かもしれない」

「っ⁉　そ、それは、もっとしっかり口づけても構わないということでしょうか⁉」

「う、うん……」

食いつきの早い問いに頷けば、深く触れる前振りか、長い指があごをとらえてから黒子をなでる。そんな思わせ振りな仕草をされたのは長い時間ではなかったが、シーグリッドは焦《じ》れた。眼前で尻尾のように揺れる銀の髪をギュッと握る。出会った時から、実は触れたいと密《ひそ》かに思っていたのだ。

そして、その感触が思った通り滑らかだったと納得すると、脈絡もなくあることを思い出す。

「そういえば子供の頃に、食べかすがついていると黒子を馬鹿にされたことがあってな……」

「えっ。そ、それは……、……、……」

思わぬお預けをさせられたはずのアンブロシウスが、はにかみながら視線を外す。意味を図りかねたシーグリッドは、目を瞬かせた。妖精王子が気を取り直して唇を強請《ねだ》ってくるまで、銀の髪を弄《もてあそ》びつつ綺麗な横顔をただ眺める。爆速で流れる文字は棒状で、気にする価値が今はない。

木漏れ日がキラキラ落ちて、二人を包む暖かい気配に彩りを添える。そんな穏やかな東屋に、女神の密やかな笑い声が重なったことを知る者は、いない。


「つつうらうらの歩き方・増刊・クロンヘイム王国を思う・あとがき」

好評により決まった増刊のあとがきを書く段になって、クロンヘイム王国の王太子、アンブロシウス王子の婚姻が結ばれたことを知った。お相手は国内外にその人気を轟《とどろ》かす、フリードリーン国の姫騎士、シーグリッド王女だという。なんでも王子の長年の想い人だったとかで、おめでたい話だ。

また、結婚式には女神の呪いを厭わず、各国の使者が祝いを届けたいと申し出ているらしい。なんと、アンブロシウス王子との婚約を辞退した女性陣は総出だそうで、呪いを理由にクロンヘイムを去ったというのに不思議なことである。結果的に彼女達は立役者となったわけだが、口々に主張するには「王子の満願成就は女神のお計らい」とのこと。呪いを施す女神は、やはり気まぐれだ。

何にせよ、お二人の結婚は大きな経済効果をクロンヘイムにもたらすだろう。女神の呪いによって富む彼の国は、さらなる発展が約束されたわけだ。ならばこの辺境の小国に、私ももう一度行ってみたいと思うのだ。

しかし今しばらくは、呪いを身に宿した勇者諸君の土産《みやげ》話を待つこととする。

影薄を極めてみたのに、何故か旦那様には気づかれる。

黒《くろ》湖《こ》クロコ
ill. 椎名《しいな》咲月《さつき》

結婚を控えた女性がよく訪れる魔女のお店。そんな怪しげな店には一生関わりになることなどないと思っていたが、私も例にもれず結婚を目前に足を踏み入れることになった。

裏路地に位置するこの場所に来るだけでも緊張したが、中に入るのはもっと緊張する。入口で深呼吸をし、古めかしい扉を開ける。店内にはフードを目深《まぶか》にかぶり、フェイスベールを付けた女性がいた。ローブから見える手には皺《しわ》がなく、年が若そうに見えるが、私の祖母の頃から店主は代替わりしていないという噂《うわさ》もある。そんな女性の金の瞳が私の姿を映した。

「なんだい。お前さんも惚《ほ》れ薬が欲しいのかね。それとも媚薬《びやく》かい？　アラン・フォンティーヌともうすぐ結婚する、クロエ・ルージュ」

まだ名を名乗っていないのに当てられドキリとする。私は黒髪に茶色の瞳であまり特徴がある外見ではないので、初対面の相手に名を当てられることはほぼなかった。この店の魔女は不思議な力を持っているという噂は本当かもしれない。

でもそんな魔女も私の願いは分からなかったようだ。私はドキドキする心臓を押さえ、首を横に振った。

「いいえ。私には惚れ薬も媚薬も必要ございません」

「大した自信だね。この店に訪れる若い娘は皆、自分に自信はないが、旦那に愛される幸せな結婚を夢見て、奇跡を起こす薬をほしがるのだけどね」

自信か……。

多分魔女が言っていることはあっていて、間違っている。

「そうですね。私、結婚早々に旦那様に忘れられて愛されない自信があります。流石《さすが》に結婚式中に忘れられる大惨事は起きないと思いますが」

「……はい？」

私の言葉に、魔女が困惑した声を出した。どうやら彼女の想定と全く違うことを言ってしまったらしい。

「私、家族の中でもすごく影が薄いんです。それに影が薄すぎて男性に好かれた例《ため》しもなくて……」

ルージュ子爵家の四女として生まれた私の影の薄い人生は、どうしても跡取りが欲しかった両親が一歳下の弟を生んだ瞬間から始まった。

邪険にされるわけではないが、どうしても手をかけられるのは嫡男《ちゃくなん》である弟。そして女の子は私の前に三人もいて、三人とも姦《かしま》しい。そんな生活をしていると、次第に自己主張してもしなくても変わらないという達観に至り、基本的に周りに忘れられる子となった。

影が薄い私は、あまり両親を困らせることのない子供だった。しかし年頃になってから二人を大きく悩ませた。何故ならば私の結婚相手が見つからないのだ。長女は親類から、次女、三女は自分で相手を見つけてきたが、私は影が薄くて自己主張をすることが苦手なためにパーティーに出ても壁の花で一切声がかからない。弟が結婚する前に、何としても私を結婚させたい親は必死に私を貰《もら》ってくれる相手を探した。

探して、探して、探し回った結果、私はフォンティーヌ伯爵の弟と婚約することとなった。軍人である彼は仕事一筋で、結婚にはみじんも興味がなかったそうだ。彼は兄が結婚してから結婚すると、のらりくらりとかわしているうちに婚期を逃し、少し遅めの結婚を終え爵位も継いだ兄が慌《あわ》てて結婚相手を探したようだ。将来兄のところに子ができなかったり何かあったりした時は彼に引き継がなければならないのだから、ふらふらされては困るということである。

顔合わせの時に私は、本当に彼が結婚に興味がないというのがよく分かった。金髪に緑の瞳を持つ彼は綺麗《きれい》な顔立ちだが、表情筋が一切動かないのだ。顔合わせで愛想笑い一つない姿は、この結婚を歓迎しているようには見えない。だからすぐに彼はこの結婚に対して思うところがあり、それでも世間体のためだけに私と結婚をするのだと悟った。

ただし後から一つ上の姉に、あの無表情は歓迎していないからではなくいつものことで、そこもミステリアスだと年頃の女性達の間でひそかな人気だと教えてもらった。

長女は年齢的にこのまま結婚すべきだと言い、次女は恋愛主義者なので本当に彼で大丈夫か少し心配していた。とはいえ、ようやく見つかった婚約者候補に父母も乗り気なのと先方もとにかく結婚させたい願望が前面に出ていて、断れそうもない。

だから私は魔女に一つ薬を処方してもらうことにした。

「私、薬で愛されるとか、そういうのは空《むな》しくなるのでいりません。その代わり、この影の薄さをもっと極めることはできないでしょうか？」

「影の薄さを極める？」

「はい。愛されないなら、初めからお互い不干渉の方が幸せだと思うんです。もともと、世間体のためだけの結婚ですから」

流石に新婚初日から無関心で放置なんて聞いたことがないので、そこを補うための薬だ。変に気を使わせたくはない。

「でも姿が消えてしまうのはちょっと抵抗があるので、影がものすごく薄くなるような薬がいいのですけど……」

「そもそも消える薬などないわ。そんなものがあったら、悪さし放題ではないか。……影を薄くする薬か。できなくはないが、関心を向けられれば無効化するものしかないな。つまり愛されれば全く意味をなさない薬だ。微妙な効果の割に値段は高いが、どうする？」

「なら、大丈夫です。今は全く愛されていませんし、私はもともと影が薄いので飲む前に興味を持たれることもないでしょう。お金は頑張って稼ぎます。影が薄ければ私が外で仕事をしても皆気に留めませんし」

こうして私は頭金だけ払って、分割で影がより薄くなる薬を買い、結婚式終了後、その薬を飲みほした。

本当に効果があるのか心配だったが、薬は間違いなく効果を発揮した。

結婚した次の日から、旦那様は私の顔を見ることなく仕事に行かれた。そこからはもう、すれ違い生活の始まりだ。たまには顔を合わせるだろうかと思ったが、早朝に出かけ夜遅くに帰ってくるので家の中で顔を合わせることもない。

通いの女中はいるけれど私の世話までは頼まれていないようだ。もともと家を留守にしがちだけど、フォンティーヌ前伯爵からいただいた屋敷の管理のために置いていた女中らしい。

最低限の家事はその女中にしてもらえる。至れり尽くせりだ。

私は妻らしいことをしていないし期待もされていないが、ここまでしていただけているのだから私も家のために何かをしたい。しかしこのすれ違い生活で、彼のために世継ぎを作るのは不可能だ。そのためできることといえば働くこととなる。ついでに私が魔女に作ってしまった借金の返済用の金も作らなければいけない。

「とりあえず家の外を散策してみようかしら」

影が薄い状態なのがどれぐらい周りに影響を及ぼしているのかもまだ分かっていない。とにかくまずは私にできそうな仕事を知るところからだ。

そう思うととてもワクワクしてきた。生れて初めてかもしれない。誰にも意見されず、自分で色々できるのは。実家にいる時は、姉や弟、さらに親の顔色をうかがいながら生活をしなければいけなかったのだから。

「結婚してよかったわ。旦那様にはちゃんと恩返しをしなければいけないわね」

私は晴れ晴れとした気持ちで、新婚生活を始めた。

◆◇◆◇◆◇

「アラン。なんかお前、いつも仕事場にいるけど、新婚なのに奥さん怒らないの？」

異国の貴人が訪問される時の護衛任務配置についての計画書を書いていると、同期のレオンに声をかけられた。

そして言われた言葉を反芻《はんすう》して、自分が結婚したことをいまさら思い出した。薄情かもしれないが、今の今まで、全く妻のことが頭をよぎることがなかったのだ。

「いや、怒られてはいないが……」

「寛大すぎじゃね？　我慢させすぎもどうかと思うよ？　いくら見合いの政略結婚みたいなものだからってさ」

妻が怒った記憶はない。それどころか妻と会った記憶がほぼない事実に、俺は挙動不審にならないようにするだけで精いっぱいだった。

寛大とかそういう問題ではない。全く妻の様子が思い浮かばないどころかどんな顔だったかもあやふやだ。

「奥さん、大人《おとな》しそうだけど可愛《かわい》い子だったじゃん？　ちゃんと会話してる？　アランは不愛想なところがあるから言葉は尽くした方がいいと思うぞ」

「いや……会話はしていないな」

「は？　してない？　挨拶だけってこと？」

「いや、挨拶もしてないな」

最後に会話したのはもしかして、結婚式の時か？　そもそも結婚式以降、面と向かって会ってなくないか？　一緒の屋敷に住んでいるはずなのに。そんな事実に俺はさらに動揺した。

「いやいやいや。まだ結婚して半年なのに、なんでもうそんなに冷え込んでいるわけ？　喧嘩《けんか》でもした？　男のプライドがとか色々あるかもしれないけど、早めにちゃんと仲直りしないと、こじれると大変だぞ？」

「……その、喧嘩をした記憶もない。それどころか、実は結婚式以降、妻と顔を合わせた記憶が……ない」

「マジ？」

レオンはありえない男を見るような目をした。俺も思う。ありえないだろうと。

「冗談ではない。本当に記憶にない。部屋は別室で、朝早く家を出るから妻と顔を合わせず、夜も遅かったり泊まり込みだったりすると妻の顔を見ることもなくて……」

「いや。流石にそれはない。ひどすぎるだろ。新婚だぞ？」

「お、お互い、不承不承の結婚だったから……」

「いやいや。そういう問題じゃないだろ」

全くもってレオンの言う通りだ。俺も彼女も世間体的に都合がよかったための結婚だったのは間違いない。しかし結婚して同じ屋根の下に暮らしているはずなのに、結婚後一度も顔を見ないとか、妻のことを一切忘れていたとかありえないことをしている自覚はある。

「いくらアランは仕事が恋人みたいなとこがあるからって、もう少し気を使ってやれよ。せめてちゃんと使用人には、奥様のことをお願いしてあるん――おい、まさか」

「……した記憶がない」

屋敷は、今は亡き父からいただいたものを使っている。そこには女中もいるから不便な生活はしていないと思ったが、よく考えるとそんな指示を出した記憶がない。いくら忙しいからと言っても、自分でもありえない失態だと思う。

「大丈夫？　奥さん生きているよな？」

レオンの言葉に言い返せない。

生きているか死んでいるか。そんなもの、会っていなければ分かるはずもない。

「いや……大丈夫。腐臭はしていなかったと思う」

「そういう問題じゃねーよ！　冗談だって言おうと思ったのに、その返しは笑えねぇわ。とにかく帰れ。それ今度の計画書だろ？　俺がやっておいてやるから」

「しかし――」

「しかしじゃない。結婚早々、妻の生死が分からんのは流石に駄目に決まっているだろ。ここのところずっと休んでなかったんだから、とにかく今日は家に帰って妻の顔を見て詫《わ》びろ」

レオンにそう言われて職場を追い出された俺は、自宅への道を歩いた。とにかくまずは妻の安否確認をしよう。いや、でも突然安否確認するとか変に思われないか？　今までほったらかしにしておいてなんだと思われるのだけは間違いない。

もともと結婚は積極的ではなかったけれど、積極的に妻をないがしろにしたいとも思っていなかった。つまりは無関心だったともいえるが……やっぱり酷《ひど》いな。

俺は何と言えばいいのかと頭を抱えながら家へと向かう。途中花屋を見つけ、薔薇《ばら》の花を一輪買った。同僚が花の一本でも贈って機嫌を取るべきだと言っていたのもあるが、綺麗な花が売っていたと言えば、……わざとらしいかもしれないが会話をするきっかけにはなる。正直、顔すらあやふやな相手と何を話せばいいのかも分からない。

「おかえりなさいませ、旦那様」

屋敷に入れば、まだ掃除中の女中が頭を下げた。女中は夕方までの時間帯しか雇っていないので、仕事場から帰ってくる頃には帰っており、顔を合わせることはあまりない。女中も普段とは違う早い帰宅に少しだけ驚いた顔をしていた。

「妻は……クロエはどこにいる？」

「奥様ですか？　えーっと、掃除中はお見かけしていないので、部屋でしょうか？」

どうやら女中はクロエのいる場所を全く把握していないようだ。当たり前だ。そもそも彼女に頼んであるのは屋敷の維持管理のみ。

俺は妻の部屋の前に行き、扉をノックした。しかし返事はない。

「クロエ。話があるのだが……」

なんと声をかけたものか。そう思いながら話しかけるがやはり返事がない。何かがおかしいと思い、謝りながら扉を開ければ、そこには誰もいなかった。

部屋ではない。なら、どこだ？

屋敷の中を順番に探し回るが、やはり見つからない。俺の行動が異様に見えたのだろう。女中も探すのを手伝ってくれたが、やはりいない。

「まさか家出された？」

いつから？

真っ先に思ったのはそれだ。結婚して半年。俺は全く妻の顔を見ていないし、会話もした記憶がない。いやいやいやいや。嘘《うそ》だろ？

「すまないが、君が私の妻と最後に会話したのはいつだっただろう？」

「えっ？　掃除は特に声かけせず入ることになっていますから……ご結婚された日に顔合わせした時でしょうか？」

さっと血の気が引いた。

そんな時だった。

「旦那様、いかがされましたか？」

声をかけられ振り返れば妻がいた。

少し困ったような顔で俺を見ている。

「えっ？　く、クロエ？」

「はい」

「今までどこに？」

「庭で少し土いじりをしておりましたが……」

そう話す妻は確かに土いじりしやすい、簡素な服を着ている。その様子に嘘ではないのだとほっと息を吐いた。

「今日は帰りが早かったのですね」

「あ、ああ。その。そうだ。綺麗な花を見つけて。あっ。すまない。少し折れてしまったようだ」

握りしめてずっと彼女を探していたために花が茎の途中で折れてしまっていた。そのことにいまさら気が付き、バツの悪い思いをする。慣れないことはするものではない。

「大丈夫ですよ。このあたりから切って、低めの一輪挿《いちりんざ》しの花瓶《かびん》に飾りましょう。美しいお花をありがとうございます」

「いや。こんなものですまない」

ずっとほうっておいて、渡すのが折れた花というのは、流石にありえないだろうと自分でも分かる。

しかし彼女は嬉《うれ》しそうに笑った。

「こんなものではございません。私のために旦那様がわざわざご用意して下さったものですもの。とても嬉しいです」

「……花が好きなのか？」

「そうですね。好きです」

彼女は全く怒っていなかった。穏やかな表情で語る好きという言葉にどきりと胸が跳ねる。

「その……同僚に怒られてしまって。あの、まだ新婚なのに君をほったらかしにするべきではないと。申し訳なかった」

言うつもりはなかった。でもするりと謝罪の言葉が口から出てきた。それに対してクロエは首を横に振った。

「私はとても自由に過ごさせていただいております。これは旦那様のおかげです。ありがとうございます。お忙しいのですから、私のことはお気になさらなくても大丈夫です」

「いや。一日一回は一緒に食事だけでもしよう」

気にしなくてもいいと言うのだから気にしなくてもいいはずだが、何故か壁を作られた気がして食事に誘う。実際夫婦ならば、一食ぐらい一緒に食べるのが普通なのだ。そうすれば家出されたかもしれないなんて焦《あせ》るような馬鹿なことをしないで済む。

「……はい。かしこまりました」

クロエは少し不思議そうな顔をしたが、俺の申し出に了承してくれた。夫婦になったのだから当たり前のことだというのに、俺はそのことにほっと息を吐いた。

◆◇◆◇◆◇

ある日いつもより早く旦那様が帰ってきたことに気が付いた私は大急ぎで家の中をのぞいた。どうやら旦那様は私を探しているらしい。何故と思いつつも、勝手な外出を咎《とが》められるかもしれないと思った私は素知らぬ顔をすることにした。

普通に声をかければ驚かれ、庭にいたけれどすれ違いになったのでしょうという誤魔化《ごまか》しは見事成功した。よかった、よかった。

内心ほっとしていると、薔薇の花をいただいた他、一緒に食事をしようと誘われる珍事が起こった。旦那様の同僚に何か言われたのかもしれない。お忙しいからと遠慮した方がいいのかよく分からなかったが、旦那様からの誘いを断るのも何やらおかしな気がするので、受けておく。多分、忘れるだろう。

しかし実際には、忘れる日もあるが、ちゃんと覚えていて一緒に食事をいただく日も出てきた。ただし会話はほぼないので、煩《わずら》わしいと思われているかもしれない。あまり私のことで煩わせたくないと思っていたので申し訳ない。そしてあの日から、旦那様は花をよく買って帰ってくるようになった。

新婚だと花を買って帰るなど気を使わなければいけないものなのだろうか？　もしかしたらこれも同僚の方に何か言われたのかもしれない。旦那様は枯れる前に次の花を買ってきてくれた。枯れてないかを目安にしているので、枕詞のように毎回付く、綺麗な花が売っていたからというのは嘘だろう。枯れる前に買うというルールで行っているので、花を買うことは私の影の薄さとは関係なくできるようだ。

「あの、旦那様はお花が好きなのですか？」

「……嫌いではない」

「そうですか」

やはり好きなわけではないので、気を使っているのだろう。断ろうかと口を開けた時、それより前に旦那様が話した。

「しかし屋敷に花があるのはいいものだと思った。クロエは好きなのだろう？」

「そうですね」

花は私の影が薄かろうと気にせず綺麗に咲いてくれる。綺麗に咲くかは手入れ次第だ。実家ではよく私が手入れをしていた。そうすると、私だけの花になった気がした。

「好きです」

私の言葉に旦那様は満足そうな笑みを浮かべた。いつも無表情なので少しだけびっくりした。そしてびっくりしてしまったことで断り損ねてしまった。しかし旦那様も屋敷に花があることを楽しんでいるのなら断るのはよくないかと思う。私が貰いっぱなしで申し訳ない気持ちになるだけだ。

この申し訳なさを減らすために考えられる方法は、贈り物を返すことだろう。しかし私が最近こっそり稼いでいるお金は全部魔女への借金の返済に使っている。そのため今はない袖は振れない。

どうしようかと思い、とりあえず余っているハンカチに刺繍《ししゅう》を施してみることにした。旦那様の名前と彼が買ってきて下さった花を思い出し、さりげないぐらいの小ささで刺繍をする。

久しぶりに忘れず食事に誘われたので、その時にいつもの花のお礼として刺繍入りのハンカチをお渡しした。すると受け取った旦那様は挙動不審になった。

「あまり上手ではないですが、名や刺繍があった方が目に楽しいと思いまして」

「あ……ああ」

「もしかしてお花の刺繍は嫌でしたか？」

花というと男性的というよりは女性的だ。恥ずかしいとかあるかもしれない。

「嫌ではない。全然嫌ではないのだ。ただ……君に何を返そうかと」

「そちらは、お花のお礼ですから気になさらないで下さい」

「クロエは、宝石は好きだろうか？」

「いりません」

やめて。流石にそんな高いものを貰ったら、お返しができなくなる。

唐突に出てきた単語をきっぱり拒絶すると、旦那様は気持ちしょんぼりした様子になった。旦那様は鉄面皮だと思っていたけれど、結構表情豊かだと最近気が付いた。

「あの、別に宝石が嫌いというわけではございません。ただ、そういった高価なものは特別な日の贈り物でお願いします」

枯れる前に買う花もかなりぜいたく品だと思うのだ。だから少しでも枯れないよう、私は自分で水を替えたり水切りしたりするようにした。もともと私のために買ってきて下さるのだから当然だ。

そして宝石は花よりもずっと高価なものなので、何もないのにポンと買い与えるようなものではないと私は思う。

「特別な日……」

「誕生日とか結婚記念日とかでしょうか？」

それぐらいなら、心苦しくはあるが、貰っても違和感はない。

「クロエ、誕生日はいつだっただろう」

「えっと、先月です」

旦那様がものすごい顔をしていた。釣書には私の誕生日も書いてあったはずだけれど……あっ、世間体のためだけに結婚したのだから、相手の誕生日など気にもしないか。

「お気になさらないで下さい。実家でも誕生日はよく忘れられましたから」

「そうなのか？」

「ええ。四女ともなると。でも弟が翌月でしたので、合同で行っていました」

本当にうっかり忘れてしまった家族だが、でも何もしないのはよくないと思ったようで、翌月の弟の誕生日に合同誕生日会を開いてくれた。もちろんその時プレゼントも貰っていて、弟と差をつけられることもない。

「でもそれはクロエの誕生日ではないではないか」

「日にちより、祝ってもらえることが大切だと思いますから大丈夫です」

忘れたからとそのままにされたことはない。絶対家族は埋め合わせをしてくれた。だからそれでいいと思っている。

そう話した翌日、旦那様は私の誕生石が付いた首飾りを買ってきてくれた。

「誕生日祝いだ」

「誕生日は終わったと――」

「日にちより祝ってもらえることが大切なのだろう？」

これではまるで誕生日プレゼントを催促したかのようではないか。私は申し訳ないようなみじめな気持ちになった。

「申し訳ございません。強請《ねだ》る気はなかったのです……」

「ち、違う。謝らないでほしい。俺がクロエに買いたかったんだ。その緑の石は、穏やかな君によく似合っていると思って……。なのに、まさか誕生日が過ぎているとは思っていなくて」

顔色を変えて慌てる姿に、私はみじめな気持ちも吹き飛び笑ってしまった。彼は本当に私にあげたくて選んでくれたのだ。

「ありがとうございます。旦那様」

素敵なペリドットの首飾りは普段使いするにはお高そうな気がしてしまって気おくれしたが、旦那様がすごく期待した目で見ているので、外せない。流石に外出時は防犯的によくないので家に置いていっているが、家の中ではつけるようにした。すると旦那様の休みの日など、頻回に目が合うようになってしまった。気が付くと私を見ているのだ。

影が薄いはずなのに、庭で土いじりをしていても気が付けば旦那様まで外にいる。そういえば、食事を一緒に取らない日の方が減ってきてしまっている。下手《へた》すると朝と夜どちらも一緒に食べていることもあるぐらいだ。

「このペンダント……よく目立つもんね」

私の影がいくら薄くても、宝石の力はすごい。それでも昼間は旦那様もいないし、私も首飾りは大切にしまっているので、女中は私のことを忘れてくれる。だから外出は相変わらず自由にできた。

「猫さんやーい。にゃーにゃーやーい」

外に出て私でも働けそうな方法として取ったのは迷い犬、迷い猫探しだ。王都は富裕層が動物を飼うのが流行《はや》っており、その結果行方不明になったペット探しの依頼も多い。そして私の影薄は犬猫にも通用するので、運動神経が鈍《にぶ》めの私でも比較的簡単に捕まえることができる。とはいえ見つけなければそれもできないので、地道に裏路地や猫がよく集まる場所などを歩く。

魔女の薬でさらに影が薄くなってからは裏路地に入るのもへっちゃらだ。見えていないわけではないけれど、誰も私を気に留めないので事件に巻き込まれる心配は少ない。

そして何時間も歩いたところで目的の鈴をつけた灰色猫を見つけて私は捕まえた。流石に捕まえられると気が付くようで、びっくりした猫がじたばたと暴れる。

「よーし、よし。びっくりさせてごめんね。君のご主人様が待っているよ」

声をかけながら猫をケージに入れる。折角《せっかく》自由を謳歌《おうか》していたのにケージに入れるのは可哀想だ。でも勝手に王都で繁殖をしていけば町を荒らしてしまう。それにペットを飼うことがお金持ちの間で流行ったせいで、ペットを盗んで他の人に売るようなトラブルも起こるようになっていた。だから迷子になったらトラブルに巻き込まれないようにできるだけ早く見つけて飼い主に引き渡す必要がある。

迷い猫を回収したら、依頼主にお金を貰って私の仕事はおしまいだ。

「グリ！　もー、いつも勝手に逃げ出しやがって。今回も見つけて下さりありがとうございます」

「いえ。見つかってよかったですね」

この男性は常連のお客様だ。このグリは脱走癖があるようで、手を焼いているらしい。グリと引き換えにお金を貰う。

「本当に、いつもすみません。よければこの後、一緒に喫茶店でもどうですか？　おごりますよ？」

「いえ。ごめんなさい。早めに家に帰らないといけませんので」

「まだこんなに明るい時間ですし、いつもご迷惑になっているお詫びに、お茶を一杯おごりたいんで――」

「悪いが、妻は私と出かける約束をしていて、君とお茶を飲む時間はない」

あまり家を空けると旦那様が先に帰ってきてしまうかもしれないと思い断ろうとしたのに、どういうわけか突然現れた旦那様に先にお断りされてしまった。びっくりしすぎて私は口をあんぐりと開けた。何故ここに。というか――。

「えっ。私のこと見えています？」

「近眼にも老眼にもなったことはないつもりだが？」

少し不機嫌そうな低い声で返事が返ってきた。間違いなく私だと認識して話している。おおう。

「あっ。その。いつもは外ですれ違ってもお気づきになられませんでしたので」

「えっ？」

「旦那様がお仕事途中にお見かけすることも何度かありましたので……」

外で何度かすれ違ったが、全く気づかれないのは把握済みだったので、まさか外で声をかけられるとは思っていなかった。

「何か御用でしたか？」

そういえば以前同僚の方に言われて、私を家で探していたことがあった。自主的に探されると影が薄い程度では隠れられないようなので、今日もそんな感じかもしれない。

「……来なさい」

「あっ。はい。すみません、失礼します」

旦那様が私の手を取り、ずんずんと進んでいくので、慌てて依頼主に挨拶してついていく。相談なく働いていたので怒っているのだろうか。しばらくついていくと、パッと手を離した。

「先ほどの男は誰だ」

「先ほどのグリ……猫の飼い主ですわ。猫が迷子になったところを保護しましたのでお渡ししていたのです」

私が質問に答えると、とても困惑した顔をした。

「えっ？　保護？」

「はい」

私の説明に、旦那様は深くため息をついてしゃがみこんだ。もしかして落ち込んでいる？

「……すまない。勘違いした。君が……その。他の男と逢引《あいびき》をしているのかと」

旦那様は腕で顔を覆《おお》っているが、耳が赤いので恥ずかしがっているのが分かった。

「大丈夫ですよ。私、昔から影が薄くて、生まれてこの方、殿方に愛を囁《ささや》かれたことなど一度もないですもの。相手がいないなら不義など働きようもありませんから、ご安心下さい。あっ、それとも外聞的な問題ですかね？　多分私のことを気にする方はいないと思うのですが……」

「……一度もないのか？」

「はい。一度もございません」

囁かれるほどの華があれば、きっと両親があれほど必死に私の結婚相手を探すこともなかった。いつでも埋没してしまう私をわざわざ選ぶ男性は誰もいない。

「旦那様はこの後も仕事ですか？」

「あ、ああ」

「では、また家でお会いしましょう」

よかった。何とか私が外で稼いでいることは誤魔化せた。混乱している様子の旦那様を置いて、私はそそくさと家に向かったのだった。

◆◇◆◇◆◇

俺は何ということをしてしまったのだろう。

殿方に愛を囁かれたことなど一度もない。そう言い切ったクロエの言葉に、ガンと頭を殴られたような気分になった。そうだ。俺は結婚したのに、ただの一度もそれを伝えていなかった。

迷い猫を渡していただけなのに、勝手に勘違いして嫉妬した。一度も愛を囁いたこともないような男がだ。これでは与えるべきものも与えないのに、相手からの愛は欲しがる、ただの身勝手な男ではないか。

誕生日すら忘れて慌てて贈った首飾り。首飾りを大事にしまって使われないのは寂しいと思えば、彼女は俺がいる時はつけてくれるようになった。細い首に彩られる俺の瞳の色に歓喜と満足感を覚えた。

彼女は俺が買ってきた花が枯れないよう自ら管理し、大切に扱ってくれる。ただ買ってきただけの花なのにお返しにと手間をかけてハンカチに刺繍を施してくれた。そして俺が気持ちよく過ごせるよう庭を綺麗にするなどの気配りする姿や、少し控えめに笑む姿……そのどれもが好ましく感じた。

しかし俺は言葉を惜しんで何一つ伝えず、愛されないことが当たり前だと彼女に思わせている。それでいいのかアラン・フォンティーヌ。分かっている。いいわけがない。

仕事が終わってから、家に帰ってから、ただ一言伝えるだけのことを後回しにしている場合ではないはずだ。俺は家に向かって進んでしまったクロエを追いかけて——物陰に隠れた。

まっすぐ帰ると思ったクロエがフラッと別の道にそれたのだ。じっと見ているとどうやら誰かの後をつけていることが分かった。特に物陰に隠れるわけでもないのに、つかず離れずの距離で、気づかれることなく追っている。

一体何をしているんだ？

クロエが日中何をしているのか俺は知らない。迷い猫を捕まえることができる特技を持っていることも初めて知ったぐらいだ。……気になる。

妻も一人の人間だ。それなのに妻の行動を逐一監視するような男の気が知れないと思っていた。しかし今、俺はその男と同じようなことをしている。引き返すべきだ。そう思うが、徐々に裏路地の方へ行ってしまうクロエが気になって仕方がない。

「じ、事件に巻き込まれては困るからな」

うん。そうだ。もしも彼女が事件に巻き込まれたら兄であるフォンティーヌ伯爵にも迷惑がかかる。だから仕方がないのだ。そう言い訳しながらついていくと、クロエは当たり前のように建物の中に入っていった。

「えっ？」

びっくりしすぎて俺は固まった。

本当に、何のためらいもなく、彼女は中に入ったのだ。もしや知り合いだった？　いや、待て。知り合いならば普通声をかけるだろう？　なら、何故声をかけずに後をつけていた？

クロエがやっていることがさっぱり分からない。

俺も中に入るべきか？　しかしクロエが入った建物は店という雰囲気ではなく、倉庫のようだ。関係者ではない人間が訪れるような場所ではない。

「おい。ここで何をしている」

考え込んでいると背後から声をかけられた。ちっ。クロエの行動に気をとられすぎた。

「いえ。少し道に迷ってしまいまして」

誤魔化しつつ振り返れば、俺の顔を見た男がぎょっとした顔をした。

「げっ。アラン・フォンティーヌっ！　誰だ、ヘマした奴は！」

「は？」

町の治安維持の仕事が回ってくることもあるので、逮捕歴のある悪人は俺を一方的に知っていることもある。しかしこの反応はどう見ても後ろ暗いことをやっていたと暴露しているようなものだ。

えっ？　ならなんで俺のクロエがそんな場所に？

混乱していると、倉庫の中から数人男が出てきた。彼らは鉄の棒を持っており、どう好意的に見ても話し合いをしに出てきた様子ではない。

「まさかこんなに早く見つかるとはな」

「一人しかいないなら消してしまうか？」

俺が一人だけだから、殺してなかったことにするつもりらしい。そもそも俺はここでどんな悪事が行われているのかも知らないわけだが、襲い掛かってくる相手にやすやすとやられる気はない。それにクロエはこの男達と一緒には出てこなかったが、確実に中に一度入ったのだ。

まだ夫婦になってから一年もたっていないし、実質半年は会話もなければ生存確認すらできていなかった関係だ。それでも俺が見てきたクロエは犯罪などしそうにない優しく善良な人間だった。きっとクロエにも何か理由があるのだろうし、もしかしたらこいつらに脅《おど》されている可能性だってある。脅され――。

「ほう。殺そうとするならば、殺される覚悟があるということだな」

クロエが脅されている姿を想像した瞬間、胸が焼けこげるような憎悪が生まれた。あんな善良な娘を脅すなど、鬼畜にも劣る所業。

「え、偉そうに。相手は一人だ。やっちまえ！」

リーダー格と思われる男が合図をすると、一斉に襲い掛かってくる。

動きは統率がとれておらず、鉄の棒をよければ、その棒で別の仲間を殴り倒すぐらいだ。しかし人数が多くやりにくい。頭を蹴《け》り上げ、みぞおちにこぶしを入れ、振り下ろされる鉄の棒をよけるが、チリっと服をかする。まともに当たったら打撲では済まないかもしれない。

「こっちです！　こっちに、ペットの窃盗《せっとう》団が！　早く来て下さい！」

さてどう攻めるか。そう考えていると、女性が増援を呼ぶ声が響いた。その声を聞いた瞬間、男達は鉄の棒を捨てて逃げていく。

「旦那様、大丈夫ですか⁉」

はっと声の主を見れば、クロエが俺の方に駆けてきた。えっ？　いつの間に外に出たんだ？　そして先ほどの声がクロエのものだと気が付く。

「旦那様もペットの窃盗団を調べられていたのですね」

「旦那様も？　クロエは調べていたのか⁉」

何故クロエがそんなことを？　ギョッとして叫べば、クロエは目をそらした。

「その……調べていたというか、この間迷い猫を捕まえていた男を見つけて……。ただ、捕まえたにも関わらず飼い主がその後も猫を探していたので、もしかしたらこの建物の中にいるのではないかと思いまして。あっ。思った通りこの間の猫はいましたし、他の猫や犬も中にいます。ただずっと狭いケージに入れられていたようで、早く元の飼い主に戻してあげないと……」

「なんでそんな危ないことをするんだ！」

俺の怒鳴り声に、クロエはびくっと肩を震わせた。それを見て、俺は深呼吸する。怖がらせたいわけではないのだ。

「先ほども迷い猫を飼い主に渡しているのを見たからクロエが優しいのは知っている。でも、何かあったらどうするんだ」

「すみません。私、影が薄いので、大声でも出さない限り、いつも見つかったりしないんです」

「は？」

冗談かと思ったが、確かに先ほどのクロエは堂々と中に入ったのに見つけられていなかった。

えっ？　そんなことあるのか？

そう思うが現実に俺はそれを見ていた。

「でも旦那様は私を見つけてしまうんですね……」

当たり前だと言いたいが、確かにクロエは影が薄い。俺は結婚したのに半年もクロエのことを放置して忘れていた。

おかしいなぁと首をかしげるクロエに苦笑する。彼女が特別ではない時は自己主張しない彼女を俺が見ることはなかった。でも特別だと気が付いた今は、俺が彼女を探すのだから、見つけるのは当然だ。彼女は無色透明ではないのだから。

「それは俺にとって君が特別だからだ」

「特別？」

目をパチパチとクロエは瞬かせた。そして落ち着きなく視線をさまよわせる。

「えっと。その、旦那様。それはどういう意味でしょうか？　えっと……私達は結婚しておりますので……その、あの」

「君のことを愛しているという意味だ」

クロエは石像のように動きを止めた。そして次の瞬間真っ赤にその頬を染める。耳まで赤く染めた彼女の表情を見た瞬間、胸がぎゅっと締め付けられた。……なんて可愛いのだろう。それと同時に、俺の言葉がちゃんと彼女に届いたのだと幸せな気持ちが湧きあがる。

こんなに可愛らしく、そして勇敢で慈悲深い彼女と結婚できた幸運に気が付かなかった過去の俺はなんて馬鹿だったのだろう。

「ちゃんと言葉で君に伝えていなくてすまなかった。俺は君のことを愛している。もう一度出会いからやり直したいぐらいだ。そうすれば半年も無意味な時間を過ごすこともなかった」

俺が言葉を惜しんだりしなければ、愛を囁かれたことがないなんて、そんな悲しい言葉をクロエに言わせなくても済んだのに。俺はもう二度とそんなことをしないと誓うように彼女の手を取り、キスをする。

「にゃ、にゃ、にゃに!?」

可愛らしすぎる反応に自然と表情が緩む。なんて可愛さだ。

俺はペットを飼っていないので、クロエが猫にまで慈悲を振りまく気持ちがあまり分からなかった。しかし目の前の猫のような声を出す彼女は可愛くて仕方がない。彼女のために何でもしたくなる。

「クロエ、愛してる。これからは何度でも君に伝える」

彼女は俺の愛の囁きに、小さな可愛らしい悲鳴を上げた。

◆◇◆◇◆◇

そーっと、そーっと。

「クロエ、どうしたんだい？」

「だ、旦那様!?」

こっそり台所に向かったはずなのに、何故か旦那様に気が付かれ、私はびくっと肩を揺らした。おおう。何故ここに？

「まだ起床には早い時間ですよね？」

「ベッドの隣が冷たくて、少し早く目が覚めてしまったみたいだ。クロエは？」

別室をいただいていたはずなのに、最近は気が付けば一緒のベッドで眠るようになった。旦那様は遅くに帰ってきても私が寝ているベッドに入ってきて、隣で眠っているのだ。もともと大きめのベッドを用意していただけていたので狭すぎることはない。ただ狭くはないはずなのに、朝起きるとぎゅっと抱きしめられ動けなくなっていることは多いけれど。

「少しやりたいことがあったのです」

「やりたいこと？」

影が薄い時は難なくできたのに、今は私を探す名人になってしまわれた旦那様がいるので、なかなかこっそりとやることが難しい。

私はため息をついた。

「あっ……すまない。クロエの自由を奪ってしまって。君にだって秘密の一つや二つあるのが普通だというのに」

「いいえ。そんな深刻な秘密がこの台所に隠れているはずがないではないですか。……今日は旦那様の誕生日でしょう？　ですから、ケーキを今のうちに焼いておこうと思ったのです。生地を冷ましておかなければクリームを塗れませんので」

誕生日プレゼントとして素敵な首飾りを貰ってしまったのだ。だから私も旦那様の誕生日には特別なことがしたかった。お金はないので旦那様のような高価な贈り物などできない。かといって刺繍のプレゼントはもうしてしまった。

考えた末思い浮かんだのは、料理である。

今日は旦那様が仕事だし、早く帰ってくるかどうかも分からない。だから朝にケーキをお出しして驚かせようと思ったのだ。そんなサプライズのために、いつもより早く起きたのだが、まさか旦那様まで起きてしまうとは思わなかった。

「クロエが俺の誕生日を祝ってくれるなんて……なんて俺は幸せ者なんだ。俺はクロエの誕生日にお祝いもできなかった情けない男だというのに」

「いいえ。誕生日プレゼントで首飾りをいただきましたから、情けなくはございません。前も言いましたが、日にちより祝われたということの方が大切ですから」

むしろ首飾りに対して私の手作りケーキでは差が大きい気がする。それに私の誕生日は後から祝われることが普通だったのだからそんなに気に病まないでほしい。

「それなら今日は早く帰ってこよう」

「仕事はよろしいのですか？」

「何とかする。それから早く帰ってきてほしい時はそう言ってほしい。必ず叶《かな》えると言い切れないのが申し訳ないができる限り努力しよう」

旦那様は私の手を握ると真摯《しんし》な眼差《まなざ》しで見つめてくる。緑の瞳には私だけが映る。

「ありがとうございます。ですが私は旦那様にご無理はしないでいただきたいです」

「旦那様ではなく、その……アランと呼んでくれないだろうか？」

「……アラン？」

彼が無表情だというのはもう誤情報だ。彼はただ私が名を呼んだだけでとろけるような笑みを浮かべた。

「仕事は何とかする。それに今日に関しては俺が俺の誕生日を君と二人で過ごしたいんだ。クロエの時間を独占できることが何よりの誕生日プレゼントだな。もちろん、クロエの手料理も楽しみにしている。そして、クロエに早く帰ってきてと言われるのは、けして煩わしいものではない。君に求められると胸が温かくなり幸せなんだ」

……誰ですか、この人。

私に好きだと言ったあたりから、旦那様——アランが壊れた。壊れたというか、決壊したというか……。彼はどういうわけか私を見ると口説かなければいけない病気にでもかかってしまったかのように、たくさんの言葉を伝えてくるようになった。

「クロエは俺を望んでくれるだろうか？」

言葉だけではなく、態度もだだもれだ。職場で大丈夫だろうかと少々心配になってしまうが、今はこっそり職場をのぞきに行こうものならば、アランに見つかってしまう。

魔女から買った薬の効果はもはや全く残っていなかった。

「は、はい。あの……今日は早く帰ってきていただけますか？」

「もちろんだ。ケーキは今日の夜に楽しみにしている」

「えっ。夜？」

「クロエ、気が付いていないかもしれないが、とても手が冷たい」

アランは私の手をぎゅっと握るとすりすりとさする。アランの手は大きくとても暖かかった。筋肉量の違いだろうか？

「それは、冬だからですね」

私はもともと冷え性なので、冬は手足が冷たくなるのだ。痛ましそうな顔をするがいつものことである。

「こんなに冷えてしまっているのに、早朝の暗くて寒い時間からケーキなんて作らなくていい。今は俺の隣で温まろう。お願いだ。共に二度寝してくれないか？」

「いや……えっと」

「今日は仕事を早く終わらせられるよう頑張るから、クロエ成分を補給しておきたいんだ」

……本当に、この人誰ですか？

最初の顔合わせした時と性格が違いませんか？　私の第一印象だけでなく、一つ上の姉も無表情でミステリアスなところが人気だと言っていたけれど、そんな空気は皆無だ。色気を抑える機能が壊れ、だだもれている。

「うひゃ」

「さあ、行こう。二度寝の時間がなくなってしまう」

幸せそうに笑いながらアランは私を抱き上げた。

軍人だから抱き上げられても安定しているけれど、ドキドキして安心はない。

「し、仕事は行かないと駄目ですよ？」

「……分かった」

しぶしぶといった調子でアランは頷《うなず》いた。

なんでしぶしぶなのか。

いやいや、おかしいでしょう。アランはいつだって仕事一筋で、泊まり込む勢いで仕事をしていましたよね？

「でも、キスだけならしてもいいか？」

何がでもなのか。

全然文脈に繋《つな》がりがない。そしておうかがいを立ててきたのに、返事をする前に私の唇は奪われた。

まあ、アランからのお願いを私が断るなんてできないのだけど。

……魔女から買った薬は惚れ薬でも媚薬でもなかったよね？　ちゃんと影を薄くする薬だったよね？　影薄を極めてみたのに、何故か旦那様には気づかれる件について。一度魔女に確かめに行かなければいけないと思いつつも、私は彼に抱きしめられながら暖かなベッドで二度寝を楽しんだのだった。

十七歳のリリアンも、とうとう婚活に乗り出すことになった。

安定職の国立図書館の司書勤務とはいえ、彼女は子爵家の令嬢だ。

そしてこの魔法国家、ケイムレッジ王国で才能もない最弱の魔法使いが国に貢献できることは、十八歳くらいには結婚して子を残すことだった。

「そう、求めているのは魔力が弱くても、自然と人が集まってくるような『いい人』な男性！」

リリアンが掲げた魔法使いの義務としての〝結婚理想〟は、最弱魔法使いの彼女の立場からするとよくある平凡なことだった。


――のだが、今、彼女の目の前には理想とは違いすぎる男がいた。

「そういう顔、殿方にしていいと思っているのかな」

にっこりと笑顔で威圧されたリリアンは、重圧感で死にそうな心境だった。

美しい顔、いかにも貴族だと分かる隅々まで隙《すき》がない衣装。そして、彼は場の全員が逃げ出すほどの魔力を持った大魔法使いだ。

（……な、なんでよりによって『狂犬の大魔法使い様』なの!?）

リリアンは、なんでこんなことになっているのか婚活の一回目について思い返す。

◆・◆・◆

バーベス大陸には有数の魔法国家が集まっている。

ケイムレッジ王国もそうだ。すべての国民が魔力を持っていて、魔力を動力とした生活魔法具や生産機器の開発でも一目置かれている。

とはいえ魔獣討伐や外交で活躍できる魔法使いも、国民の三割ほどだ。

国民の二割は魔法が使えず、魔法の杖《つえ》を持っていない。

それは先月、十七歳になったスチュワート子爵家の、リリアン・スチュワートもそうだった。

魔法は使えないが、運よく国立図書館に勤務となった。国家職員として、魔法図書がもっとも集まるそこの司書をしている。

「あら、あなたが館長の誘いを受けて参加するのは初めてね」

国家主催の婚活パーティーにて、先輩のシェリーヌが長い睫毛《まつげ》をぱさぱさと鳴らす。

彼女の見下ろす視線の先には、司書のローブを掴《つか》んで視線をそらしているリリアンがいた。

華奢《きゃしゃ》な肩が隠れる灰色の髪に、愛嬌《あいきょう》たっぷりのアメジストの瞳。彼女の愛らしい顔に浮かぶ表情は、華やかな会には不似合いだった。

「ミミ先輩も十八になる前に婚活休暇に入ってしまいましたし、順番的に言えば、次は私の可能性が高いかなと思いまして……おのれの魔法使いとしての才能と素質のなさに打ちひしがれているところです」

「あらあら」

司書の中で魔法が使えないのは、彼女とリリアンだけだった。

魔法使いは国から優遇されている見返りに、子を残すことを義務付けられている。優秀な魔法使いは国内の魔獣に対応する軍人などになって国家に貢献し、弟子の教育などもあり結婚の時期を考える必要がある。

しかしリリアンは魔法を使えない。

できるのは、体内の魔力を操作して魔法図書や魔法具に触れる基礎くらいだ。

魔法学校も一年の基礎科だけで早々に卒業を言い渡された。そんな彼女が王都の認定書物国立図書館を受験できたのも、教授の雑務を手伝っていて、彼に『えらく魔法書物の整頓が早い』と推薦を受けたおかげだった。

「国から結婚の通達がきたら、一年以内には結婚しなくてはいけないし……」

リリアンは、司書の先輩であるシェリーヌにぽそぽそと心情を吐露した。

きちんとしたところに就職して家族を安心させてあげられたものの、貴族令嬢なのに魔力事情から縁談話なんて遠い夢だ。国から結婚の催促《さいそく》が来て、貴族なのにあそこの娘は、と家族に社交関係で迷惑が及んでも困る。

その前には、個人へ集団の見合いの知らせが来る。

それは国から個人への結婚命令だ。知らせから一年以内に、婚約したと申請すれば実家へ『娘を結婚させるように』という最終通達はいかずに済む。

だから、これはリリアン自身で解決したいとはずっと考えていたことだった。

貴族令嬢の婚約や結婚は、十八歳が適齢期で、一般的だ。

「家族と違って魔法の才能がないので、そろそろ結婚しないとまずくて」

「そうだったのねぇ。リリアンの家は貴族だものね、魔法使いの事情だけでなくて家のことも絡《から》んでいるとなると緊張するわよね……」

「あっ、心配しなくても大丈夫です！　えっと、私、結婚するからには理想はきっちり求めようと思っています。政略結婚や魔法使い事情だけでの結婚は、しないっ」

魔法使い同士の結婚は、子を残すための国の義務だ。

子育てを終えたら、離縁して魔法使い業に専念する人も多い。友人同士で子をいったん残す、というパターンも聞いたが、リリアンは結婚するなら愛情ある家庭を築きたい。

国家職員であるリリアンの場合、出会いは多いので可能性は十分ある。

きちんとした職場だと、責任者の紹介で出会いのきっかけになる会やらパーティーやらに参加させてもらえるのだ。子爵令嬢であるリリアンが上級魔法使い達まで参加するこの大きな会に参加できたのも、国家職員枠の有難《ありがた》い制度だった。

「あら、リリアンは仕事一筋でずっと続けると思っていたわ。いつも楽しそうだもの」

「うっ」

リリアンは言葉に詰まった。魔力を感じ取ることもままならないのに、魔法使いとしての仕事で一生食べていくのは無理だ。

（でも、ここで私が魔力さえ感知できない最弱魔法使いだと口にしたら、疑われるし）

「……えーと、とにかくっ、私は愛がある家庭を築くことが第一優先なんです！」

勢いで話をそらすことにした。

「そう、求めているのは魔力が弱くても、自然と人が集まってくるような『いい人』な男性！」

「ふふっ、それは素敵ね」

上品に笑ったシェリーヌの豊かな胸が、彼女の腕でふるんっと揺れたのをリリアンは羨ましそうに見てしまった。ここに年齢が一番近い兄がいたら、頭を叩《はた》いたうえで『お前は女だろ！　そして羨ましい！』とか正直なことも言うのだろう。

「その理想を持っている殿方もたくさんいるわ。幸運を祈っているわね」

シェリーヌが上品に手を振って離れていく。あきらかに貴族らしい男達も目で追いかけていくのが見えた。

（お姉様と呼びたくなるウチで一番の美人司書……）

こういう場で注目されるのは魔力が強いか、容姿が美しい者だ。

リリアンはどちらでもないので、ほとんどの魔法使いからは相手にされないと思うと、こういう会でも少しは気も楽だ。

（ごめんね、私が言う『いい人』って、理解がある人も含まれているんだよねぇ……）

同僚達も知らない秘密が、リリアンにはある。

彼女は会場の人混みへと向けて歩き出した。そちらを見た彼女の大きなアメジストの瞳に――たくさんの〝小さな可愛《かわい》いマスコット〟がふわふわと浮いていた。

集まった者達や、彼らが持っている魔法具や会場を照らす生活魔法具にも乗っている。

それは他の人には見えていないけれど、魔法の性質や魔力量の強さを示すものだ。

これまでの経験から、自分にしか見えないそれはそういうものであるらしいとリリアンは考えていた。

家族は、想像力が豊かなので妄想の類《たぐい》だろうと言った。

リリアンは魔力が最弱で、魔法の力で何かが見えているという可能性もゼロだったからだ。

(でも――私には見えているんだもの)

魔力さえも感知できない彼女が、魔法図書の魔力が危険かどうかを判断したり仕分けたりできるのも、彼女にしか見えていない〝可愛いマスコット〟のおかげなのだ。

変な能力だけど、これが彼女の唯一役立つ魔法、と言っても過言ではない。

一緒に暮らすとしたら、図書館にいる時のようについ目で追いかけてしまうことを隠し続けるのは難しい。

どんな人を結婚候補にして声をかけるのか、交際を深めていくのか。しかしその判断も目安があるので自信はあった。

その人の頭や肩に乗っているマスコットを見れば、怖くない魔法使いなのかどうかは分かる。

近くに怖い顔をした大男がいたのだが、彼の頭の上には、楽しそうにしている可愛いマスコットがいた。

飛んだり跳ねたり、そして話し相手をにこにこ笑って見ている。

彼は仏頂面だったが、マスコットみたいにほんわかとした魔力を持っているのだろう。そして集まっている人との穏やかな会話を楽しんでいる。

(このマスコット、どうやら性格的なものも様子に反映されているみたいなのよね)

ギャップもあってつい注目していると、マスコットが満面の笑みで彼の頭の上を跳ねた。

「ふふっ、空中一回転したっ。可愛いなぁ」

思わず、場も忘れて両手を叩いて微笑《ほほえ》ましくなった。

つい癒された。リリアンにしか見えない存在だけれど、彼らは魔力さえ感知できない彼女の肩身が狭い世界を、楽しいものにしてくれているから。

「――驚いたな。〝精霊〟が見える子がいる」

不意に、どこからか男の美声が聞こえた。

美声なせいか人々の会話の向こうからも、はっきりと聞こえた。けれど、口に出されたファンタジーな単語をリリアンはすぐに理解できなかった。

訝《いぶか》しんで振り返ったその時、ざわめきと共に人混みが左右に分かれた。

リリアンはびっくりした。すると人々が道を開けた先に――最上級の魔法使いを示す漆黒《しっこく》のローブコートを着た美しい男が見えた。

リボンで結ばれて腕にかかっている銀色の髪、目は明るく輝くルビー色だった。

かなりの美貌だったが、リリアンは目が合った瞬間にゾッとした。

(なんだろう、なんだか――とても、怖い、と感じてしまう)

すると彼が開けられた道を真っすぐ進んできた。あっという間に距離を詰められて、驚く。

「さっきの言葉、聞こえなかった？　君はどうして精霊が見えるのかな」

美しい声で囁《ささや》かれた。

笑顔は美しいのに、危機感しか覚えない。

（――あ、マスコットがどこにも見えない）

黒いオーラをまとっているマスコットがいるどころか、そんな可愛い存在が一つも付いていなかった。こんなこと初めてだ。

彼は、たぶん、やばい相手なのかもしれない。周りにいる全員が『関わりたくないです』という様子なのを見て、リリアンはそう目敏《めざと》く推測した。

とにかく、早く彼の前から退散するためにも用件を終わらせよう。

「えぇと……ああ、そうだ、確かさっきも『精霊』と言っていましたよね？」

「言ったよ。乗っていたり、ふわふわと飛んでいる何かが君には見えているのか確認したくてね。それ、精霊なんだ」

「え、えぇぇ!?　私が見ているアレって精霊なのっ――もがっ」

素早い動きで顎《あご》を掴まれ、彼の大きな手で口を塞《ふさ》がれた。

女性を掴むにしては容赦《ようしゃ》がなくて、リリアンは背筋が冷えた。

「ここで大きな声で話さないでくれるかな」

先に言ったのはそっちなのに、と思いつついよいよ怖くなってこくこくと頷《うなず》いた。

「精霊はそれぞれの魔法使いの魔力の元になっているると言われている存在だ。僕も、ぼんやりとしか見えない」

（え!?　この人も見えるのっ？）

すると彼が、リリアンの瞳を覗《のぞ》いてくる。

美貌の顔のドアップだ。思わず反射的に身を引こうとした次の瞬間、膨大な殺気にリリアンの身体《からだ》は動かなくなった。

「ああ、動かないでね。僕は抵抗されるのが大嫌いだから、そんなことをしたら四肢《しし》に拷問《ごうもん》用の拘束魔法をかけるよ」

（ひ、ひえぇ……）

この人、大魔王みたいな人だ。

彼は角度を変えつつ、リリアンの瞳をじっくり見た。

「珍しいな、体質かな。やはり特別な目という感じでもない」

何やら納得したのか、あっさりと解放してくれた。

自分と同じ存在がぼんやりと見えている人。しかしながら、リリアンは平気で『拷問魔法』と口にした彼は大変危険な存在だと認識した。

つまり、好奇心で色々と聞くのはリスクがかなり高い。

なのでかなり苦渋の決断だが――精霊云々《うんぬん》は諦《あきら》めてここは退散！

「そ、そうですか。あれって幻でもなんでもなかったんですね。うん、それだけでも分かって安心しました――それでは私はこれで！」

リリアンは素早く背を向けた。

だが直後、どこからそんな早業が出てくるのかと慄《おのの》く速度で男に腕を掴まれ、再び彼の方に向き合わされていた。

「えぇぇぇっ、なんでまた目の前にいるんですか⁉」

「君、パニックになってる？　君はそこから一歩も逃げられていないからね。言うだけ言って潔《いさぎよ》く逃げようとするなんて、君は小動物か何かかな？」

「小動物ではありませんっ、人間です！　立派な十七歳のっ、大人です！」

「ふうん？　こういう対応されたのも初めてだな——僕の名前はハルジリオン。リューグレイザ家の者だ」

唐突に自己紹介をされて、リリアンは不思議に思いつつ反射的に返した。

「私はリリアン・スチュワートです」

「ふうん。ところで君が見えているものは、僕にはいないだろう？」

「え？　あ、そうですね、それについてはちょっと不思議に思っていました」

「素直なんだね。答えは簡単さ、強すぎる魔力は嫌われる。人間だけでなくて、精霊にも」

彼が手を離し、少し腕を広げて身体の周囲のどこにも精霊がいないことを見せた。

見慣れているモノがいない彼のがらんとした周囲を眺め、リリアンは、ふっと切なげな表情を浮かべた。

「マスコット、いえ精霊があなたにだけいないなんて……それは寂しかった、ですよね」

思わずぽつりと呟《つぶや》いてしまった。

するとハルジリオンが、目を見開き、やがて形の綺麗《きれい》な唇を引き上げた。

「本来、魔力を加護している精霊の姿は誰にも見えないんだ。みんな、自分は一人だと思っているものなんだよ」

「あ、そ、そうなんですね、ごめんなさいっ」

リリアンは慌《あわ》てて頭を下げた。けれどひんやりとした彼の手が、彼女の顔をくいっと上へ向けた。

「あの……？」

「面白いな。どうかな、僕の嫁にならない？」

ハルジリオンが、じっくりと見つめながら彼女の目の下を触った。

いきなりなんで求婚されているのか——リリアンはピキリと音を立てて思考が停止した。

◆・◆・◆

そう、そうやって、リリアンは彼と出会ってしまったのだ。

彼女が彼と接触したことは、すぐ家族に知られた。彼はものすごく有名な人だったのだ。

『おまっ、この国で五人しかいない大魔法使いの中で、リューグレイザ家の【狂犬の大魔法使い】だけは気を付けなさいと言っただろう！』

それ、実家を出る前にもう一度言って欲しかった。

ハルジリオン・リューグレイザ。最年少の十二歳で大魔法使いになった、リューグレイザ侯爵家の嫡男《ちゃくなん》にして、現在、この国の最強の魔法使いと言われているお人だ。

参加した戦争ではすべて勝利を収め、国家の敵を排除する国王直属エブリデンス魔法師団では冷酷なまでの優秀さを発揮。そこでケイムレッジ王国の狂犬だと国内外からも恐れられている――と。

「そういう顔、殿方にしていいと思っているのかな」

国立図書館の業務窓口にいたリリアンは、目の前にいるきらきら笑顔のハルジリオンに吐血しそうになった。

あれから彼は何かと顔を出してくる。

「えっと、図書館業が止まるのでご訪問はおやめになっていただきたいのですが……」

「え？　今のは心の声と間違えたのかな？　ん？」

「ひぇっ、間違えましたすみません！　ほ、本日は、どのような本をご所望で」

「所望しているのは君だよ」

司書は所望できません。リリアンは心の中で泣いた。

「か、勘弁してください。興味本位で嫁を取るのはどうかと思うんですよ」

「魔法使いは相性が悪ければ次の結婚相手を探せる。そう深く考えなくてもいいと思うよ？」

「深く考えますよ何言ってんですか一生に一度の結婚ですよ！」

つい言い返したら、彼は「ぷっ」と口元に拳《こぶし》を軽くあてたのちに、腹を抱えて笑った。

一日置きに来る彼の求婚は、目を観察したい言い訳だ。結婚したら監禁されたうえ、精霊が見える目を拷問か人体実験のごとく調べられる想像しか浮かばない。

(私の立場だと再婚もかなり難しいけど、彼は違うから実感ないのかも)

彼は最強の大魔法使いのうえ、侯爵家の嫡男だ。貴族という立場からも、彼との結婚を望む家も多いだろう。

そのせいか図書館通いが三回続いただけで、求婚の噂《うわさ》が一気に広まった。

「あの……失礼ながら求婚はほぼ冗談だとは分かっています。ハルジリオン様の目的は『精霊』ですよね？」

今日まで接して、リリアンも彼がどんな人なのかは分かった。

ド鬼畜で、人の迷惑を考えない人だ。彼が来るたび利用者は書棚の向こうの閲覧席へ、職員も全員カウンターの奥へと引っ込んだ。

「でもわざわざほぼ毎日通っていらして、急な登場で全員に逃げ出させたうえ、そのうえ……私をいじめてそんなに楽しいのでしょうか」

ほろりとしてつい本音から尋ねた。リリアンはもうくたくただった。思わず心の声を出さずにいられなくなっているほどだ。

「もちろん。君が小動物みたいに震えるのは見ていて楽しい。ああ、いちおう君に求婚している状態だしね、だからしばらくはあまり日も置かず通うよ」

「……っ、～～～～！」

色々と言ってやりたいが、怖い、怖すぎる。

リリアンは、顎を撫《な》でながら微笑んだ彼の目が『品定め……』と考え震え上がった。

初対面で容赦ない顎掴みを披露した彼は、気分によって建物も破壊するという狂犬みたいなとんでもない大魔法使いだった。館長からも『図書館を守って！』と指示があった。

「さて、本を借りて用が終わってしまう前に、これだ」

彼が出してきた魔法具に、途端に彼女は好奇心をぎゅいんっと引っ張られた。

「わぁ、綺麗ですね！　四角い魔法水晶なんて高価なもの、初めて見ましたっ」

思わず自分からカウンターに身を乗り出す。さすがは大魔法使い。彼はいつもリリアンが見たこともないものを出してくる。

「今回はこれを診《み》てもらいたい。魔力にはどの気配も混じっていて、属性を特定したくなった」

「また試すんですか？　いいですよ」

彼はリリアンが精霊を見えることを確認するみたいに、よく魔法具も持ってきた。

「この子も綺麗ですよ。顔は鼠《ねずみ》っぽいですが、下の毛並みがドレスみたいな銀色で、本物の宝石がごろころとついてます」

「ほぉ、地の精霊か。ごつごつしたシルエットは宝石だったか――この精霊で間違いないか？」

彼が魔法の杖を出して、空にしゅしゅっと図鑑のページを再現する。

「あっ、まさにこの子です！」

「これはまたレアだな、稀有《けう》な〝沈黙のイグニン〟の中級精霊か。知り合いには報告しておこう」

リリアンは、正直こういった彼とのやりとりは楽しいと思っていた。

幼い頃、妄想だと家族から真っ先に否定されたのに、彼は初めから信じてくれていてこうして話もしてくれる。同じものを、薄っすらともやのように見えてもいるのだ。

「知り合いの仕事にも協力しているなんて、意外といい人なんですね」

「失礼な言い方だな。しかし残念だったな、これはただの趣味だ」

「なぜ、今『残念だったな』と堂々と言われたのか……？」

「精霊を見ている時の君の目に、魔力の動きがないのも面白い。他のおもちゃは捨ててきたから、しばらくは王都の知り合いと君のところで楽しめそうだ」

人の話を聞いていない。というか捨てられた人、羨ましい。

「それじゃあ本を借りよう。君のおすすめの本で」

ほらきた、とリリアンは魔法具をしまったあとの彼の作り笑顔を見て察知した。

「……じゃあ、こちらで」

戻りがあったカウンター内の本の中から、できるだけ難しそうなものを選んで渡した。

「なんでこれを選んだのかな？」

ハルジリオンの笑顔が二割増しに輝く。

弱い者いじめを心から楽しんでいる顔だ。リリアンは渡した手前、回答を懸命に考える。

「えぇと……勉強甲斐《がい》がある一冊だから？」

「そうか、君の頭では理解できない内容だったのか」

「司書が全部読んでいると思ったら大間違いです」

つい、また反論してしまった。彼がにたぁっと笑ったのを見て、リリアンは「ひぇ」と声をもらし
これ以上バカにされる前にと思って動く。

「じゃ、じゃあ下げますね——ふげっ」

手を伸ばしたら彼がさっと本を遠ざけたせいで、身を乗り出した拍子に彼女は椅子が滑って、ビ
ターンッとテーブルに突っ伏していた。

「……あれは痛い」

「……あの子、椅子には何度も気を付けなさいと言っているのに」

カウンターの内側と、遠くからうかがっている利用者達の声がする。

「それじゃあまた」

テーブルに突っ伏していたリリアンは、ハルジリオンの涼しげな声を聞いて脱力した。

◆・◆・◆

来ないで欲しいのに、ハルジリオンは言葉通り図書館に通った。

彼が来るなり全員が素早くリリアンをカウンターのド真ん中に設置するせいで、かわすことは不可
能だった。ひどい裏切りだ。

「図書館では大きな音を立てないものなんじゃないかな」

彼がカウンターに頬杖をつき、にーっこりと笑う。

「あなた様がいじめてくるからですっ」

「僕は本を借りに来ただけだよ」

来た彼が魔法で呼び寄せた貸し出し希望の本は、【拷問、綺麗に目を取り出す方法】という題名だった。それを見て、リリアンはひっくり返りそうになったのだ。

「今日は時間がないから、借りるだけ」

(忙しいのにわざわざ私が怯《おび》えるさまを見て楽しむとか鬼畜……それに、なぜ毎日来るの)

十日を越えたあたりから、彼は日を置かず顔を出すようになっていた。

彼が来るおかげで受付業務が滞《とどこお》る。館長や他の司書や利用者達も一斉に逃げ出すのに忙しいし、魔法図書の仕分けも進まない。

とはいえ、彼が持ってくる魔法具はかなり魅力的なのだ。

「わぁ、木製の六角形の筒なんて素敵！　柄も貝化粧っ？　綺麗！」

次の日、ハルジリオンはリリアンが初めて見る封印用の小箱を見せてきた。

「それは中に閉じ込めた魔獣を串刺しにするやつだから、無暗《むやみ》に持たない方がいいよ」

「ひえぇぇぇぇ!?　もっと早めに言ってください！」

触れる直前手を引っ込めたリリアンを見て、ハルジリオンはまた声を出して笑った。いつものようにどんな精霊の姿が見えるのか聞いて特定する。

彼から精霊の話が聞けるのも楽しいのだが、リリアンはカウンター奥のひそひそ話が気になった。

「あの【狂犬な大魔法使い】が笑っているぞ……」

「暴れる一歩手前だったりするのか……⁉　うっ、胃が！」

「館長おおおぉ！」

大変だ、館長の健康な胃が今日まででかなり激弱になっている。

「えぇとっ、そうだっ、他にその精霊のことを知っていて協力できそうな方はいないんですか⁉」

「突然何？　魔力が強いクラスの一握りでも、僕と同じくもやが見える程度だよ」

「えっ、他にもいるんですかっ？　すごい！　なら私、その方々にもお話を聞いてみたっ――」

「だめ」

初めてすぱっと断られた。

彼の空気が冷えた気がして、リリアンは咄嗟《とっさ》に口を閉じる。

「ところで一部の魔法使いと専門家しか知らないでいる『精霊』だと、僕は君に教えた。見えているのに気にならないのか？　普通は怖くなるものだ」

話をそらされた気がしたが、居心地が悪いまま会話が終わるよりいい。

「まぁ可愛いし、たいていは危険じゃないから……？」

リリアンは少し考えてそう答えた。すると彼が「ふうん」と言いながら覗き込んできた。

「なんですか？」

「見た目だけで判断するのは危ないかな、と。知らないからこそ畏《おそ》れるべきでは？」

「なんだか珍しいですね。でも、だって私まだ何もされていませんし」

「なんだって？」

「怖いものだとか、危険だとか言われてもその話が違っている場合だってあるじゃないですか」

リリアンは『マスコット』を畏れる心配はないのだと思って「そうでしょ？」と同意を求め前のめりになる。

自分が見えている可愛いモノは全部実在している、それが何より嬉《うれ》しかった。

ハルジリオンが固まり、少し目を開いて、近い距離に顔を寄せてきたリリアンを見つめる。

その時、カウンターの奥から先輩のジヴァが走ってきて、彼女を素早く椅子に座り直させて謝った。

「うちの司書が申し訳ございません！」

「え？　先輩、なんで今謝っているんですか」

「このお方は大貴族だぞ！　近いっ、貴族籍なのになぜ君は距離感を飛ばす!?」

「失礼なっ、私は節度を持った司書です！」

その時、いい声で小さく呪文が聞こえた。

リリアンはふわっと浮かび上がり、仰天《ぎょうてん》した。

「うわあああっ!?　なんですかコレ!?」

ジヴァから離され、宙を浮いた身体はそのままカウンターを越えた。ようやく止まった時には、目の前に杖を構えているハルジリオンがいた。

「……あなた様の仕業ですか？　いきなり、なぜ……？」

「貴族令嬢だというのなら、確かに今のは節度がない。でも僕は寛大だからね、許すよ」

彼が『寛大』と口にすると、脅《おど》し文句にしか聞こえないのが不思議だ。

「えーと、ごめんなさいすぐに言葉の意味が理解しかねました。許すとは……？」

「僕だけにならしてもいい、ということだ。君は気にせず振る舞うといい」

「……なぜに？　他はだめ？」

「他は、だめ」

だめ、と断言されてしまった。さっきに続いて、今日二度目の『だめ』だ。

「はぁ。分かりました」

返事を聞き届けてすぐ、彼がジヴァを見た。

「というわけだ――今後は、二度と口を挟むな」

ハルジリオンの目は怖かった。ジヴァが、青い顔でこくこくと必死に頷いていた。


彼は貴族の上下関係的な細かい礼儀云々には、意外と寛容的らしい。

思えばリリアンが初めて咄嗟に反論してしまった日も、ハルジリオンは怒らなかった。

とはいえ彼が〝取り扱い注意の狂犬〟であることに変わりはない。今、ここで言えるのは自分だけだと思い、リリアンは精神的な頭痛をこらえつつ口を開く。

「……あのですね、常識的に空気を読んで平和的に行動を起こすとか、そういう配慮もあった方がいいと思うんですよ」

カウンターの前の床が一部凍っている。そこを悠々と進んで来たのは、ハルジリオンだ。

「見通しが悪かったから、道を空けようかと思ってね」

先程まで、リリアンの窓口には四名の利用者が待っていた。フロアには返却待ちも含めて十三名ほどいたはずだが、目の前からすでに全員逃げ出したあとだ。

「それでどうして危険な魔法を放つのか……」

「君も言うようになったね」

「精神の疲弊から、半ば自棄《やけ》です」

あれから二週間以上、ドSに脅かされ続けているのだ。黙っている分も疲弊に加算されている。

するとと彼が、テーブルの上に返却の本を置いた。

リリアンは本の上にちょこんっと座った精霊を見た。それは角が生えた兎《うさぎ》の姿をしていて、小首を傾《かし》げる仕草も可愛い。

(――ふふっ、可愛いなぁ)

思わず見つめ合い、微笑んでしまった時だった。

「魔力に付いている精霊の加護が見えるというのは、どんな感じなんだ」

ふと尋ねられ、精霊とは対照的な彼を見上げる。

「どんな感じと言われましても……私は魔力も感じられないくらい才能のない魔法使いですから。でも、今日見た中で〝この子〟は可愛いなと思いました」

指を差してにこにこと教えたら、ハルジリオンがじっと見てくる。

「可愛い、か。中級魔法使いしか封印を破れない、読者を限定された魔法図書なのにな」

「あ」

しばしリリアンを眺め、彼がふっと笑った。危害はないとはいえ、封印を解除できない魔力レベルの魔法使いには『可愛くない魔法図書』とも言えるだろう。

「そうでした。次に対応するお方には言葉に気を付けます」

「次……」

「ほら、ご利用される方に説明する時にうっかり出てきてしまったら――」

笑顔でにこやかに説明していたのだが、司書として言い終えることができなかった。

彼がこちらを見つめたまま、不意に横に手を差し向け突然扉側に氷の壁を作ったのだ。

「………………えーと、何をなさっているのですか？」

「入館しようとしている者がいて、邪魔だったから」

「ご利用者は当館のお客様なんですけど⁉」

この頭のおかしいドSをどうにかしたい。このあとリリアンは、業務停止で全職員と氷の大掃除をするハメになった。

◆・◆・◆

取り扱いが難しい最強の大魔法使いは、観察に来るのにまだ飽きないらしい。

リリアンは、閲覧席からこちらを見ているハルジリオンに溜息《ためいき》を吐く。月が変わったのに今日も彼は来ていた。彼女は自分の手から散らばった魔法図書を拾い上げているところだ。

「くくっ、まさか全部放るとは思わなかったな」

「誰のせいだと思っているんですか……」

彼は手伝いもしないで、リリアンの様子を愉快そうに眺めているだけだ。魔法図書を仕分けしている時に上から浮遊魔法で現れたら、それは驚く。

「いつもびっくりさせて楽しいですか？」

「君は小動物みたいに過剰反応だ。最近はカウンターにいないみたいだけど、今は仕分け担当？」

氷事件の一件後、なぜか館長と全先輩に魔法図書の仕分け専門にされたのだ。

「まぁ、私が得意な作業ではありますから」

たぶん、彼が何度も来るせいでカウンター業がままならなくなっていたせいだ。

リリアンが魔法図書の仕分け専業になってから、ハルジリオンは借りる予定の本を閲覧席で開いて暇を潰した。

「でもまぁ、良かったよ――なんか、嫌で」

読書に入った際の彼の曖昧《あいまい》な一言に、リリアンは口元がひくつく。

(まぁ、この前よりは仕事もできるし……いっか。私は仕事しよ)

本をすべて拾い上げたので、ひとまず彼を残し収める棚を探して移動する。

魔法図書の棚への分類仕分けは、題名か、細かな魔力操作がいる〝魔力分析〟によって置く系統を見分ける手間と労力がかかる仕事だ。

リリアンは〝マスコット〟が見えるので簡単だった。

一人作業なので、抱えている魔法図書の精霊達を堪能《たんのう》できるから大好きな作業だ。

(ふふっ、可愛いなぁ)

小さな仔犬みたいな子が、くるっと回って一番上の本にぽんっと座った。

「あ、あのっ、本がお好きなんですねっ」

歩きつつ口元を緩めた時、最近通っている男子学生に声をかけられた。精霊を見ていたとは言えないし、リリアンは困った顔に笑みを浮かべて話を合わせる。

「好きでここの司書になりましたから」

「手が空いていますから運ぶのを手伝わせてくださいっ」

「え？　ああ、大丈夫ですよ。私、こう見えて体力だってありますから」

「いえいえっ、通りかかったついでなので！」

どうしても手伝いたいのか、了承していないのに男子学生が手を伸ばしてきた。

直後、背中にふわりと風を感じた。リリアンの後ろを見た男子学生の顔が、真《ま》っ青《さお》になる。

「僕が持つから、君は必要ない」

後ろから聞こえた声は、ハルジリオンのものだった。

振り返ると、彼がリリアンの手から半分以上の本を持った。彼に冷たい目を向けられた男子学生が失礼しましたと答えながら逃げ出す。

「あ~行っちゃった……さっきは手伝わなかったのに、どうしたんです？」

「気が変わった」

彼とは逆方向にとっととハルジリオンが歩き出してしまったので、リリアンは慌てて案内する。

「明日から少し王都を空ける」

「それはまた急ですね」

「魔獣の討伐がある。国家の依頼とあっては、引き受けないといけない。——いつも来ていたのに急に来なくなったら、君の場合は心配するかなと思って、教えることにした」

「し……んぱいはしますね。確かに」

それを話すために彼はここに来たようだ。

「でも、ハルジリオン様がそう考えるのにびっくりしました」

「僕も驚いてる」

失礼かなと思いつつ言ったら、彼の横顔が小さく笑っていた。

そうしていると先程の冷たい怖い感じは全然なくて、リリアンはそれを不思議に思ってしばし彼を見上げていた。

(——国家の依頼、か)

リリアンには別世界の話みたいに思えた。魔法使いとして、彼とは生きている世界が違うのだ。

彼女は魔法も使えない、運よく司書になっただけの子爵令嬢で。精霊が見えるこの瞳で興味を惹かれなければ、話すこともなかった相手だろう。

(なんだか、……寂しい、かも)

妙なことを思ってしまった。しばらくは平和であることを考えるべきなのに、と思って、リリアンは彼への道案内に集中することにした。

◆・◆・◆

ハルジリオンが来ないのなら、精神的にも休めそうだと思っていた。

だが翌日、寮の郵便ポストに届いていた国からの結婚候補者名簿に心穏やかでなくなった。

(うわぁ……とうとう来てしまった)

つまるところ『早く結婚せよ』とせっつく国から魔法使いへの個人通達だ。

送られてきたのは王宮で開催される集団見合いの招待状で、かなりの理由がない限り断ることができない。出勤しながら名簿を見てみたが、どれも知らない男性名だった。

(私と同じ立場の人達かも……でも、かえって気持ちを分かってくれるしいいかも？)

家柄や相性など、国が全面協力して相性がよさそうな人達だけを集めての集団見合いなので、信頼感はかなりある。

(いいように考えよう。おかげで、私みたいな魔法使いでも結婚できるのがこの制度だもん)

そこで進展があれば、ハルジリオンのことで混乱している父達も落ち着くだろう。

本日は、そのハルジリオンが来ないと分かって図書館は平和だった。

館長によって昨日告知された効果か、久し振りに返却と本の貸し出しが続いた。以前のように返却された戻し用の本も、カウンター内に溜まっていく。

(——でも、なんだか変な感じ)

あちらこちらに精霊の姿が見えるので、どうしても昨日までいたハルジリオンを思い出した。彼みたいな人が、公共の国立図書館で魔法図書を借りては返す方がおかしいのだ。

(国家の依頼をこなしていて、生きている世界が違っていて……)

なんだか胸にぽっかりと穴でも開いたみたいにぼんやりしてしまって、気付けば忙しい時間を越えて、リリアンの窓口もあと一名となった。

「あなたがハルジリオン様の最近の『おもちゃ』ね」

貸出の書類を仕上げて魔法図書を渡した際、気の強そうな令嬢が唐突にそう言った。数名の令嬢が彼女のもとに集まる。

「え？　あ、はい」

反射的に答えてしまったリリアンは、ほろりとした。

「えぇと、それで、他の方々も何かご利用に関するお問い合わせでもございましょうか？」

「そんなものないわ。わたくし達は忠告に来たのよ。いいこと？　自惚《うぬぼ》れたりしないことよ。あなたとあのお方は、生きる世界が違うんだから」

それを聞いてリリアンはピンときた。

どうやら今回の集団見合いの召致は、ハルジリオンが図書館に通っている噂も関わっているようだ。彼が王都を出た翌日に、なんてタイミングがいいとは思っていた。

「はぁ……知ってますよ、これはハルジリオン様の気紛《きまぐ》れです」

リリアンが溜息交じりに答えると、先頭の令嬢が肩にかかった髪を手で払った。

「分かっているのならいいの」

令嬢達はリリアンに一瞥《いちべつ》をくれ、つんっと顎を上げてぞろぞろと去っていった。

すぐシェリーヌがリリアンのそばに付いた。

「大丈夫？　何かあったの？」

「平気ですよ。私に明日、集団見合いに出席せよと知らせが来ていた件で少し。ああ、そういえば館長はもう来ていますか？　休暇の相談をしたいんですが」

「えぇぇ！　か、館長ならまだ来てないけど、国家の集団見合いの知らせが来たの？　しかも明日っ？　でも、リリアンはそれでいいの？　あの、私達から見るに、あの狂犬の大魔法使い様――」

「ハルジリオン様は関係ありません。求婚は、ただの悪ふざけですから」

リリアンは話を打ち切った。どうしてか落ち込んでしまって、戻し用の本を胸に抱えて先輩から逃げるようにカウンターを出た。

◆・◆・◆

翌日、王宮にあるバルデン離宮にて集団見合いが華々しく開催された。

それは国によって魔力や家柄、人柄で選出され相性がよい男女が同数集められて行われるものだった。広い離宮大庭園を活かして複数席で同時に顔合わせが開始する。

リリアンの円卓の向かいには、技術職の魔法使いを示す紋章入りの茶色のローブを着た男性が座っていた。

（う、うわぁ……どうしよう、まさか初っ端《しょっぱな》から二人きりで話すなんてっ）

彼女は心の準備の時間がなくて緊張した。まずは集団で説明を聞きつつ緊張をほぐしてから、と推測していた。

名簿の全員とこのように一通り話して、そのあとに集団昼食会があるとか。

各円卓席はプライベートが守られ、しきりで見えないせいで話題も探せず余計に緊張する。リリアンだけでなく、相手の男性も紅茶に手を付ける余裕がない。

「え、えと、そのぉ……」

ぎこちなく自己紹介し合ったものの、沈黙が長く続いてさすがにまずいと思った。

すると、彼も意を決したように口を開いた。

「あのっ……実は、俺もとても緊張しています」

同じ心境だったらしい。リリアンはほっとした。

「そ、そうなんです。私もいきなり席に通されて緊張しちゃって」

「あーと、雨が降らなくてよかったですねっ」

「そうですね、雨を弾《はじ》く魔法なんて使えないですし、今日は晴れて良かったですね」

「俺もそう思いますっ。良かった、同じ意見の人がいて」

一つ、二つとどうにか会話を続けてみるともう大丈夫だった。共感できる弱い魔法使い同士、見たともない贅沢《ぜいたく》な円卓の菓子を食べながら話も進んでいった。

彼はタジトと言い、魔法具工房を経営していた。

男爵家の次男で、女性との円滑な会話に慣れていない感じがまたリリアンには好感が持てた。

彼の肩には、両生類に似た小さな白い精霊が座って足を揺らしている。彼は穏やかな魔力の持ち主なのか、実にのんびりとした空気をまとった精霊だった。

彼が趣味のピクニックの話をした時、自分も好きと言っているみたいににこにこと笑った。

(——ふふっ、とっても可愛い)

彼女も、精霊につられて柔らかく笑い返した。

「あ、あのっ、まだ一番目の顔合わせでこんなことを言っていいのか分からないのですが、よろしければ俺と交際してみませんかっ?」

精霊に集中して話をあまり聞いていなかったので、唐突な提案にびっくりした。

きょとんとして彼の顔へ目を戻したリリアンは、彼が自分に好感を持ってくれていると分かるくらい赤面をしているのを見て、さらに驚いた。

「え? 私と交際、ですか……?」

「えと、その、一度話しただけでは分からないでしょうし、何度か会って決めるのも、有りかなと思うんです」

会ってすぐには分からない、というのはリリアンも思っていたことだった。

彼も同じことを考えていたことに共感を持てた。それに精霊が『彼は穏やかでいい魔法使い』と教えてくれている。

(彼は急《せ》かしていない。優しい性格なんだわ……)

こういう人なら、リリアンが望んでいた穏やかで平凡な結婚が期待できるかもしれない。

考える時間をくれるというのなら、まずは彼を知っていくのも有りだろう。

「それなら――」

だが、リリアンが答えようとした時だった。

「え？」

唐突に、目の前が暗黒に覆《おお》われた。

肩を強引に抱かれ、答える際に彼の方へ差し伸ばしかけた手も、ひんやりとした大きな男の手に攫《さら》われて椅子から身体が浮く感覚――。

「だめ、君は相応《ふさわ》しくない」

転移魔法と共に現れたのは、漆黒のマントだった。

それがけたたましい音を立てて円卓の上を蹴《け》散《ち》らし、気付いた時には、リリアンは背後から抱き上げられてタジトから引き離されていた。

「僕のものを盗《と》らないでくれないかな」

「ぎ、銀色の髪。あ、あなた様は、狂犬の……？」

「これだけはだめだ、誰がなんと言おうと、渡さない」

彼女をかき抱《いだ》いたハルジリオンが殺気立った目で睨《にら》み付ければ、タジトが震え上がる。

その時、王宮側の建物から魔法騎士団が駆け付けた。

「ハルジリオン様！　どうか王の間へお戻りを！　まだ報告をされている途中ですっ」

「僕は欲しいものを見付けた、それを希望して何が悪い？」

リリアンは、わけが分からなかった。

騎士の助けを借りて、タジトが避難する。近付くなと威嚇《いかく》するかのようにハルジリオンの周囲が凍り始め、転移魔法で現れた軍の魔法師達もたじたじになった。

その光景を、リリアンはぽかんとした顔で眺めていた。

「……えーと、ハルジリオン様おかえりなさいませ？　あの、どうして私はこのような状況になっているのでしょうか？」

「僕が目を離した隙に、勝手に攫われそうになっているんじゃないよ」

「私を攫って確保しているのはハルジリオン様ですが！」

つい口から言葉が出たリリアンは、騎士や魔法師達が気も抜けた顔でぽかんと口を開けているのに気付いて、慌てて尋ね直した。

「あ、そうじゃない、違います。えーと、戻ってこられたのは分かりました。ですが、なぜ、今ここに現れたのですか」

「警戒して聴覚を強化する魔法を使ったら、君が話している声が聞こえた」

「私は今司書ではなく、絶賛プライベートでここにいるんですけど!?　どういうこと!?」

なんだなんだと覗き込んできた集団見合いの参加者と関係者達も、リリアンの主張を聞いて目を丸くした。軍の者達も呆気《あっけ》に取られた様子だった。

するとハルジリオンが小さく噴き出した。

「君は、場所が違っていても相変わらず君らしいことをするね」

「言うのを我慢しろと⁉　無理ですっ、今やストレス軽減のために口から勝手に出ます！」

まだ話の途中だというのに、彼が追いかけてきた者達へ目を向けた。

「ちなみに、彼女は精霊を見る目を持っている」

「なんと！　古代に失われた、あの精霊を見る目ですか⁉」

「精霊を見る目が遺伝するかはわからないが、僕が父親になったとしたら、精霊を見る目を持った強い魔法使いを彼女に宿させることができる可能性が高いと思わないか？」

ハルジリオンは、リリアンの顎を掴んで彼女と頬を合わせ艶《つや》っぽい笑みを浮かべてそう言った。

（ほっ――ほっぺたがくっ付いて⁉）

リリアンは激しくうろたえた直後、騎士や魔法師達が顔を見合わせ、何やら言葉を交わしつつ検討するような空気が広がっていくことに動揺した。

「こ、これってどういうことなんですか？」

「極秘にされているけど、貴重な瞳ではあるよ」

彼の顔が少し離れてくれてほっとしたものの、どうしてかハルジリオンにあやしげな手付きで腹を撫でられた。

これ、セクハラでは――リリアンはそう思ったところで不意に固まった。

「……あの、これって我が国の縁談をしなくてもいいように助けてるだけで、本当に子供を生んで試す、とかではないですよね？」

「試すよ。正確に言えば、する」

「え、嘘《うそ》。つまり、こ、婚約……」

「そう、君は僕と婚約する。だからお見合いは必要ない」

驚愕《きょうがく》の言葉に、リリアンは「うえぇぇぇ!?」と色気のない声を上げた。

「なんでっ？　どうしてそうなるんです!?」

「欲しいと僕は言ったじゃないか。確かに、初めは精霊を見る貴重な目を観察して研究するためだったんだが、――君が他の誰かと仲良くするのは、嫌だと思った」

「……はい？」

いきなり、なんだ。

ぽかんと口を開けたリリアンに対して、周りの男達が何やら察知したみたいにハッとしてハルジリオンを注目する。

「それがきっかけだった。話していると心地よくて、君は一番面白いおもちゃだった」

「は？　待って、この流れで『おもちゃ』って言った？」

「不思議とこれまでみたいに小さな傷一つだって傷つけたくなくて、他の誰かではなく僕だけがこの手で守っていたくて――この子は自分の花嫁だと思った。僕は、君を妻にしたい」

野次馬の集団見合いの関係者達も、王宮の者達も揃《そろ》って恥じらいの悲鳴を上げた。

ハルジリオンにひたと見据えられたリリアンは、真っ赤になった。彼の目は真剣そのもので、自分の感情に対しても言い方が不器用なだけなのだとも分かった。

（うわ、うわあぁっ……私が怖くないと感じていたのって、彼が優しい気持ちで手を差し伸べていたからなんだっ）

するとハルジリオンが、赤くなったリリアンの頬をくすぐるように指で撫でた。

「君のそういう反応は初めて見たな。どうしてかな、噛《か》み付きたくなる」

「こわっ！」

胸はどきどきしているのに、同時に肝も冷える、なんてありだろうか。

すると、失礼な叫び声を上げたというのに、ハルジリオンが甘く目を細めてきた。

「僕は寛大だから、君には猶予《ゆうよ》はあげようと思っている」

彼の『寛大』も『猶予』も、いまいち信用ならないのはどうしてだろう。

続いて美しい顔でにーっこりと笑いかけられたリリアンは、初めて異性にときめいている場面のはずなのに、引き攣《つ》った愛想笑いを返した。

「え、えーと……ち、ちなみに、その『猶予』というのは……？」

「今すぐこの場で僕に孕《はら》まされるのと、しばらく自由を謳歌《おうか》して親孝行できるの、どちらがいい？」

リリアンは唖然《あぜん》とした。

（お、脅しだ……）

とんでもない人に花嫁として見付けられてしまったらしい。けれど――初めて彼女の見えている世《も》界《の》を、肯定してくれた人。

それから落ち込んでいた気持ちも、彼も心地いいと感じてくれていたと知ったことで、すべてときめきに変わってしまっている。

「リリアン、お返事は？」

彼は、憎たらしいくらい自信に満ち溢《あふ》れた美しい笑みを浮かべた。

(彼と話していた時間が、好きか、嫌いかと言われれば『楽しかった』)

ただの気紛れで来ているだけだと改めて思った際に、落ち込んだ。それはリリアンだって心地よく思っていたからだ。

好きで望んでくれているのなら、リリアンだって結婚の申し込みを断る理由がない。

とはいえ、何かを慈しんだりしたことがなかった感情に不器用な彼が、前者もマジで実行するつもりで提案したのも分かっている。

それは絶対に、怖い。大切なことなので、そこはしっかり答えよう。

「……え、えと、後者で」

そしてその日のうちに、リリアンは大魔法使いハルジリオンの婚約者になってしまったのだった。

イジワル騎士が本気の求愛
～幼馴染がこんなに情熱的なんて聞いてません！～

小鳥遊《たかなし》ひなた

ill. なま

「――私と婚約破棄しなさい、ランス！」

エメラルド色の瞳に強い意志を宿し、声が震えないようにお腹《なか》に力を込めて高らかにそう宣言した小柄な女性――レティーシャに対し、目の前に立つ男は空色の瞳を眇《すが》め、胡乱《うろん》な視線を己に突きつけられた白く細い指へと向けた。

記憶にある限り、こんな視線を向けられた記憶のないレティーシャは、ぎくりと小さく肩を震わせる。その震えに呼応するように、きちんとまとめていた癖のないテラコッタ色の髪が一筋、はらりと落ちて頬に触れた。視線一つに動揺してしまったことを悟られたくなくて、レティーシャはくりっとした大きな瞳に改めて力を込め、男を睨《にら》み返す。密《ひそ》かなコンプレックスでもあるささやかな胸を精一杯大きく張って、シンプルなドレスの下の両足を踏ん張った。

突然婚約破棄を突きつけられた男の名前はランスロット・オーウェン。オーウェン侯爵家の三男坊で、レティーシャの幼馴染《おさななじみ》だ。

一年ぶりに姿を見たランスロットは、もう昔の面影などほとんど見当たらない。すらりとしていた細身の身体《からだ》にはしっかりとした筋肉がつき、手には剣だこや傷跡が増えた。五歳も年上の彼は元々小柄なレティーシャより背が高かったが、腕も胴体も太くなり、目の前に立たれるとまるで壁のようにも思えてしまう。変わらないのは、昔から大好きだった切れ長のスカイブルーの瞳と、短く刈り込まれたプラチナブロンドの髪色くらいだ。

幼い頃から跳ねっ返りだったレティーシャにも、彼は呆《あき》れることなくそばにいて笑顔を見せてくれていたが、思春期が訪れるとそんな表情は鳴りを潜め、今となっては見ることも叶《かな》わない。今だって、突拍子もないことを言い出したレティーシャを胡乱な目で見やるだけだ。

ハウエル子爵家の長女であるレティーシャとは、本来であれば全く縁がないはずの人物。しかし父親同士が学友で、しかも領地が隣り合わせであることから、二人は幼い頃から兄妹同然に育っていた。

親同士が勝手に決めた、口約束としてだけの婚約。

それでもその婚約は、両家の間では暗黙の了解として扱われていた。二人の仲がそう悪くなかったというのもあるし、レティーシャがハウエル家の一人娘で後継者がいないことも大きかったのだろう。そのままでは受け継ぐ爵位がなかったからこれで良かったと、十七歳のランスロットがレティーシャにそうこぼしていた。

確かに、当時のままであればそれで良かったのかもしれない。ランスロットが子爵家に入り、爵位を受け継ぐ。そのための婚約だと信じていたし、ランスロットもまたその心算でいたはずだ。

幼い頃は一緒に遊んでいたし、ランスロットが王都にある学園に通うようになり、王都のタウンハウスに移り住んでからも、休みのたびにこちらに帰省してはレティーシャの買い物やピクニックに付き合ってくれた。

社交シーズンになって、貴族たちが領地内の屋敷から王都のタウンハウスにやってくる時期になれば、レティーシャも両親について王都に赴《おもむ》き、学園帰りのランスロットをオーウェン家のタウンハウスで待ち受けては、一緒にいろんな場所に遊びに行ったものだ。

文句ばかり言いつつなんだかんだと共にいる時間を増やしてくれたのは、これから家族になるのだから良い関係性を保つ努力だったのだろう。

このままランスロットと夫婦になり、温かな家庭を築く。

そう信じていた婚約はしかし、ランスロットの予想外の出世によって大きく事情を変えてしまった。


十八歳で国立学園を卒業したランスロットは、在学時にスカウトされて国の騎士団へと入団した。当時、まだレティーシャが十三歳の頃の話だ。レティーシャとしては、学園で寮生活をしていた彼がそのまま場所を騎士団の寮に変えるだけだと、そう思っていた。

しかし騎士団での生活は、レティーシャが想像していたよりもずっと忙しいらしい。学園にいた頃は少なくとも二週間に一度は会えていたのに、それが一ヶ月に一度に減り、三ヶ月に一度、半年に一度と頻度《ひんど》が少なくなるにつれ、寂しさを胸に抱えることが増えていった。

『ランスロットは、騎士団内で次期団長として有力視されているらしい』

そんな噂《うわさ》を耳にするたびに、心がざわざわと騒いでいたのを、レティーシャはよく覚えている。それはもしかしたら、いつかこんな日が来ることを、なんとなく予期していたからなのかもしれない。

レティーシャが十八歳を迎える一ヶ月前に、事態は大きく動いた。ランスロットが、第二王子率いる騎士団の一員として向かった魔物の巣内で、大きなドラゴンを打ち倒したという知らせが入ったのだ。

我がヴォルテナ王国は、国土の約十四パーセントが魔物たちの住処《すみか》で占められている。特に被害がひどいとされているのが北部の山脈地帯、南西部の森林地帯にある魔物の巣の周辺五十キロメートル圏内だ。

今回討伐されたドラゴンは、南西部の森林地帯にある巣を根城としていた個体で、近隣の街を脅《おびや》かしていた魔物のボスのような存在だった。近年南西部の被害は拡大していて、国としてもかなり深刻だと言われていただけに、レティーシャがいた学園内でも大きな話題となったのだ。

そんな中、レティーシャとの仲が取り沙汰されたことは言うまでもない。

『オーウェン侯爵家の三男に、ハウエル子爵家令嬢が結婚を迫っているらしい』

『爵位がないことを盾に、脅《おど》しているらしい』

『ランスロット様は、嫌々この話を受け入れているらしい』

『ランスロット様を救うために、コーンウォール公爵家が動いているらしい』

『なんてひどい令嬢だ』

『ランスロット様がお可哀想』

全て根も葉もない噂だが、レティーシャにとっては致命的だった。それまで仲良くしていたはずの令嬢たちも、潮が引いていくように一斉にレティーシャと距離を置くようになったのだ。

特に、コーンウォール家の名が出てきたことが大きかった。ただの子爵家令嬢と、王族の縁戚であるコーンウォール家。どちらにつくかなど比べるべくもなかった。

そしてとうとう、レティーシャの平凡な未来を崩される日が、来てしまったのだ。

「…………レティーシャ・ハウエルさん？」

学園内で呼び出してきた相手は、まさに噂の渦中の人物であるコーンウォール公爵家令嬢・ソフィア嬢だった。後ろには何人もの取り巻きが控えてこちらを睨みつけていたが、当の本人はゆったりと優雅に微笑《ほほえ》んでいる。

同性であるレティーシャから見ても、ソフィアはひどく可愛《かわい》らしい女性だ。輝くようなピンクブロンドの髪は、ふわふわと空気をはらんでゆるくカールしながら腰まで伸びている。蜂蜜を溶かし込んだように甘く輝く瞳は、びっくりするほど大きかった。手足はすらりと伸び、きゅっとしまった腰とこぼれるような胸は魅力的で、うっとりするほど甘い香水が風に乗って鼻をくすぐる。

レティーシャと同学年の彼女もまた、まだ社交界デビューは果たしていないものの、間違いなく社交界の華として引く手あまたになるはずだと今から噂されている女性だった。そんなソフィアを前に、レティーシャは深く腰を折る。

「……私をお呼びだと伺いましたので、参上いたしました。レティーシャ・ハウエルと申します」

「ソフィア・コーンウォールよ。こうしてお話しするのは初めてね。今日の用件はご存知？」

「いえ、とにかくこちらに伺うようにとだけ」

楽しそうな声音で話すソフィアに顔を上げることもできず、レティーシャは次の言葉を待つ。次に聞こえたのは、先ほどとは打って変わった、低く地を這《は》う、威圧的な声。

「ランスロット様と幼馴染だそうね。正式に公表はしていないけれど婚約されているとか」

「……親同士の、他愛もない口約束にございます」

「あなたの気持ちはないということ？」

「……私は、貴族としての務めを果たすのみです」

腰を折ったまま、細い声でレティーシャは言葉を紡ぐ。

ランスロットは幼馴染だ。兄と慕っている、とても大切な人だ。なのに、どうしてソフィアの言葉に、嫌な汗が背筋を伝うのだろう。そんなレティーシャの様子に気づいているのか否か、ソフィアはぱちん！　と手を打ち鳴らし、心底嬉《うれ》しそうに言った。

「そうなの！　それなら良かったわ。実は、私の婚約者としてランスロット様の名前が挙がっているの」

「っ……！」

「だからあなた、早くランスロット様との婚約を解消しておいてね？」

思わず顔を上げてしまったレティーシャの目に映るのは、華やかな笑みをこちらに向けるソフィアと、冷たい目でこちらを見下ろす取り巻きたちの姿。ただの子爵令嬢であるレティーシャには、なんの反論もできなかった。


そんな経緯があるとわかっているのかいないのか。

突然の婚約破棄を突きつけたレティーシャに対し、ランスロットは真意を図るかのように、冷えた目でじっとこちらを窺《うかが》っていた。

ドラゴン討伐の成果を挙げ、王都ではランスロットの噂でもちきりになってはいたものの、その後の後始末や近隣の街の復旧作業などで忙しくしていたランスロットたちが帰ってきたのは、昨日のことだ。

王族への報告や事務処理が終わったその足で来てくれたらしいランスロットは、まだ騎士団の制服に身を包んでいる。濃紺の生地に金の刺繍《ししゅう》が施された、シンプルながらも動きやすそうなその衣装は、騎士団への入団報告に来た折にレティーシャをドキッとさせてくれた、思い出の服だ。しかし今は、その思い出すらもレティーシャを苦しめる。

「……突然何の話だ、レティ。それが、討伐から帰ってきた幼馴染にかける言葉か？」

「だ、だから言ってるでしょう？　私との婚約破棄を……」

「なんで？」

大きくため息を吐いたランスロットは、まるで我が家であるかのようにソファーに腰掛け、長い足を絨毯《じゅうたん》に投げ出す。ここはうちのタウンハウスなのに……と思いながら、仕方なくレティーシャも向かいのソファーに腰を下ろした。使用人たちが手早くお茶の用意を整え、部屋の隅に控えたのを確認して、レティーシャは紅茶で少し唇を湿らせてから、渋々口を開く。

「ランスはもう、立派な騎士様でしょう？　第二王子からの覚えもめでたいと聞くし、他の令嬢に目を向けても良いと思うわ」

「……他の令嬢？」

「そうよ。私とはただの幼馴染だし、恋仲でもない。……わざわざ爵位目当てに私なんかと結婚しなくたって、ランスが本当に好きになれる人と一緒になるのが良いと思うの」

言いながら、自分の言葉になぜか気持ちが沈んでいくのを感じる。

（なんで私、こんなに落ち込んでるんだろう）

なぜかランスロットの方を見ていられなくなって視線を落とすと、くしゃりと髪を乱雑にかきむしったランスロットがまた一つ、大きなため息を吐いた。

「……わかった」

「えっ？」

「俺が本当に好きな奴を見つければ文句はないんだな？」

「そう、だけど……」

「話はそれだけか？　じゃあ、俺はもう行く」

そう言って出されていた紅茶を一気に飲み干し、ランスロットが立ち上がる。

「えっ、ちょ……、待ってよランス！」

あまりにあっけなく話を了承されたことに慌《あわ》てて、レティーシャも釣られて立ち上がった。そのまま部屋を出て、玄関に向けてすたすたと歩いていくランスロットの後を足早に追いかけていると、突然ランスロットがこちらを振り返る。

「そうだ、レティ」

「な、何よ？」

こちらをじっと見つめるランスロットの目が、いつになく真剣な色を帯びていることに驚いて、知らず知らずのうちに胸の前で己の手をぎゅっと握り込んだ。そんなレティーシャから視線を外すことなく、ランスロットはズボンのポケットに両手を突っ込んだまま、距離を詰めるように一歩踏み込む。大きな右手が伸びてきて、せっかく綺麗《きれい》にまとめていた髪をぐしゃぐしゃと乱された。その手が邪魔で、レティーシャからはランスロットの表情が見えなくなってしまう。

「ちょっ……やめてよ、ランス！」

「お前の言う通りにしてやるから、お前も一つ、俺の言うこと聞けよ」

「は⁉　なにそれ、聞いてない！」

「今言った。あと、今度王城で凱旋《がいせん》祝いのパーティーがあるから、お前も絶対出席しろ」

突然の話に、レティーシャは目を白黒させた。確かに、両親からもそろそろ社交界デビューの話は出ていたものの、具体的な日程はまだ決まっていなかったはずだ。

慌てて頭上の手を振り払うと、先ほどとは打って変わってにやにやとこちらを馬鹿にしたような笑みを浮かべるランスロットと目が合った。

「無理よ、私はまだデビューもしてないし、ドレスの準備だって間に合わない！」

「お前の両親にはもう話を通してある。そのパーティーがお前のデビューになるんだから、せいぜいドレスの裾踏まないように、準備しとけよ」

「は？　ちょ、勝手なことばっかり……！」

「それはお互い様。……ああ、それまでは甘いもん控えた方がいいんじゃねーの？　しばらく見ないうちにちょっと丸くなってんぞ、お前」

レティーシャ自身も気にしていたことを真っ向から言い当てられ、かっと頬に熱が走る。思わず両手でお腹周りを隠しながら睨み上げると、その様子ににんまりと笑みを深くしたランスロットが、もう一度ぐしゃりとレティーシャの頭を乱暴に一撫《ひとな》でして、くるりと踵《きびす》を返した。

「じゃーな、レティ」

そう言ってヒラヒラと手を振って去っていく後ろ姿を、レティーシャはぽかんとしたまま見送る。

労《ねぎら》いの言葉の一つもかけられなかったことに気づいたのは、しばらくその場から動けなかったレティーシャに、おずおずと使用人が声をかけた後だった。

(ああもう、気が重い……)

がたごとと馬車に揺られながら、レティーシャはもう何度目かもわからないため息を吐いた。目の前の窓の外で流れる景色をぼんやりと眺める。本来なら楽しみでしかなかったはずの、夜会に向かうこの時間。しかし今は、レティーシャにとっては気鬱《きうつ》な時間でしかない。

この日のレティーシャは、普段の彼女からは想像もつかないほどの変身を遂げていた。まっすぐな癖のない夕陽色の髪は、侍女の手によって細かく編み込まれ、華やかなアップスタイルにまとめ上げられている。うなじや顔まわりの後《おく》れ毛もゆるく巻かれ、普段には見られない色気のようなものが漂っていた。

年頃になれば日頃から多少の化粧はするものだが、この日は朝から肌を磨き上げ、丁寧に肌を保湿した上で化粧を施されたためだろうか、普段とは仕上がりが格段に違っている。上気したように淡く色づく頬、澄んだエメラルド色の瞳を縁取るけぶるような長いまつ毛、そしてぷるんと熟《う》れたさくらんぼのような唇。まるで、固く閉ざされていた蕾《つぼみ》が大きく花開いたかのようなその変貌ぶりには、屋敷の使用人たちがこぞって感嘆のため息をこぼしたほどだ。

その身に纏《まと》うのは、華やかなベルラインのドレス。目の醒《さ》めるようなスカイブルーのドレスは、くびれたウエスト部分から薄い生地が幾重《いくえ》にも重ねられ、裾には金の糸で精緻《せいち》な刺繍が施されている。胸元は大きく開いているものの、薄いレースで首元まで覆《おお》われているため、上品な印象に仕上がっていた。

そして、デビューの証《あかし》であるティアラも、刺繍糸の色と揃《そろ》いのゴールドで作られたもので、中央には大きなブルートパーズが嵌《は》め込まれている。鏡で初めて自分の姿を見たときには、レティーシャ自身も別人すぎて息を呑《の》んだほどだ。

しかし、馬車に乗り込んでからはずっと浮かない顔で、視線を足下に落としたまままたため息ばかり。その様子を、苦笑いを浮かべながらレティーシャの両親は眺めていた。

「もう、レティったら。そんなにため息ばかり吐いていたら、幸せが逃げちゃうわよ？」

「お母様……」

「そうだぞ、レティ。今日はランスロットの凱旋祝いパーティーだろう。私たちも鼻が高い」

ははは、と呑気《のんき》に笑っている両親に、レティーシャは何も言い返せない。レティーシャはまだ、ランスロットとの婚約破棄の件を両親に伝えられずにいたのだ。

本来、家同士の契約でもある婚約の破棄を、本人同士の意思だけで勝手に決められるわけがない。だからこそ早く言わなければならないことはわかっていたのに、勇気が出ないままこの日まで来てしまった。

しかも今日は、あのソフィアもパーティーに出席すると聞く。あの様子なら、きっと彼女はランスロットから離れないに違いない。そうでなくても、今や英雄扱いされているランスロットに、一介の子爵令嬢ごときが近づける訳がないのだ。

そうは言っても、王家の名前で家族全員招待されてしまえば、一介の子爵家であるハウエル家が出席を拒否することなどできるはずもないのだけれど。

「……レティ。今日はあなたも主役の一人よ。一度しかない社交界デビューの日なんだから、楽しみなさい」

「…………でもお母様、私は……」

「ほら二人とも。着いたぞ」

考えれば考えるほど気分が落ち込んでしまうレティーシャの思いとは裏腹に、とうとう馬車は王城に到着してしまった。この日のためにと、張り切って用意したのであろう全身ランスロットの色で固められたドレスも、今となっては滑稽《こっけい》なだけだ。

この国では、すでに婚約している令嬢が社交界デビューを迎える場合、お相手の令息の色のドレスを纏うのが暗黙の了解となっている。デビュー日だけは家族がエスコートする決まりとなっているため、虫除けという意味もあるらしい。先日のランスロットとの話を両親に伝えられていないのだから、この色のドレスが用意されるのは当然だった。

おそらく二人は、今日ランスロットが正式に婚約発表してくれると思っているに違いない。

足取りも軽く馬車を降り、エスコートのためにこちらを振り返ってくれた父の手をそっと握って、重い足を引き摺《ず》るように馬車の扉をくぐった。

（これじゃ、きっと今日は笑い者にされるだけね）

今日の夜会での婚約発表なんて、そんなことはあり得ないのに。苦々しい思いを抱えながら、レティーシャは煌《きら》びやかなパーティー会場へと足を向けるのだった。

初めて足を踏み入れた王宮のダンスホールは、もう人で溢《あふ》れかえっている。今日が社交界デビューとなるレティーシャは、もうその雰囲気にすっかり圧倒されてしまっていた。豪華絢爛《けんらん》、としか言えないその場に、息をするのも忘れたように立ち尽くす。

しかし、そんな夢見心地の気分も一瞬で遠のいてしまったのは、周囲からこちらに向けられる視線に気づいてしまったからだ。

学園で向けられていたのと同じ、好奇と侮蔑《ぶべつ》の混じった視線。

考えてみれば、ランスロットたちの吉報が入ってからすぐ、社交シーズン直前だったにも関わらず貴族たちは早々に王都に移動し、パーティーを繰り返していたのだ。今日初めて社交界という場に足を踏み入れたレティーシャが知らなかっただけで、きっと両親たちもずっと、この視線に晒《さら》されてきたのだろう。それでもレティーシャの前を行く両親は、しっかりと背筋を伸ばして周囲に微笑みを浮かべるだけの余裕さえ見せていた。

それはきっと全て、デビューを迎えるレティーシャのために。

だからこそレティーシャも、深く息を吐いてすっと視線を上げると、背筋を伸ばして薄い微笑みを顔に貼り付け、両親の後をついていったのだった。

ひとまず両親と共に会場の隅の方に陣取って周囲を眺めていると、それまで針の筵《むしろ》のようだった空気がすっと引いた。

なんだろう、と他の人たちの目線を追って顔を向けると、そこには――。

「あら、レティーシャ嬢。御機嫌よう」

にっこりと笑って佇《たたず》むソフィアと、彼女の父親であるコーンウォール公爵が立っていた。

コーンウォール家は、四代前の当主が当時の王女の降嫁先となったことで公爵の爵位を賜《たまわ》った家だ。

それまでも侯爵を名乗っていた歴史ある家で、財力、家柄共に申し分なく、ヴォルテナ王国の筆頭貴族として君臨している。次期公爵として指名されたソフィアの兄も、現宰相のもとで指導を受けているという才子として有名で、今やその地位は王家に次ぐものとなっていた。

明らかに上質であるとわかる衣装に身を包んだ二人は、ただ立っているだけで威厳を漂わせている。

両親と共に、レティーシャは慌てて深く腰を折った。

視線を下に向ける直前、咄嗟に視界に捉えた彼女のドレスは……目の醒めるような、スカイブルーのドレスだった。プリンセスラインのそのドレスはいかにも高級そうなもので、随所に宝石がちりばめられ、まるで彼女自身が輝いているような錯覚を覚える。

（ああ、ランスの色だわ……）

「レティーシャ嬢、奇遇ですのね。同じ色のドレスだなんて」

「……っ！」

「お父様に聞いたのよ、あなたも今日が社交界デビューだとか。私も今日がデビューの日ですのよ。お父様が、婚約発表があるからって無理やり」

「……そう、ですか……」

「ええ、彼の色のドレスを着るって、こんなに嬉しいことですのね。もう楽しみで仕方がなくて」

「ソフィー。はしゃぎすぎているよ、控えなさい」

上機嫌な様子のソフィアに、コーンウォール公爵の低い声がかけられた。決して大きい声ではなかったはずなのに、それだけでしんと空気が冷えた気がする。

「君がレティーシャ嬢か。娘からよく話を聞いているよ」

「……お初にお目にかかります。ハウエル子爵長女、レティーシャと申します」

「なんでも、かの英雄と懇意にしているとか」

穏やかな声音であるはずなのに、背筋が凍る思いがする。震えそうになるのを懸命に堪えて腹筋に力を込め、なんとか声を絞り出した。

「……彼とは、幼少期からの幼馴染ですわ」

「ふむ、『幼馴染』か。……では、これからは娘ともよく会うことになるだろう。仲良くしてやってくれ」

「そ、れは、どういう……」

含みのある言葉に、床を見つめたまま唇を噛《か》み締めたそのとき。

また空気が変わったのを感じて目線を上げると、壇上に国王夫妻と第二王子の姿が見えた。そちらに向かい、今度はコーンウォール公爵、ソフィアも優雅に腰を折る。

荘厳な雰囲気の中、静かに国王陛下が口を開いた。

「……皆の者、よく来てくれた。今日は、我が息子アーサーが率いる騎士団の、成果を祝う場である。彼らの勇気ある行動により、我らは今の平和を享受《きょうじゅ》できていることを、ゆめゆめ忘れてはならん。彼らを労い、良き時間を過ごしてくれることを願う」

そう言うと、国王陛下が第二王子に向かって目配せをする。視線を受けた王子が小さく頷《うなず》くと、一歩前に出た。

「まずは、我が率いた中で最も大きな功績を上げたものを紹介したい。……さあ、ランス。こちらへ」

第二王子の言葉に視線を向けると、第二王子の横にはランスロットの姿が見えた。

普段は無造作に散らしているだけのプラチナブロンドの髪がきちんと整えられ、正式な騎士団の制服に身を包んでいる。白地に金の刺繍が施されたその制服を身につけられるのは、第二王子が率いる白金騎士団の一員だけだ。式典などの行事にだけ着用が許されるもので、制服の上からは白地に同じ刺繍が施された膝下《ひざした》丈のマントを羽織り、足下は黒いブーツを履いていた。普段は式典時の帯剣は許されていないはずだが、今日は王族から直《じか》に言葉をかけられる場だからなのか、腰には一本の剣を帯びている。

日頃から長身であることはわかっていたけれど、令嬢たちから人気の高い第二王子と並んでも全く見劣りしないその姿に、周囲から感嘆の息が漏《も》れたのがわかった。

そのまま王子の前まで向かって膝を折り、忠誠の姿勢を取るランスロットに、第二王子が満足げに笑みを浮かべる。

その様子に、レティーシャはきゅっと眉根を寄せた。とても嬉しいことのはずなのに、誇らしいと心の底から思っているのに、胸の奥が軋《きし》むように痛い。思わずドレスの裾を握りしめてしまいそうになるのを堪えるので精一杯だった。

ランスロットのことを見ていられなくて、視線を周囲に彷徨《さまよ》わせる。そこには、キラキラした瞳でうっとりとランスロットを見つめる、ソフィアの姿があった。

「さて、ランスロットよ。今回お前は、十分すぎる功績を上げた」

「勿体《もったい》ないお言葉でございます」

「そこで、だ。お前には一つ、王家から褒美を取らせたいと思う。何か望みはあるか？」

何が面白いのか、愉快そうに笑みを浮かべて訊《たず》ねる第二王子に、ランスロットが視線を上げる。

「望みは、どんなものでもよろしいのでしょうか」

「良い。父上からも、許可はいただいている」

「であれば……私の婚約を、今この場で了承していただきたい」

ランスロットの言葉に、会場がざわめいた。そしてその視線は、自然とコーンウォール公爵とソフィアに集められる。その視線を当然のように受け止めた二人は、誇らしげに胸を張った。

すぐ横でその様子を見ながら、レティーシャは惨《みじ》めな思いで手にしている扇子を握りしめる。今すぐにこの場から逃げ出したい衝動を抑えながら、レティーシャはプライドだけでその場に踏みとどまっていた。

今のこの姿を、ランスロットにだけは見られたくない。

そんな思いで母の後ろに身を隠そうとしたが、母はそれを許さず、レティーシャの背中にそっと手を添えた。

「……大丈夫よ、レティ。あなたはただ、胸を張っていなさい」

「……お母様……？」

そうしてにっこりと笑う母に、その真意を問おうと振り向く。しかし、その後のランスロットの言葉によって、その後の言葉を声にすることはできなかった。

「ほう、婚約。良いだろう、その幸運な令嬢の名は？」

「――レティーシャ・ハウエル子爵令嬢です」

「……………え……？」

突然出てきた自分の名前に、理解が追いつかない。しかし、目を見開いて固まってしまったレティーシャの元に、ゆっくりとランスロットは歩を進めてきた。

波が引くように、レティーシャとランスロットの間にいた貴族たちが下がっていく。思考停止から回復し、ハッと気づいて周囲に視線をやったときには、すでにレティーシャの両親たちもその波と一緒に、隅の方へと控えてしまっていた。

狼狽《うろた》えまくっているレティーシャに向かってニヤリと笑ってみせると、目の前まで来たランスロットは、その場に膝を折る。

「レティ。いや……レティーシャ・ハウエル嬢。俺と、正式に婚約してほしい」

そう言ってレティーシャの手を取り、甲にそっと口付けた。

そんな甘やかな触れ合いなど、これまでしたことがなかったのに。

手の甲に落とされた唇の熱さなんて想像もしていなくて、それだけでレティーシャの頬は真っ赤に染まってしまう。はくはくと口を開閉させ、二の句が継げないでいるレティーシャを見上げて、ランスロットがぎゅっとレティーシャの手を握りしめた。

周囲の誰もが固唾《かたず》を飲んで見守る中、沈黙を破ったのはレティーシャでもランスロットでもなく、鈴を転がすようだと評されるソフィアの地を這うような歪《ひず》んだ声だった。

「……待ちなさい！これは何かの間違いよ！ランスロット様!!」

「……ああ、ソフィア嬢。あなたもいらしてたのか」

「当然よ！　私はランスロット様のためにこの場に……！」

「私のため？」

「そうよ！　今日は、私とあなたの婚約発表の場でしょう!?」

つかつかと足早に歩み寄ると、レティーシャを突き飛ばしてランスロットにしがみつく。

「――きゃっ……！」

ソフィアの細腕では想像もできないほどの力に、レティーシャは身構える余裕もなく、その場に尻《しり》餅《もち》をついてしまった。ひどく打ちつけた場所が痛む上、慣れない夜会用のドレスに手こずってしまい、レティーシャは立ち上がることができない。そんなレティーシャに構うことなく、ソフィアはランスロットに取り縋《すが》ろうと、必死で腕を回していた。

そんなソフィア嬢を一瞥《いちべつ》したランスロットは、伸ばされたソフィアの手を無遠慮に振り払い、尻餅をついていたレティーシャの元に足早に駆け寄った。

「大丈夫か？　レティ」

そのままレティーシャの脇と膝下に腕を差し込み、ひょいっと抱え上げる。突然視界が上がったことに驚いたレティーシャがランスロットの首にぎゅっとしがみつくと、久々に耳にする低い笑い声と共に、愛《いと》しげに頬を擦《す》り寄せられた。

「ソフィア嬢。申し訳ないが、貴女《あなた》との婚約の話は以前もきちんとお断りしたはずだ。私には、すでに心に決めた人がいると」

「……っ！」

「それに、この婚約は彼女が了承してくれさえすれば、『陛下がお認めくださった婚約』ということになる。ソフィア嬢は、王家の決定を覆《くつがえ》せるとでも？」

ランスロットが無機質な声で放った言葉に、ソフィアはぎゅっと拳《こぶし》を握りしめ、ランスロットの腕に抱えられたレティーシャを真っ赤な顔で睨みつける。激しい憎悪が渦巻くその視線から隠すように、ランスロットはぐっと腕に力を込めた。

「……立ちなさい、ソフィー。行くぞ」

「で、でも！　お父様！」

「これ以上私に恥をかかせるな」

「……っ、申し訳ありません、お父様」

「……後悔しても遅いぞ、若造」

「ここで彼女を諦《あきら》めれば、それこそ後悔だらけの人生になります、コーンウォール卿《きょう》」

ぐっと睨みつけてくるコーンウォール公爵に、ランスロットも挑むような視線を向ける。そのまま背を向けてその場を去った二人が見えなくなるまで、ランスロットが厳しい視線を離すことはなかった。

ようやく二人の姿が見えなくなったところで、話の展開に全くついていけていないレティーシャの顔を覗《のぞ》き込み、ランスロットが視線を合わせてくる。

「……それで、返事は？　レティ」

いつも皮肉げで、自信たっぷりな空色の瞳が、少しだけ不安そうに揺れた。

そんな、見たことのないランスロットの様子を見て、それまで口をはくはくと動かしていたレティーシャが、ようやく喉の奥から声を絞り出す。ランスロットの首に回していた手を片方だけ外して、口元を覆った。指先に触れた己の頬は、びっくりするくらい熱い。

「ちょ、ちょっと待ってランス！　あなたこないだ、『本当に好きな奴を見つける』って……！」

「もうとっくに見つけてる」

「はあ!?　だったら、私なんかに構ってないで」

「お前だよ、レティ」

「だから……察しろよ、お前が好きだって言ってんの」

目元をほんのりと赤らめ、声を潜めて耳元で囁《ささや》くその言葉に、今度こそレティーシャは顔を両手で覆ってしまった。

「な、何を……」

ランスロットは、その手の上から軽く音を立ててキスを贈ると、くるりと第二王子の方を振り返る。

「王子、場を騒がせてしまい申し訳ありませんでした。彼女も少し混乱しているようです。本日は、このまま退席させていただいてよろしいでしょうか」

「それは構わぬが……褒美の件はどうする？」

「問題ありません。このあと首を縦に振るまで、口説き落としますので」

「っはは！　では、良い返事をもらい次第、国王陛下の名で了承の手続きを進めることにしよう」

「ありがとうございます、殿下」

「良い。もう行け。こちらが砂を吐きそうだ」

そう言って顔を顰《しか》め、追い払うような仕草を見せた王子と国王夫妻に深く一礼すると、そのままランスロットはレティーシャを連れて、その場を後にしたのだった。

「……あの鉄面皮が、あんな甘いセリフを吐くとは」

「はは、お前が気に入るだけのことはある。情熱的で良いではないか」

「やめてください、父上。あれと同類にされては困ります」

「しかし、良かったのか？　マリアよ。ソフィーはお主の姪《めい》にあたる娘だろうに」

「良いのですよ、陛下。ソフィーは兄に甘やかされすぎました。それに、あんなに誠実で一途《いちず》な想いを阻《はば》む方が、野暮ですわ」

「父上、ここは母上に頑張ってもらいましょう」

「そうだな、彼らを守ってやっておくれ。マリア」

「承知しておりますわ、陛下」


「……最低。最悪。もう二度とパーティーなんて出ない……！」

「それは困る。少なくとも婚約パーティーと結婚式には出てもらう」

「〜〜〜っ！　だから！　まだ！　何も了承してないって言ってるでしょ‼」

帰路に就く馬車の中、相変わらずランスロットの膝の上から下ろしてもらえないレティーシャが、ぼかぼかと目の前の胸板を殴りつける。しかし、記憶していたよりも圧倒的に鍛え上げられたランスロットの体躯《たいく》には、なんのダメージにもなっていないようだ。

未《いま》だ冷めやらぬ熱を持った頬を押さえながら見上げると、珍しく上機嫌のランスロットがニヤニヤしながらこちらを見下ろしてきた。

「観念しろって。お前の言う通りにした結果だろ。今度は、お前が約束を果たす番だ」

「え？　私なにも約束なんて……」

「しただろ。『お前も一つ、俺の言うこと聞けよ』って言った」

「………あ」

そう言ってレティーシャの手をとったランスロットが、握っていた拳をゆるゆると親指で撫でて開かせる。そのまま手のひらに口付けられてしまったら、やっと収まってきた鼓動が再び胸を強く打ち始めた。

「ちょ、ちょっとランス……っ」

「……愛してる、レティ」

「〜〜〜っ！」

「小さい頃から、ずっと。俺はお前のことが好きだった。お前は俺のことをただの幼馴染だと思ってたんだろうけど、俺は違う。ずっとずっと、こういうことがしたかった」

手を取られたまま抱きしめられ、レティーシャの肩がぴくりと小さく跳ねた。剥《む》き出しになっている肩に唇が軽く触れて、音を立てて口付けられる。

「そ、んなこと、今まで一言も……」

「……そりゃそうだろ。これまで、俺はただの『侯爵家の三男坊』だ」

肩に頭を乗せたままレティーシャを見上げるランスロットは、苦々しい笑みを浮かべていた。

言葉の真意がわからず首を傾《かし》げるレティーシャの耳元に手を滑らせると、今度はそのまま反対の耳たぶに唇が触れる。

「……お前に相応《ふさわ》しい男になって、ちゃんとプロポーズしたかったってこと。まあ、ぐずぐずしてたから変な女に絡《から》まれちまったけど……」

唇が触れるたびに小さく身体を震わせるレティーシャがおかしくなってきたのか、ランスロットは飽きもせずに何度も首筋に口付ける。話に集中したいのに、くすぐったさと恥ずかしさで頭の中が沸騰してしまいそうだ。

「なあ……本当はお前も、ずっと好きでいてくれたんだろ……?」

空色の瞳が、じっとレティーシャを見つめている。

そうして言われた「好き」の言葉が、そのときすとん、と胸に落ちた。

(私が、ランスを『好き』……?)

そう、きっと彼の言う通り、ずっとずっと好きだったのだ。

無邪気に二人で遊んでいたときも、彼が学園に通うため王都に行ってしまったときも、ソフィアに婚約破棄を迫られたときも、ずっと。

でなければ、会場で婚約の話が出たとき、あんなに胸が苦しくなったりしない。

不安げにじっと答えを待つランスロットに、こくりと小さく頷く。すると、そのまま俯《うつむ》いていた顎《あご》を取られ、上を向かされて口付けられた。

「んぅ……っ」

ただ唇を触れ合わせているだけなのに、そこからじんじんと感じたことのない熱が生まれている気がする。そのまま唇を離されたかと思うと、顔中に音を立ててキスの雨が降り、タウンハウスに帰る頃には完全に腰が抜けてしまっていた。

「レティ、愛してるよ」

そう言って満足げに笑ったランスロットは、幼い頃に見たのと変わらない満面の笑みを浮かべていた。

◇◇◇

幼い頃からレティーシャは、俺にとって妖精のような少女だった。

ささやかな悪戯《いたずら》が大好きで、好奇心旺盛。本人は嫌いだと文句を言っていたけれど、光に透かすと夕陽の色にも見えるテラコッタ色の髪は、いつでもさらさらと風に揺れていてとても綺麗だ。常に何かを興味深そうに見つめるエメラルドグリーンの瞳は、まるで宝石でも嵌め込んでいるのではないかと感じてしまうほど、いつでもキラキラと輝いていた。

親に連れられ、初めて一歳のレティーシャと対面したとき、俺は妖精が目の前に現れたと信じて疑わなかった。それくらい彼女は愛らしく、誰にでも笑顔を振りまく女の子だったからだ。まだおぼつかない足下をぐっと踏み締めて、一歩一歩確かめるように歩くその姿は、俺の中にある庇護《ひご》欲を大きく擽《くすぐ》った。

転びそうになった彼女に慌てて駆け寄り、その羽のように軽い身体を支えたとき、レティーシャが初めて向けてくれた笑顔を、俺は一生忘れないだろう。

「ふふっ。にーた、あいぁとー！」

「？　なに？」

「ありがとう、ですって。優しいお兄ちゃんができてよかったわね、レティ」

「……この子、レティっていうの？」

「そうよ。レティーシャ・ハウエル。仲良くしてあげてね」

――レティーシャ。レティーシャ。……レティ。

口の中で転がすように繰り返し呟《つぶや》いた名前は、その日から俺にとって特別なものになったのだ。


幼い頃は二人で絵本を読んだり、一緒に絵を描いたりして遊んでいたけれど、次第に外で遊べる年齢になってくると、レティーシャは活発で明るい女の子に育っていった。彼女は頭も良く、俺がふと言った言葉を常に覚えていて、次に会うときまでに言葉の意味を調べ、得意げに教えてくれる。そんなところもまた可愛いと、微笑ましく思っていたのだ。

時間が空いた日には必ず二人で予定を合わせ、互いの家を行き来していろんなことをした。晴れた日には弁当とおやつを持って庭を散策し、木登りや追いかけっこを。雨が降れば室内で宝探しをして、スケッチをして、下手《へた》くそなレティーシャのピアノをからかった。

笑って、怒って、泣いて。笑って、笑って、笑って、笑って。

レティーシャは唯一無二の友だちだと。こんな日がずっとずっと、永遠に続いていくのだと、そう信じていた。

そんな二人の関係が変化したのは、俺が十一歳のとき。

『そろそろ、レティの婚約者を探そうと思う』

突然、レティーシャの父親がこんなことを言い出したのがきっかけだった。

通常、子爵家の令嬢がこんなに幼い頃から婚約者を探すことなどあり得ない。しかし、ハウエル子爵家にはその時点で男児の後継ぎがいなかった。このままではハウエル家が途絶えてしまうのではと危惧した彼女の父が、婚約者を見つけることを決意したらしい。身体が丈夫でないハウエル子爵夫人が、これ以上の子供は望めないと医師に診断されていたことも、彼の決断を後押しする要因になっていたように思う。

とにかくその話を父から聞かされたとき、俺はかつてないほどの焦燥感に襲われたのだ。

「へえ、あのレティーシャ嬢が？　あの子、まだ六歳とかじゃなかったっけ」

「まあ、あの家には後継ぎがいないからな。焦《あせ》りもあるんだろう」

呑気な口調で父と話をする兄たちの会話が、俺の耳を通り抜けていく。貴族にとって、婚約は家同士のつながりを深め、血を守っていく重要なものであると理解はしていたつもりだった。兄たちだってすでに婚約していて、定期的に相手と交流を持ち、仲睦《むつ》まじくしているのをこの目で見ている。

でも、レティーシャが他の誰かと婚約することになるだなんて、俺は想像すらしていなかった。

「そうか……じゃあ、ランスも寂しくなるな」

「え……どうして？」

「婚約者ができたら、そう簡単に会えなくなるだろ？」

「え……？」

レティーシャの婚約、という言葉に驚いて思考停止している間に兄が口にした「レティーシャに会えなくなる」の一言が、突如《とつじょ》俺の胸に突き刺さった。

これまでずっと、レティーシャの隣にいたのは俺だったはずなのに。

これから先も、彼女の隣で一緒に笑うのは俺だけのはずだったのに。

ぎゅうっと、心臓が絞られるような痛みに襲われ、無意識にぐっと胸元を握りしめる。痛みを堪えるように眉を顰《ひそ》めたら、隣に座っていた父が、ぽん、と俺の肩を軽く叩《たた》いた。

「……ランス。お前、レティーシャの婚約者に立候補する気はないか？」

突然の父の言葉に、俺は思考停止したまま、弾《はじ》かれたように顔を父の方に向ける。俺と同じように目を丸くしている長兄たちの姿が、視界の端に映った。絞り出すように、兄がおずおずと口を開く。

「……何言ってんだよ、父さん。ランスは三男坊だけど、侯爵家の人間だぞ？　それが、子爵家令嬢の婚約者だなんて……」

「ランスは、このまま大きくなっても継げる爵位がない。侯爵位はルークが継ぐし、もう一つ持っている伯爵位はヘンリー、お前のものになるだろう。では、ランスは？」

「…………」

「子爵位、という爵位だけで見れば、確かに地位は低い。しかし、ハウエル家は元々由緒ある家柄だし、こちらも侯爵位とは言え三男だ。釣り合いが取れていないということはないと思うが」

どうする？　という目で見られ、俺は急に視界が開けたような気がした。

婚約者になれば、今まで通りの関係でいられる。ずっとずっと、レティーシャの隣にいることができる。

――このとき俺が頷いたことで、俺たちは仮初《かりそめ》の婚約者となったのだ。


「ランス、久しぶり！」

「ああ、いたのか。チビすけ」

「なっ、もうチビじゃないわ！　前に会ったときより背も伸びたのよ！」

「うるさいな、チビはチビだろ」

妖精のようだと思っていた彼女はみるみるうちに大きくなり、俺が十四歳になって国立学園に通い始めた頃には、悪戯好きな一面はすっかり鳴りを潜め、一端《いっぱし》のレディとして振る舞うようになっていた。

休みごとに領地へ帰っては、両親への挨拶もそこそこに、土産《みやげ》を渡すという口実で隣接するレティーシャの領地まで馬で駆けて会いに行く。そのたび、まるで蛹《さなぎ》が蝶《ちょう》になっていくような変化を見せる彼女に、俺はいつしか、幼稚な言葉しか口にできなくなっていた。天邪鬼《あまのじゃく》が過ぎると自分でも思う。一心に慕ってくれる彼女に会いたくて自分から出向くくせに、会えば嫌味を言うことしかできないのだから。

当時、俺が学園で幼稚なからかいを受けていたことも大きかった。

学園では、多くの令息令嬢たちと関わることになる。そこで俺は初めて、五歳も年下の、しかも下位貴族と婚約しているのが自分だけだと知った。思春期特有の集団意識の中では、自分たちと少しでも『違う』と認識したものには容赦《ようしゃ》がない。

そんな居心地の悪い三年間を過ごした後、周囲を大きく一変させる出来事があった。レティーシャの十二歳の誕生パーティーだ。

俺は翌年の卒業に向けて授業内容もかなり難しくなっており、レティーシャに会うのも半年ぶりのことだった。婚約者らしく手紙のやり取りくらいはあったものの、どこか天邪鬼さが抜けきれず、彼女からの返事の冒頭はそんな俺に対する説教から始まっていたほどだ。

ハウエル家主催の誕生パーティーには、日頃仲良くしている貴族だけでなく、領主としての取引がある貴族も招待されていた。結果、出席者の中には学園の同級生も何人か出席しており、彼らは俺を見つけるや否や、早速暇つぶしの標的と定めたようだ。

「そういえば、ランス。ここの令嬢が君の婚約者なんだっけ？」

「……ああ」

「君も大変だな、三男に生まれたせいでさ。爵位のためにお子様令嬢なんかに媚びへつらうなんて」

嘲笑が透けて見える、くだらない形だけの気遣いの言葉。もう何年も周囲から言われ続けたその言葉にうんざりしていたまさにその瞬間、彼女はやってきた。

「……ランス！　こんなところにいた！」

聞き慣れたレティーシャの声に振り向いた俺は、そのまま言葉を失うことになる。

そこにいたのは、とても可憐《かれん》な令嬢だったからだ。

幼い頃の面影はもちろんあるが、まるで別人だ。すらりと伸びた背に、長い手足。細身の身体の上に乗った顔は驚くほど小さかった。普段は簡素に結んだままだった夕陽色の髪だって、綺麗に梳《くしけず》られて輝いている。身につけている水色のドレスが輝いて見えるのは、ところどころに縫い付けられたビーズのせいだけではないはずだ。剥き出しになった肩からは、傷ひとつない白い肌が惜しげもなく晒《さら》されている。

十一年前、俺が妖精だと信じて疑わなかった幼子は、会えずにいた半年、たった半年の間に、どうやら天使に昇格してしまったらしい。

突然の主役の登場に、俺だけでなく友人たちも言葉を失っている。しかし、そんな様子に気づいていないのか、彼女はぷぅっと頬を軽く膨らませ、俺の隣に並んで腕を絡ませてきた。

「こちら、ランスのお友だち？」

「っ、あ、ああ」

「初めまして、レティーシャ・ハウエルと申します。本日は、はるばるお越しいただき、ありがとうございます」

そう言って見事なカーテシーを見せたレティーシャに、周囲の令息たちも慌てて礼をとる。頬がほんのり赤く染まり、熱に浮かされた表情で彼女を見つめる彼らに、なぜか苛立《いらだ》ちを隠せなかった。

「いやあ、驚きました。ハウエル子爵令嬢がこんなに美しい方だとは存じませんでした」

「ふふ、お上手ですね」

「事実を言ったまでです。……よろしければ是非、この後ダンスでも？」

これまで散々馬鹿にし続けてきたことなど忘れたのか。平然とレティーシャの手を取ろうとする彼らを遮《さえぎ》るように一歩前に立ち、ぎろりと上から睨みつける。

しかし、俺の威圧にひくりと頬を引き攣《つ》らせたものの、引く様子は見せない。不快感を露《あら》わにして口を開こうとしたのを引き留めたのは、彼女の涼やかな一言だった。

「お誘いありがとうございます。ですが……私はたかが十二歳の『お子様令嬢』ですので。もっと皆さまに相応しい方にお声がけくださいませ。それに私には、優しい婚約者がおりますの」

「……っ！　あ、あの、それは」

「では皆さま、パーティーを楽しんでくださいましね。いきましょう、ランス」

「あ、ああ……」

辛辣《しんらつ》な一言に焦った様子の彼らには目もくれず、レティーシャは軽く頭を下げると、俺の腕をとって颯爽《さっそう》と人混みを歩いていく。その肩にはいつもより幾分力が入っていて、彼女が相当怒ってくれているのだと気づいた。

たったそれだけのことなのに、例えようのない感情が胸の内に迫《せ》り上がってくるのを感じる。叫び出したいような、飛び上がりたいような、その場にうずくまってしまいたいような、そんな気持ちが、胸の中をぐるぐると渦巻いていた。

（……やばい、これ。なんだよ、この感情は……！）

「………もうっ！　なんなのよ、あの人たち‼」

ずんずんと、令嬢らしからぬ勢いで歩き続けたレティーシャがぴたりと足を止めたのは、招待客は入って来られない裏庭まで辿《たど》り着いたときだった。つい数分前まで、どこの誰だと感じていたご令嬢は、もうそこにはいない。眉をキュッと吊り上げ、今にも地団駄《じだんだ》を踏み出しそうな様子で怒りを露わにしていたのは、俺が長年慣れ親しんだ『幼馴染』のレティーシャそのものだった。

「私のことを馬鹿にするのはいいとして、ランスに対するあの言い様はなんなの⁉」

口にしながらどんどん悔しさが増しているらしく、拳を握りしめてふるふる震えている。ようやくいつものレティーシャに会えた気がして、先ほどまで感じていた怒りもどこかに消えてしまった。

気持ちが落ち着いたところで、改めて彼女の変わり様に感心するように全身を眺めていたのだが、あまりにも顔を真っ赤にしてぷりぷり怒っている様子が可愛くて、堪えきれずにふはっと噴き出してしまう。

「ちょっとランス！　笑ってる場合じゃないでしょう⁉」

「は、はは…！　悪い、つい……ふ、ははは」

「笑わないで！　ランスのために、私すっごく頑張ったのに！」

「だって…さっきまでお前、なんか知らないご令嬢みたいだったから」

「あ、あれは…っ！　お父様が今日くらいそうしてろって！」

「ははっ、似合わねぇことすんなよな」

「た、大切な友達が貶《けな》されてるの、黙ってられなかったのよ!!」

けらけらと笑いを止められずにいると、自分でもらしくないことは自覚していたのだろうレティーシャが、拗《す》ねたように大きく頬を膨らませる。その様子にも何故か安堵《あんど》して、俺は呼吸を落ち着けると、目元を赤らめたままぽんぽん、とレティーシャの頭を撫でた。

「いいんだよ、事実だろ。このまま侯爵家にしがみついたって、俺に受け継ぐ爵位なんてない」

「っ……でも、この婚約はお父様たちが勝手に決めたことじゃない！　正式に発表してるわけでもないし、今からいくらでも……！」

「婚約解消できるって？　お前みたいなお転婆《てんば》、俺くらいしか相手できる奴いないと思うけど」

「なっ……!?　わ、私は真剣に……！」

「お前なんかに心配されなくたって、あんな奴に負けねーよ。……でも、ありがとうな、レティ」

言って、彼女の薄い肩をそっと抱き寄せる。あやすように背中を叩いてやると、ようやくその身体から力が抜けた。惜しげもなく晒されているうなじから、なんだかとても良い香りがする。くらくらするような心地を感じながら、俺はぎゅっとレティーシャを抱きしめた。

慣れ親しんだはずの体温だったはずなのに、その熱が今は別の感情を引き起こす。その瞬間、俺の心の中で、ぱちっと音を立ててパズルのピースが嵌まった気がした。

(——ああ、そうか)

幼いレティーシャとの冒険に付き合っていたのも。休みのたびにわざわざ馬を飛ばして彼女に会いに行っていたのも。珍しい婚約をどれだけからかわれても、彼女から離れられなかったのも。

――全部全部、彼女が好きだから。愛しかったからだ。

◇◇◇

あっという間にランスロットに丸め込まれてしまった翌日。

レティーシャは、このパーティーでの婚約騒動が完全に仕組まれていたことを知った。

まず、当日レティーシャに用意されていたドレスだが、実は両親が用意したものではなく、ランスロットが用意してくれていたものだったらしい。しかもその話をする際、ランスロットから両親には、あらかじめパーティーの中で正式な婚約発表をすることを伝えていたというのだ。道理で、両親があそこまで自信満々にあの場に立っていた訳だ。

今更ながら、レティーシャは自分だけが何も知らされていなかったことに、怒りを通り越して呆れてしまった。

また、なんと第二王子にもこの婚約のことはあらかじめ伝わっていたらしい。

本当はここまで大袈裟《おおげさ》なものにするつもりはなかったようだが、コーンウォール家からのゴリ押しに耐えきれなくなったオーウェン家が、第二王子を頼ったことで、あんな大騒ぎに発展してしまったようだ。「派手で悪戯好きな王子らしい」と、ランスロットは苦々しくそう語った。

王家の名で正式に婚約が承認されたのだから、レティーシャの周辺もこれから大きく空気を変えるだろう。

相変わらずソフィアとその取り巻きからはしばらく睨まれそうな気がするが、『第二王子からの信頼厚い英雄の婚約者』ということで、かつての友人からは早くも連絡が来ている。とはいえ、ソフィアとの一件で我先にと逃げていった者たちばかりなので、信頼関係を完全に回復することは難しいが
——お互い貴族のしがらみがあるということで、少しずつ飲み込んでいくつもりだ。

大きな討伐が終わり、討伐に参加した団員は一ヶ月ほど休暇をもらっているらしく、ランスロットは朝からレティーシャの元を訪れていた。

騎士団の一員として王城で寮暮らしをしているランスロットと、残り少ない学園生活のためにタウンハウスで過ごしているレティーシャ。馬さえあれば、十分もあれば行き来できてしまう距離だ。

ランスロットはまだソフィアのことを許していないようで、卒業までは学園まで直接送り迎えをしたいと言い出している。校門前が大騒ぎになってしまうからやめてくれと必死に頼み込んではいるが
……その瞳の奥がにやついているから、きっと説得は失敗に終わっているのだろう。

そんな彼は今、ソファァーに深く座って膝の間にレティーシャを座らせ、後ろから覆い被《かぶ》さるように抱き込んでいた。ここ数年は仕事が忙しいからと会う回数もめっきり減ったし、顔を合わせれば嫌味を言ってきてからかわれるばかりだったので、まさかこんな風に豹変《ひょうへん》してしまうとは思いもよらなかった。

そう言うと、ランスロットは背後で自嘲気味に小さく笑ってため息をこぼす。今日は下ろしたまま

の夕陽色の髪が、ランスロットの息で軽く揺れた。

「……あれはまあ、仕方なかったんだよなー……」

「仕方なかったって、騎士団のお仕事が忙しかったってこと？」

「いや、そうじゃなくて……」

「？　違うの？」

「うーん……」

　歯切れが悪いランスロットを覗き込むように見上げると、ランスロットは口元を覆うように手を当て、そっぽを向いてしまった。

（……あ、ちょっと今の顔、可愛いかも）

　少し目元が赤らんでいるのが珍しくて、レティーシャはこっそり胸を高鳴らせる。すると、ランスロットはレティーシャの身体をひょいっと抱え上げ、膝の上に乗せられた。そのままぎゅうぎゅうと抱きしめてくるランスロットに、レティーシャは目を白黒させて逃げ腰になってしまう。

「ちょ、何すんのランス……！」

「……ったから」

「へ？」

「～～っ！　だから！　お前が可愛すぎるのが悪いっつってんの！　わかれよ！」

　ぐりぐりと肩口に頭を押し付けられるように叫ばれて、思考がフリーズする。一体何を言っているんだろうと目を丸くしていると、黙っているレティーシャに焦《じ》れたように、ランスロットの口から驚くべき事実が飛び出した。

「……なんか途中からお前、すっげーいい匂いするようになってくるし、身体つきもエロいし、近くにいたら襲いたくなるから離れてたっていうか……」

「え、あの、ちょっと何言っ……」

「今も実はすごい我慢してる。ずっとキスしていたい。離れたくないし、誰かに見せるのも本当は無理」

「だ……だから待っ……！」

「……お前に婚約破棄だって言われたとき、死ぬかと思った」

ぐっと腕の力が増したのを感じて、レティーシャはハッと息を詰める。最後の言葉にぎゅっと眉根を寄せると、それまで抵抗していた腕の力を抜き、ランスロットの頬に手を伸ばした。

──と、急にぐるっと視界が反転し、背中にソファーのクッションが当たって、レティーシャは自分が仰向けにされていると気づく。そのままスカイブルーの瞳が近づいてきて、レティーシャは思わずぎゅっと目を閉じてしまった。すると、ランスロットはそんなレティーシャの様子に構うことなく、額《ひたい》に音を立てて口付ける。

「……ま、もう絶対離さないけどな。覚悟しとけよ」

「……っ、ランス……」

「早く俺のこと、好きになって。俺がお前を愛してんのと、同じくらい」

そう言って自信たっぷりに笑うランスロットは、初めて馬車の中で思いを告げてくれたときと同じくらい幸せそうで。

そのまま唇を奪おうとする幼馴染を、レティーシャは両手を広げて迎え入れたのだった。

ノベルアンソロジー◆溺愛編《できあいへん》

溺愛《できあい》ルートからは逃《に》げられないようです

2023年5月5日　初版発行

著者　アンソロジー

発行者　野内雅宏

発行所　株式会社一迅社
〒160-0022 東京都新宿区新宿3-1-13 京王新宿追分ビル5F
電話　03-5312-7432（編集）
電話　03-5312-6150（販売）
発売元：株式会社講談社（講談社・一迅社）

印刷所・製本　大日本印刷株式会社
ＤＴＰ　株式会社三協美術

装幀　世古口敦志・前川絵莉子（coil）

ISBN978-4-7580-9549-5

ファンレター・ご意見・ご感想は下記にお送りください。

おたよりの宛て先

〒160-0022 東京都新宿区新宿3-1-13 京王新宿追分ビル5F
株式会社一迅社　ノベル編集部　気付